아메리카로 떠난
조선의 지식인들

아메리카로 떠난
조선의 지식인들

북미조선학생총회와《우라키》

김욱동

이숲

차 례

"지금 우리 동양제국에 필요한 것은 공허한 말이 아니고 일이며, 철학이 아니고 힘이다."

윤치호(尹致昊)

"교육은 세계를 변화시키는 데 우리가 사용할 수 있는 가장 강력한 무기다."

넬슨 만델라

책머리에

내가 이 책을 집필하기 시작한 것은 『외국문학연구회와 《해외문학》』의 원고를 막 탈고하고 난 직후였다. 나는 탈고한 원고를 출판사에 보내자마자 여세를 몰아 '북미조선학생총회(北美朝鮮學生總會)'의 설립과 그 총회가 발행한 기관지 《우라키》를 집중적으로 다루는 단행본 원고를 쓰기 시작하였다. 이 두 책의 원고는 성격과 내용이 적잖이 서로 비슷하여 전편에 이어 속편을 쓴 것과 같았다. 이 두 유학생 단체와 잡지는 같은 혈육에서 태어난 자식처럼 여러모로 서로 닮았다. 식민지 조국을 떠나 해외에서 공부하는 조선인 유학생들이 설립한 단체라는 점에서도 그러하고, 유학생들이 학업에 전념하는 틈틈이 시간을 내어 만든 잡지라는 점에서 그러하다. 또한 이 두 잡지는 단순히 기관지의 성격을 뛰어넘어 종합 학술잡지로서의 성격이 짙었다.

다만 차이가 있다면 외국문학연구회와 《해외문학》은 현해탄 건너 일본 도쿄에서 외국문학을 전공하던 조선인 유학생들이 설립한 단체와 그 기관지인 반면, 북미조선학생총회와 《우라키》는 태평양 건너 미국에 유학 중인 조선인 학생들이 설립한 단체요 기관지다. 그런가 하면 전자가 어디까지나 외국문학에 국한되어 있다면, 후자는 외국문학을 포함하여 정치·경제·사회·문화 등 모든 학문 분야를 폭넓게 아우른다. 성격이나 범위로 보자면 북미조선학생총회와《우라키》는 외국문학연구회와《해외문학》보다는 차라리 '재일본동경조선유학생학우회(日本東京朝鮮留學生學友會)'와 그 기관지《학지광(學之光)》에 더 가깝다고 할 수 있다.

외국문학연구회에 관한 책을 쓰면서 느낀 것이지만 나는 이 책을 쓰면서도 '궁핍한 시대'에 태어나고 자라나 외국에서 수학한 유학생들의 강인한 정신 상태, 드높은 학문적 의욕, 뛰어난 지적 호기심과 수준 등에 절로 고개가 숙여지지 않을 수 없었다. 조국을 빼앗기고 일본 제국주의의 식민지 지배를 받는 상황이라서 더욱 그러했겠지만, 그들에게는 오늘날의 젊은이들한테서는 좀처럼 볼 수 없는 정신적 조숙함이랄까 성숙함을 엿볼 수 있었다. 한마디로 그들은 '지적 거인'이라고 불러도 무방할 것이다.

그동안 해외 유학생들이 한국 근대화를 이룩하는 데 직접 간접 크게 이바지했다는 사실은 새삼 말할 필요조차 없을 것이다. 일찍이 미국 미주리주 파크대학과 뉴욕의 컬럼비아대학교에서 유학한 김양수(金良洙)는 "오늘날까지의 우리 조선에 신문화의 수입으로 인(因)하야 다소의 무엇을 개척한 방면이 잇섯다 하면 그것은 곳 우리의 외국 유학생들의 노력한 공헌이 만햇섯고, 또한 이러한 공헌을 하게 된 외국 유학생으로 말하면 (…중략…) 주(主)히 일본과 미국의 양(兩) 유학생 출신이엇드라"고 말한 적이 있다. 김양수의 지적대로 일제 강점기 외국 유학은 이렇게 일본과 미국의 양대 축으로 이루어졌다.

조선의 젊은이들이 초기에는 태평양 건너 미국 쪽보다는 아무래도 현해탄 건너 일본 쪽으로 유학 가는 것이 여러모로 편리하였다. 이 점과 관련하여 장덕수(張德秀)는 일본 도쿄를 두고 "오늘 동양에서는 제반 문물이 제일 발달된 도시요 각 방면으로 다수한 학교와 다수한 학자를 가진 곳"이라고 잘라 말한다. 그러면서 그는 "학비만 허락한다면 미국, 독일에 가는 것보다 신학문을 배워 오기는 도쿄만 한 곳이 없을 것"이라고 단언하였다.

그러나 시간이 지나면서 조선인 유학생 중에는 일본이나 중국 쪽보다는 미국이나 유럽 쪽으로 유학을 떠나는 젊은이들이 점차 늘어났다. 1924년 미국 아메리칸대학교에서 철학박사 학위를 받은 김여식(金麗植)은 "초(初)에는 지역의 근(近)과 문언(文言)의 이(易)한 소이(所以)로 일본과 중국을 경유하였스나 금(今)에는 오인(吳人)의 교육열이 고도로 달함을 조차 만난(萬難)을 모(冒)하고 구미(歐美)에 유학하여 현세의 문화를 직접 수입하는 중이니……"라고 밝힌다. '직접 수입'이라는 표현에서도 엿볼 수 있듯이 이 무렵 조선의 젊은이들은 서구 문명을 일본이나 중국을 통하여 간접 방식으로 수입하는 대신 미국이나 유럽에서 직접 수입하는 방식으로 습득하려고 하였다. 그들은 어쩌면 서구를 직접 만나지 못하고 일본을 통하여 간접 만나는 것이 과연 바람직한지 반성했는지도 모른다.

이 책에서 나는 조선인의 미국 유학사, 그중에서도 특히 1920년대에서 1930년대에 이르는 미국 유학사를 다룰 뿐이다. 1940년대 이후의 미국 유학사는 이 책이 다루는 범위에서 벗어난다. 더구나 나는 이 책에서 북미조선학생총회와 그 기관지 《우라키》에 초점을 맞추었다. 이 책을 집필하는 데 나는 전공이 인문학인 만큼 계량적인 사회과학적 접근 방법 대신 주로 문헌학적인 접근 방법을 이용하였다. 세계문학 담론과 관련하여 요즈음 '멀리 읽기' 방식이 유행하지만 나는 여전히 '자세히 읽기' 또는 '꼼

꼼히 읽기' 방식으로 텍스트를 해석하는 데 주력하였다.

나는 이 책을 집필함으로써 그동안 지고 있던 무거운 짐 하나를 내려놓은 셈이다. 미국 유학을 마치고 나서부터 나는 선배들의 눈부신 활약상을 다루고 싶다고 늘 생각해 왔다. 그러나 이 일 저 일에 치여 실행에 옮기지 못하다가 마침내 이 일에 착수하여 탈고하게 되었다. 이 책은 『소설가 서재필』(서강대학교 출판부, 2010), 『한국계 미국 자서전 작가』(소명출판, 2012), 『외국문학연구회와 《해외문학》』(소명출판, 2020), 『눈솔 정인섭 평전』(이숲, 2020) 같은 졸저의 연장선상에 놓여 있다. 나는 지금껏 한국문학과 서양문학의 경계에서 그 벽을 허물고 간격을 메우는 데 전념해 왔고, 앞으로도 이러한 작업을 계속할 것이다.

이 책이 햇빛을 보기까지 나는 그동안 여러 선생님들과 여러 기관에서 도움을 받았다. 국내 자료는 말할 것도 없고 구하기 힘든 외국 자료까지 신속하게 구해 준 울산과학기술원(UNIST) 학술정보원 선생님들께 이 자리를 빌려 고마움을 전한다. 또한 같은 대학교의 인문학부 동료 교수들에게 감사드린다. 마지막으로 요즈음처럼 어려운 학술 출판 사정에도 이 책의 출간을 선뜻 허락해 주신 이숲 출판사의 사장님, 그리고 이 책이 나오기까지 온갖 궂은일을 맡아 준 편집부 선생님께 감사드린다. 이 작은 책이 인문학의 험난한 산에 오르려는 독자들에게 조금이라도 안내자 구실을 할 수 있다면 저자로서는 이보다 더 큰 보람이 없을 것이다.

해운대에서
2020년 가을
김욱동

1

북미조선학생총회의 창립

한국에서 유학의 역사를 더듬어 올라가다 보면 저 멀리 신라시대로 거슬러 올라간다. 당나라 국자감(國子監)에 파견한 견당(遣唐) 유학이 처음으로, 고운(孤雲) 최치원(崔致遠)이 흔히 한국 최초의 유학생 중 한 사람으로 꼽힌다. 신라에서는 삼국을 통일한 뒤 국가조직과 통치 계층의 수요를 충당하려고 682년(신문왕 2)에 국학(國學)을 설치하였고, 788년(원성왕 4)에는 독서삼품과(讀書三品科)를 부설하였다. 그러나 5두품 이상의 자제에게만 입학의 자격이 주어졌으므로 6두품 이하의 지식계층들은 자신들의 신분 상승을 위해서는 해외 유학의 길을 선택할 수밖에 없었다. 이 무렵 당나라로 유학을 떠난 학생 수가 많을 때는 무려 100여 명에 이르렀다는 기록이 남아 있다.

그러나 19세기 말엽과 20세기 초엽에 이르러 사정은 전혀 달라졌다. 일본과 마찬가지로 한국에서도 근대화를 이끈 동력은 서구 문물이었고, 그 동력의 주역은 다름 아닌 유학생들이었다. 일제 강점기 1920년대 중엽 미국 미주리주 파크대학에서 공부하던 유학생 김양수(金良洙)는 "오늘날까지의 우리 조선에 신문화의 수입으로 인(因)하야 다소의 무엇을 개척한 방면이 잇섯다 하면 그것은 곳 우리의 외국 유학생들의 노력한 공헌이 만햇섯고 또 이러한 공헌을 하게 된 외국 유학생으로 말하면 (…중략…) 주(主)히 일본과 미국의 양(兩) 유학생 출신이엇드라 하는 것이다"[1]라고 말한 적이 있다. 김양수는 일본 와세다(早稻田)대학 정경학부를 졸업한 뒤 《조선일보》 기자로 근무하던 중 하와이에서 열린 범태평양회의(汎太平洋會議)에 조선 대표의 한 사람으로 참석하였다. 그 뒤 그는 미국 본토로 건너가 대학에 다녔다. 이렇게 일간신문사 기자 생활을 한 데다 일본과 미국에서 유학한 그는 이 무렵 식민지 조선의 유학 문제를 누구보다도 잘 알고 있었다.

조선인의 일본 유학

김양수의 지적대로 일제 강점기 조선 학생의 유학은 크게 일본과 미국의 두 축으로 이루어졌다. 어쩌다 중국이나 독일 같은 유럽으로 유학을 떠난 사람들도 없지 않았지만 19세기 말엽에서 20세기 초엽 한국의 젊은이 대부분은 현해탄을 건너 일본으로 유학을 떠나거나, 아니면 태평양을 건너 미국으로 유학을 하러 갔다. 지리적으로 인접해 있을 뿐 아니라 잦

1) 김양수, 『미국 유학생 출신을 엇더케 보는가』, 《우라키》 2호(1926년 6월), 8. '약영(若嬰)'이라는 호로 잘 알려진 그는 뒷날 귀국하여 대한민국의 언론인, 독립운동가, 정치인으로 활약하였다. 김양수는 조선 유학생으로는 보기 드물게 여러 나라에서 유학하였다. 와세다대학을 졸업한 뒤 미국 파크대학을 거쳐 컬럼비아대학교, 영국 런던대학교에서 학업을 이어갔다.

은 교류 때문에 일본으로 유학을 떠난 조선인 학생 수가 미국으로 유학을 떠난 조선인 학생 수보다 압도적으로 많았다. 김양수는 "그동안 미국에서 우리 유학생이 수업한 전체의 수량으로 보아셔도 아마 일본셔 수업한 그 것의 다음에는 갈 것이니 우리는 이 의미에 잇셔 미국과 일본은 우리 해외 유학의 양도가(兩都家)라 부르고저 한다"[2] 고 지적한다. '도가'란 조선시대에 시전(市廛)의 사무소 등으로 사용하던 건물이나, 그것에서 파생된 말로 마을 공동체의 신에게 올리는 제사인 동제에서 제수(祭需)를 준비하고 제물을 장만하는 책임자나 그 집안을 일컫는 말이다. 그러므로 '양도가'를 요즈음 말로 바꾸면 아마 '양대 축' 또는 '두 중심축'이 될 것이다. 김양수는 계속하여 "우리 해외 유학생이 연대로 보나 그 수량으로 보나 첫재는 일본이요 그 버금에는 이 미국인 것이다"[3]라고 말한다.

20세기 초엽 조선의 젊은이들이 일본이건 미국이건 외국으로 유학을 떠난 데는 그럴 만한 이유가 있었다. 1911년 조선총독부(朝鮮總督府)는 식민지 교육정책을 펼치기 위하여 교육령을 발표하였다. 이 교육령에 따르면 조선에서 전문교육을 시행하는 것은 아직 시기적으로 이르므로 오히려 중등교육에 초점을 맞추는 것이 바람직하다고 되어 있다. 이에 따라 전문학교의 설립은 늦어질 수밖에 없었다. 이렇게 뒤늦게 설립된 전문학교마저 학문이 아닌 전문적 기술이나 기예를 교육하는 것에 그쳤다. 물론 일제는 1922년 조선교육령을 개정하여 근대적 고등교육이 시행될 수 있는 길을 처음 열어 놓았다. 그러나 이러한 개편 작업은 어디까지나 기미년 독립만세운동으로 고양된 조선인의 반일감정을 잠재우고 조선인들을 식민

2) 위의 글, 8.
3) 위의 글, 8.

1881년 어윤중이 이끄는 조사시찰단이 일본을 방문할 때 수행원으로 따라간 윤치호. 그는 일본과 미국에 최초로 유학한 사람으로 꼽힌다.

지 지배 체제에 포섭하기 위한 문화 정치의 하나였음은 두말할 나위가 없다. 그러므로 이 무렵 대학 교육을 받으려면 일본을 비롯한 외국으로 유학을 하러 갈 수밖에 없었다.

본격적인 일본 유학은 1881년(고종 18) 유길준(兪吉濬)과 류정수(柳定秀)가 게이오기주쿠(慶應義塾)에, 윤치호(尹致昊)가 도진샤(同人社)에 입학하면서 첫 테이프를 끊었다. 이 세 사람은 어윤중(魚允中)이 조사시찰단(朝士視察團) 또는 신사유람단(紳士遊覽團)의 일원으로 일본을 방문할 때 그의 수행원으로 따라가 일본에 계속 머물며 그곳에서 학교에 다녔다. 그 뒤 급진 개화파는 1884년까지 유학생 100여 명을 게이오기주쿠, 육군 도야마(戶山)학교 등에 파견하였다. 이러한 유학생 파견은 갑신정변(甲申政變)이 실패로 돌아가자 10년 남짓 중단되었다가 다시 시작되었다.

조선인의 미국 유학

중국이나 일본 유학과 비교하여 조선인의 미국 유학은 시기적으로 조금 뒤늦게 시작되었다. 시기적으로 뒤질 뿐 아니라 수에서도 크게 뒤졌다. 일본이나 중국과의 왕래나 교섭과는 달리 조선은 1882년 5월에 이르러서야 비로소 조미수호통상조약(朝美修好通商條約)을 체결함으로써 미국 유학의 문을 처음 열어놓았기 때문이다. 이렇게 제도적으로는 문이 열렸어도 미국 유학이 본격적으로 시작된 것은 1919년 기미독립운동 이후다. 1924년 아메리칸대학교에서 철학박사 학위를 받은 김여식(金麗植)은 일찍이 조선 젊은이들이 일본이나 중국의 대학보다 미국과 유럽 대학에서 유학하려던 이유를 다음과 같이 밝힌다.

> 오민족(吾民族)이 타민족과 여(如)히 발전하랴면 청년 교육에 면력하여야 할 것을 각득(覺得)한 오인(吾人)은 세계 사조와 시기 추세에 의하여 서양의 우승한 학술과 기술을 학(學)하게 되엿다. 초(初)에는 지역의 근(近)과 문언(文言)의 이(易)한 소이로 일본과 중국을 경유하엿스나 금(今)에는 오인의 교육열이 고도에 달함을 조차 만난(萬難)을 모(冒)하고 구미에 유학하여 현세 문화를 직접 수입하는 중이니, 이는 지식이 무엇인[지] 진미와 가치를 더욱 효득하며 쇄국에 벽거(僻居)한 견문과 전제에 압겁(壓劫)된 용기를 다시 광박분진(廣博奮進)하여 신지식과 신용기를 두뇌와 신체에 환성(換盛)케 함이니, 신지용(新智勇)이 부(富)한 자는 건전한 개인이 다(多)한 처(處)에 건전한 사회를 성(成)하는 것은 천리 인사에 원칙인즉, 오인 중에 용진무학자(勇進務學者)가

증가함은 참으로 오족(吾族)의 행복이다.[4]

김여식은 근대화의 주역인 조선 젊은이들이 일본이나 중국보다 오히려 미국과 유럽으로 유학을 떠나는 사실을 고무적으로 간주한다. 그런데 여기서 한 가지 눈여겨볼 것은 그가 '직접 수입'이라는 용어를 사용한다는 점이다. 이를 달리 표현하면 지금까지 조선에서 일본과 중국을 통한 서구 지식과 기술의 이입은 어디까지나 '간접 수입'에 지나지 않았다는 말이 된다. 다른 나라나 상인의 손을 거쳐 교역하는 간접 수입은 절차도 복잡할 뿐 아니라 그 과정에서 상품이 변질되는 일도 있을 것이다. 또한 김여식은 '신지식', '신용기', '신지용'처럼 '신' 자를 유난히 많이 사용한다는 점도 눈여겨볼 필요가 있다. 그만큼 직수입을 통한 방식이 간접 수입을 통한 방법보다 훨씬 더 효율적으로 서구의 '새로운' 지식과 기술을 도입할 수 있을 것이다.

이 무렵 이렇게 서양의 새로운 지식과 기술을 직접 도입하려고 조선의 젊은이들이 유학한 서양의 여러 나라 중에서도 특히 미국은 첫손가락에 꼽힌다. 미국 유학과 관련하여 김여식은 세 가지 장점을 지적한다. 첫째, 미국은 자유민주주의 공화국 건설에서 가장 괄목할 만한 발전을 보인 국가다. 김여식은 앞에서 인용한 글에서 조선인의 용기가 그동안 전제주의에 '압겁'되었다는 점을 분명히 밝힌다. 조선시대 후기 왕조의 전체주의 체제를 거쳐 일본 제국주의 식민지 지배를 받는 젊은이들로서는 미국의 자유민주주의 제도가 무척 매력적이었을 것이다. 둘째, 이 무렵 조선에서 기독교 선교 활동을 하던 선교사들 중에 미국 선교사가 가장 많았다.

4) 김여식, 『미국 대학과 유학 예비에 대하여』, 《우라키》 창간호(1925년 9월), 6~7.

그들은 선교 사업 말고도 의료와 교육 등 여러 분야에 걸쳐 조선의 근대화 작업에 크게 이바지하였다. 조선의 젊은이들은 선교사들의 선교 사업에서 간접적으로 영향을 받기도 했지만 선교사들로부터 직접 유학에 필요한 도움을 받기도 하였다. 셋째, 유학생들은 세계 어느 나라보다도 미국에서 고학하기가 쉬웠다. 물론 김여식은 다른 나라와 비교하여 그렇다는 것일 뿐 미국에서 누구나 쉽게 돈을 벌어 학비와 생활비를 충당할 수 있다는 말은 아니라고 단서를 붙인다.

김여식보다 몇 해 늦게 1916년 미국 유학을 떠난 장이욱(張利郁) 역시 《우라키》 창간호에 기고한 「교육학 견지에서 관찰하는 유미(留美) 학생의 심리상 경험」에서 조선 학생들이 미국에 유학하면서 가슴에 품고 있던 희망과 포부를 날카롭게 지적한다. 이 무렵 아이오아주 더뷰크대학교에서 교육학을 전공하던 장이욱은 뒷날 컬럼비아대학교에서 철학박사 학위를 받고 귀국하여 서울대학교 총장과 주미대사를 역임하는 등 조국의 교육계와 외교계에서 활약하였다.

> 유미(留美)하는 우리 학생들로 말하면, 동편으로는 자유 여신상(如身像)[女神像]이 그네들 안구 망막에 그림하든 날노브터, 서편으로는 금문만(金門灣)이 그네들 가슴에 깁흔 늦김을 씌친 날노브터, 혹은 10여 년 혹은 4, 5년간을 두고 '유학생'이라는 영광되고도 무거운 일홈을 밧아 가지고 지나는 터이다. 그들은, 오날 구미 문명의 전통 발전의 중심이 된, 허다(許多) 교육 긔관에 흣어져 잇다. 그리고 수십 세기를 두고 싸이고 뭇치인, 대부분 다른 민족들의, 형이상(形而上) 급(及) 형이하(形而下)의 경험 급 고찰의 전부 혹 몃 분을 거듭하여 보려고 애쓰는 중이다. 한편으로는, 2, 30층식 되는 천공(天空)을 쑤를 듯한 건

> 축물도 본다. 몇 10만 마력 이상의 동력을 뿜아내는 제방도 구경한다. 민주와 평등을 웨여치는 사회에 늘 부닷친다. 자유연애, 금전만능의 희비극들도 자조 보는바이다.[5]

여기서 장이욱이 자유의 여신상과 금문만을 언급하는 것은 이 무렵 조선 유학생 대부분이 대서양을 통하여 동부 뉴욕으로 들어오거나 태평양을 건너 서부 캘리포니아로 들어왔기 때문이다. 이렇게 도착한 유학생들은 미국의 여러 대학에 흩어져 학업에 전념하였다. 암울한 식민지 조국에서 여러 난관을 극복하고 마침내 미국 땅에 도착한 만큼 그들에게 '유학생'이라는 꼬리표는 한편으로는 '영광스러운' 자랑이었고 다른 한편으로는 그야말로 '무거운' 짐이 될 수밖에 없었을 것이다.

특히 위 인용문에서 찬찬히 눈여겨볼 것은 조선 유학생들이 "수십 세기를 두고 싸이고 뭇치인, 대부분 다른 민족들의, 형이상 급 형이하의 경험 급 고찰의 전부 혹 몃 분을 거듭하여 보려고 애쓰는 중이다"라는 구절이다. 미국 대학은 설립된 지 겨우 400년도 되지 않지만 그동안 수십 세기에 걸쳐 유럽의 여러 나라에서 이루어진 학문을 집대성해 놓은 곳이라고 하여도 크게 틀리지 않는다. 이러한 대학에서 형이상학과 형이하학을 배

5) 장이욱, 「교육학 견지에서 관찰하는 유미 학생의 심리상 경험」, 《우라키》 창간호, 29. 1912년 숭실중학교를 졸업하고 이듬해 일본 세이소쿠(正則) 영어학교에 진학하여 일어와 영어를 공부한 장이욱은 1914년 여름방학을 맞아 일시 귀국하였지만 가세가 기울어 일본으로 돌아갈 수 없었다. 그래서 그는 미국 유학의 길을 모색하던 중 1916년 일제의 눈을 피하여 조국을 탈출하여 상해를 거쳐 샌프란시스코에 도착하였다. 1917년 안창호(安昌浩)를 만나 그의 인격과 정연한 논리, 조국독립 방략에 깊은 감명을 받은 그는 흥사단(興士團)에 입단하였다. 이듬해 장이욱은 더뷰크대학교에 입학하여 전공 분야인 교육학은 말할 것도 없고 사회학·경제학·생물학·지리학·사회심리학·종교철학 등 인접 학문을 폭넓게 공부하며 교양을 쌓았다. 적어도 이 점에서 그는 식민지 조선에서 가히 '르네상스적 인물'로 일컬을 만하다.

운다는 것은 인문학에서 사회과학, 자연과학에 이르는 모든 학문을 두루 습득한다는 뜻이다. 한마디로 이 무렵 조선인 유학생들은 어느 특정 학문에 편향되지 않고 모든 학문을 폭넓게 전공하였다.

물론 장이욱은 미국 유학을 지나치게 낙관적으로 보려는 태도를 경고하기도 한다. 그가 미국 유학을 '희비극'이라고 부르는 것은 바로 그 때문이다. 위 인용문의 마지막 부분에서 밝히듯이 장이욱은 미국에서 민주와 평등의 소중한 가치를 온몸으로 늘 부딪치면서 배운다. 이것은 그동안 유교 질서에서 정신적 자양분을 얻고 자라나 조선 시대의 전체주의를 지나 일본 제국주의의 식민주의를 겪은 조선 유학생들에게는 전혀 색다른 경험일 것이다. 그리고 그들은 이러한 경험을 토대로 앞으로 식민지 조국을 자유민주주의 국가로 건설해야 할 막중한 책임을 느낀다. 한편 이혼율이 무척 높은 미국 사회에서 목격하는 자유연애와 황금만능주의는 그들이 회피해야 할 악습일지도 모른다. 실제로《우라키》에 글을 기고하는 필자 중에는 장이욱처럼 이렇게 미국 유학의 문제점을 경고하는 사람들이 적지 않다.

그렇다면 한국인 최초의 미국 유학생은 과연 누구일까? 이 물음에 대한 답은 유학의 기준을 대학으로 한정할 것이냐, 아니면 고등학교까지 포함할 것이냐, 또는 교육 기관에 정식으로 적을 둔 것으로 한정할 것이냐, 아니면 학적과는 관계없이 수학한 것을 포함할 것이냐에 따라 달라질 수밖에 없다. 만약 고등학교까지 포함한다면 최초의 한국인 유학생은 유길준이다. 그는 조미수호통상조약에 따라 1883년 7월 미국에 파견한 견미(遣美) 사절인 보빙사(報聘使) 수행원으로 미국에 처음 건너갔다. 수행원의 임무를 마친 유길준은 보빙사 전권대신 민영익(閔泳翊)에게 미국에 계속

유길준이 다닌 가버너 더머 아카데미로 사립 명문 대학 예비교 중 하나로 꼽힌다. 매사추세츠주 세일럼 서북부에 있다.

남아 공부하고 싶다는 뜻을 밝혔고, 민영익이 그 제안을 받아들임으로써 그는 국비 유학생 자격으로 미국에서 최초로 유학하게 되었다. 유길준은 매사추세츠주 보스턴 북부 바이필드에 있는 사립 기숙학교 '가버너 더머 아카데미'에 1884년 9월 정식 입학하여 4개월 만인 12월 이 학교를 그만두고 이듬해 유럽을 거쳐 귀국하였다.

그러나 고등학교 입학이 아니라 대학 입학을 기준으로 삼는다면 유길준은 다른 한국인에게 자리를 내어줄 수밖에 없다. 이계필(李啓弼)은 1885년에, 변수(邊燧)는 1887년에, 서재필(徐載弼)과 윤치호는 각각 1888년에 미국 대학에 입학하였다. 강원도 철원 출신인 이계필은 1883년 여름 김옥균이 파견한 일본 유학생의 일원으로 도쿄 간다(神田)의 에이와(英和) 예비

1883년 최초의 견미 사절단이 미국에 도착하여 찍은 사진. 앞줄 왼쪽부터 홍영식, 민영익, 서광범이고, 뒷줄 오른쪽부터 변수, 고영철, 유길준이다. 변수와 유길준이 미국에 남아 유학하였다.

학교에서 공부하였다. 그러나 갑신정변의 실패 후 정부가 재일 유학생들에게 소환 명령을 내리자 귀국하지 않고 1885년 가을 미국으로 건너갔다. 이계필은 미국인의 도움으로 펜실베이니아주 필라델피아의 한 대학교에 입학함으로써 한국 최초의 미국 대학생이 되었다. 1888년 초대 주미전권공사 박정양(朴定陽)은 영어에 능통한 이계필에게 숙식과 학비를 제공하면서 워싱턴 D.C. 소재 대학교로 전학시키고 그에게 공사관의 업무를 맡겼다. 이계필이 어떤 대학에서 수학했는지는 확실치 않으며, 다만 1890년경 대학을 졸업한 것으로 알려져 있다. 서재필은 워싱턴 D.C. 소재 컬럼비안대학교(조지워싱턴대학교의 전신) 대학 예비 과정인 예과 야간부인 코크런 과학학교를 마친 뒤 이 대학교의 본과로 진학하였다. 1893년 졸업

초기 미국 유학생 중 한 사람인 서재필. 그는 갑신정변이 실패한 후 일본을 거쳐 미국에 도피하여 의학을 전공하였다.

한 그는 미국에서 한인 최초로 세균학 전공으로 의학학사가 되었다. 그러나 한국인으로 미국 대학에서 최초로 학사 학위를 받은 사람은 1891년 메릴랜드대학교에서 농학을 전공하고 이학사를 받은 변수다.[6)]

미국 대학에 정식 입학한 조선 유학생들은 20세기에 들어오면서 학사를 비롯하여 석사와 박사 학위를 받기 시작하였다. 예를 들어 서재필, 윤치호, 백상규(白象圭), 김규식(金奎植), 하난사(河蘭士), 박에스더(본명 金點童) 등이 미국 대학에서 학사학위나 석사학위를 받았다.[7)] 이 무렵 최초로 박사학위를 받은 조선인 학생은 다름 아닌 이승만(李承晩)이다. 1904년 11월 독립 보전과 관련하여 미국에 지원을 호소하기 위하여 고종의 밀사 자격으로 제물포항에서 미국으로 출국한 이승만은 일본 고베(神戶)를 거쳐 호놀룰루에 도착하였다. 1905년 이승만은 조지워싱턴대학교에 2학년 장학생으로 입학하여 1907년 이 대학을 졸업하였다. 같은 해 하버드대학

6) 한국인 미국 유학생에 관련해서는 이광린, 『한국 개화사 연구』 개정판(서울: 일조각, 1999), 52~193; 홍선표, 「일제하 미국 유학 연구」, 《국사관 논총》(진단학회) 96집(2001), 151~181; 김욱동, 『소설가 서재필』(서울: 서강대학교 출판부, 2010), 21~28 참고.

7) 《우라키》 창간호에 따르면 이 무렵 조선에서 사용하던 학위 명칭은 현재의 명칭과는 조금 달랐다. 학사학위(B.A. 또는 B.S.)는 '득업사(得業士)', 석사학위(M.A. 또는 M.S.)는 '학사'로 불렀다. 그러나 박사학위(Ph.D.)는 지금과 마찬가지로 '철학박사'로 불렀다. 그러나 잡지가 호를 거듭하면서 이러한 명칭은 엄격하게 지켜지지 않고 요즈음 명칭에 따르는 경우가 많았다.

교 대학원에 입학하여 1908년 석사 과정을 모두 수료하였다. 안중근(安重根)의 이토 히로부미(伊藤博文) 암살 사건과 전명운(田明雲)과 장인환(張仁煥)의 더럼 스티븐스 암살 사건으로 친일적인 미국인 교수들로부터 냉대를 받자 이승만은 1910년 2월에 가서야 비로소 석사학위를 받을 수 있었다. 그 뒤 그는 프린스턴대학교 박사과정에 입학하여 정치학과 국제법을 전공하여 1910년에 박사학위를 받았다. 그의 학위 논문 「미국의 영향을 받은 영세 중립론」은 1912년 프린스턴대학교 출판부에서 출간될 정도로 당시 미국 학계에서 큰 주목을 받았다.

1920년대 조선인의 미국 유학

조선인 미국 유학생 수는 1910년까지 겨우 30여 명밖에 되지 않았다. 그러나 기미년 독립만세운동이 일어난 1919년 즈음에는 그 수가 두 배 넘어 77명이 되었다. 기미독립운동은 그동안 잠들어 있던 조선 지식인들의 의식을 일깨우는 각성제 역할을 하였다. 일본 제국주의는 조선 민족이 한마음으로 들고 일어난 독립운동에 엄청난 타격을 받고 그에 대한 대책 마련에 무척 고심하였다. 그러한 대책 중 하나가 이른바 '문화 정치'로 일컫는 회유 정책이었다. 일제는 문화 정책을 표방하면서 조선에서 일간신문의 발행과 잡지의 출간을 허용하는 한편, 조선인들에게 고등교육의 기회를 확대함으로써 그동안 옥죄었던 조선인의 숨통을 조금 터 주려고 하였다. 물론 일본 제국주의는 이러한 유화적 몸짓을 빌려 조선 민족의 독립운동 전선을 분열시키고 가혹한 식민지 통치를 은폐하려는 데 그 속셈이 있었다. 어찌 되었든 이렇게 일본 제국주의가 문화적 유화 정책을 펴면서 그동안 언론과 출판의 자유를 옥죄던 고삐가 조금 풀리고 굳게 닫혀 있다시피 한 해외 유학의 빗장이 조금 열리기 시작하였다. 그래서 일본뿐 아니라 미국에도 조선인 유학생의 수가 갑자기 늘어났다. 북미조선학생총회에서 간행하던 잡지《우라키》의 사설은 기미독립운동이 조선 유학생 역사에서도 굵직한 획을 그은 사건이라고 지적한다.

> 최근의 유미 학생계의 안과 박을 밝히 살필 때에 우리는 우리의 입에 제절노 오르는 미소를 부인할 수가 업다. 분량으로 보든지 혹은 품질로 가리든지 최근의 유학생계는 과거의 그것에 비하야 실노 자랑할 만하며 이에 따라 우리의 가지는 낙관과 기대도 적은 것이 아니다. 이것도 우리의 3·1운동이 우리의 가난한 집에 가져온 축복 중의 하나인 것은 췌언(贅言)을 요치 안는다. 과연 1919년은 미약하고 침체 가온데 잇든 유미 학생사에 신기원을 획(劃)하는 기억할 만한 해이엇다.[8]

위 사설의 필자가 지적하듯이 일제 강점기 조선 유학생의 수는 기미독립운동과 일제의 유화적인 문화 정책에 힘입어 기하급수적으로 증가하였다. 바로 이 점에서도 3·1운동은 "가난한 집에 가져온 축복 중의 하나" 임이 틀림없다. 그런데 여기서 한 가지 흥미로운 것은 사설의 필자가 식민지 조선을 '가난한 집'에 빗댄다는 점이다. 유교에서는 흔히 국가를 가정이 확대된 개념으로 본다. 그렇다면 아직도 유교 질서에서 완전히 벗어나지 못한 필자에게는 일본 제국주의의 통치를 받는 조선은 가난한 집에 지

8)「우라키 에뒤토리알」,《우라키》2호(1926년 9월), 1.

일본에서 메이지 유신을 이끈 이와쿠라 사절단. 이와쿠라 도모미의 인솔로 2년 동안 미국과 유럽 등 12개국을 시찰하였다.

나지 않을지도 모른다. 외국 유학이야말로 이렇게 가난해진 집을 다시 일으켜 세울 수 있는 더할 나위 없이 좋은 계기가 될 것이다. 모르긴 몰라도 필자는 아마 일본 근대화에서 견인차 구실을 한 메이지 유신(明治惟新)을 염두에 두고 있는 것 같다. 메이지 유신에서 주역을 담당한 사람 중에는 이와쿠라(岩倉) 사절단을 비롯하여 미국과 유럽에 유학한 학생들이 유난히 많았다.

기미독립운동 이후 1925년경에는 미국 대학과 대학원에서 수학하는 조선인 학생 수가 300여 명으로 늘어났다. 300여 명이라면 1919년과 비교하여 무려 4배 가까이 늘어난 수치다. 방금 앞에 인용한 사설을 쓴 필자는 이 점과 관련하여 다음과 같이 자못 영탄적으로 말한다.

이래 5, 6년은 내지(內地)로브터 혹은 중국, 포와(布蛙)로브터 수만흔 학생들이 태평양 대서양을 훨々 건느는 것을 목도하고 다시는 재래로브터 미주에 거류하는 청년들이 지식에 대한 새로운 영감(靈感)과 기갈(飢渴)에 견디지 못하야 니젓든 교문을 다시 두다리는 것을 목격한 결과에 불과 4, 50을 산(算)하든 당시의 학생 수는 금일에 3백을 넘김에 니르럿스니 엇지 우리의 적빈한 살님에 풍년이라 아니할 수가 잇는가! 수효의 격증만이 어찌 전부를 말하리오 하고 그 품질을 도라살필 때에 우리는 거듭 만족의 우슴을 금할 수가 업게 된다.[9)]

위 인용문에서 무엇보다도 먼저 주목해 볼 것은 조선 유학생들이 단순히 내지, 즉 조선 반도에서만 미국에 건너가지 않았다는 점이다. 조선 유학생들은 태평양을 건너 한반도와 중국, 일본에서 미국에 건너갔을 뿐 아니라 이제는 대서양을 건너 유럽에서도 건너갔다. 일본에서 유학을 마치거나 유학하던 도중에 미국에 건너간 학생들을 먼저 살펴보자.

가령 이훈구(李勳求)는 수원농림학교를 거쳐 1924년 일본 도쿄대학(東京大學) 농학과에서 3년을 수료한 뒤 미국으로 건너가 1927년 캔자스 주립농과대학교 대학원을 수료하고 위스콘신대학교에서 철학박사 학위를 받았다. 김세선(金世璇)은 와세다대학에서, 한승인(韓昇寅)은 메이지대학에서 유학한 뒤 미국으로 건너갔다. 북미조선학생총회와 그 기관지《우라키》발간에 핵심적인 역할을 한 오천석(吳天錫)도 그러한 유학생 중 한 사

9) 앞의 글, 1.《우라키》창간호에 실린「유미 학생 통계표」에 따르면 1925년 현재 193명이 미국 대학에 재학 중인 것으로 되어 있다. 이 통계표를 작성한 필자는 "조사 불능(不能)을 인(因)하야 유미(留美) 학생 총계가 193명에 불과하나 사실은 십수 명이 더 될 듯하다"(160쪽)고 적는다. 역시《우라키》창간호에 실린「유미 졸업생 일람표」에 따르면 서재필과 윤치호, 이승만 등을 비롯한 117명이 졸업한 뒤 귀국했거나 미국에 남아 있는 것으로 집계되었다.

람이다. 배재학당에 입학한 뒤 1년 만에 그는 일본 기독교계 학교인 아오야마(青山)학원 중등부를 졸업하고 1919년 미국에 건너가 오하이오주 소재 코넬대학, 시카고 근교의 노스웨스턴대학교, 뉴욕의 컬럼비아대학교 등에서 사회학과 교육학을 전공하였다. 이 밖에도 일본에서 공부하다가 미국으로 건너간 유학생 중에는 앞에서 언급한 장덕수(와세다대학)을 비롯하여 류형기(柳瀅基, 아오야마학원), 홍익범(洪翼範, 와세다대학), 한보용(韓普容, 메이지대학) 등 하나하나 손가락으로 헤아릴 수 없을 정도로 아주 많다.

중국 후장대학을 거쳐 미국 스탠퍼드대학교에서 유학한 주요섭. 그는《우라키》에 단편 소설과 미국 인상기를 기고하였다.

일본과 비교하여 비록 그 수는 적지만 이 무렵 중국에서 유학하다가 미국에 건너간 조선 학생들도 더러 있었다. 주요한(朱耀翰)의 동생으로 뒷날 영문학자와 소설가로 활약하는 주요섭(朱耀燮)은 중국 침례교 선교회가 세운 후장(滬江)대학에 다니다가 미국에 건너가 스탠퍼드대학교에서 영문학을 전공하였다. 신형철(申瀅澈)도 주요섭과 똑같은 전철을 밟았다. 이병우(李秉祐)는 옌칭(燕京)대학에서, 박원규(朴元圭)는 칭다오(青島)대학에서 유학하다가 미국에 건너가 컬럼비아대학교와 노스웨스턴대학교에서 각각 수학하였다. 이 밖에 김정룡(金正龍), 김상봉(金相鳳), 김응건(金應健) 등도 중국에서 미국으로 건너간 유학생들이다.

중국에서 미국으로 건너간 유학생 중에서 한치진(韓稚振)은 여러모로 관심을 끈다. 그는 열여섯 살 때 중국으로 건너가 난징(南京)대학과 진링(金陵)대학 부속중학교를 졸업한 뒤 1921년 도미하였다. 한치진은 서던캘리포니아대학교에서 철학을 전공하여 철학박사 학위를 취득한 뒤 1930년에 귀국하였다. 이듬해 9월 그는 경성에서 '철학연구사(哲學研究社)'를 설립하고, 1932년 9월부터 이화여자전문학교 철학 교수로 취임하였다. 귀국 후부터 정력적인 저술 활동을 전개한 한치진은 『신심리학개론』(1930), 『논리학개론』(1931), 『아동의 심리와 교육』(1932), 『사회학개론』(1933), 『종교개혁사요』(1933), 『종교철학개론』(1934), 『증보 윤리학개론』(1934), 『최신 철학개론』(1936) 등 당시 철학이 다루는 거의 모든 분야에 걸쳐 폭넓게 개설서를 집필하여 출간하였다. 특히 그는 이 무렵 미국 학계에서 성행하던 고전철학과 실용주의 철학을 국내에 처음 소개하는 데 노력을 기울였다. 1936년 이화여전 교수직을 사임한 한치진은 1939년 일본에 건너가 와세다대학에서 연구하면서 일본어로 『인격심리학원론』을 출판하기도 하였다. 광복을 맞이하자 귀국한 그는 서울대학교 철학과 교수로 재직하다가 한국전쟁 중 납북된 것으로 알려져 있다.

한치진과 함께 백낙준(白樂濬)도 중국을 거쳐 미국에 유학한 대표적인 사람 중 하나다. 《우라키》 2호에 실린 집필자 소개란에는 백낙준에 관하여 "군은 일즉 중국 텐진(天津)에 유학하다가 도미하야 팍대학을 필하고 프린스톤에 수학하야 신학사와 정사과(政史科)로 문학사의 위(位)를 엇고 다시 예일대학에서 종교사로 철학박사의 위를 밧은 후 귀국하야 현금 연희전문의 교수로 재직"[10] 중이라고 나와 있다. 여기서 말하는 '신학사'와

10) 「기고가 소개」, 《우라키》 3호(1928년 9월), 140.

'문학사'란 오늘날의 신학석사와 문학석사 학위를 말한다. 좀 더 구체적으로 말하자면 백낙준은 평안북도 신성중학교를 졸업하고 중국에 유학하여 톈진 신학서원에서 3년 과정을 마쳤다. 미국 선교사의 도움으로 1916년 미국에 건너간 그는 미주리주의 파크대학, 프린스턴대학교에서 정치학 및 역사학과 신학을 공부한 뒤, 1925년 예일대학교 대학원에 입학하여 종교사 연구를 전공하여 1927년 「조선 신교사(朝鮮新教史)」라는 논문으로 철학박사 학위를 받았다. 그는 예일대학교에서 최초로 박사학위를 받은 한국인으로 꼽힌다.

백낙준은 귀국 후 연희전문학교 교수로 후학을 양성하는 한편, 조선기독교서회 이사, 조선어학회 회원, 영국왕실아시아학회 한국지부 이사, 진단학회와 조선민속학회 발기인, 조선기독교청년회 이사 등 학교 밖에서도 폭넓게 활동하였다. 특히 연희전문학교 문과 과장을 지내면서 정인보(鄭寅普), 최현배(崔鉉培), 백남운(白南雲) 등의 조선학 운동을 지원하고 조선어, 조선사 수업을 개설한 것으로 유명하다. 해방 후에도 그는 동방학연구소(현재의 국학연구원)를 설치하여 국학 연구에 힘을 쏟기도 하였다.

일본과 중국과 함께 '포와'로부터도 많은 학생이 미국 본토로 건너온다는 점을 좀 더 찬찬히 눈여겨볼 필요가 있다. '포와'란 두말할 나위 없이 하와이 군도를 가리키는 한자어다. 20세기 초엽 하와이 이민자 중에는 경제적 이유 못지않게 교육 때문에 고국을 떠난 사람들이 적지 않았다. 초기 하와이 이민에서 주도적 역할을 한 호러스 뉴턴 앨런(한국명 安連)은 1904년 12월 미 국무부 장관 존 헤이에게 보낸 편지에서 "교육에 대한 열의가 너무 강하여 가문이 좋은 한국인들도 그 목표를 위해서라면 천한 직업도 마다하지 않았다. 아이들을 위하여 교육을 받을 수 있다는 생각이 정말로 강한 동

20세기 초엽 미국 하와이 섬으로 노동 이민을 가 사탕수수 밭에서 일하던 가족. 자식의 교육을 위하여 이민을 갔지만 열악한 환경으로 미국 본토로 이주한 이민자들도 적지 않았다.

기부여가 되었던 것 같다"[11]고 말하였다. 그러나 초기 하와이 이민자들 중에는 비단 자녀들의 교육뿐 아니라 그들 자신의 교육을 위하여 이민을 떠난 사람도 있었다.

조선통감부(朝鮮統監府)와 밀접한 관계를 맺고 친일 운동을 하던 미국인 더럼 스티븐슨을 저격한 장인환과 전명운이 하와이에 이민 간 것도 좀 더 나은 교육을 받기 위해서였다. 평양 숭실학교를 졸업한 장인환은 1905년 하와이로 이민을 떠났고 그 이듬해 샌프란시스코로 이주하였다. 전명운은 한성학교를 졸업한 뒤 장인환과 마찬가지로 하와이로 이민을 떠났

11) Wayne Patterson, *The Korean Frontier in American Immigration to Hawaii, 1986~1910* (Honolulu: University of Hawaii press, 1988), 106.

고, 1904년 샌프란시스코로 이주하였다. 두 사람은 미주 본토에 도착하여 계획대로 학교를 다닐 수 없게 되자 이곳에서 안창호(安昌鎬) 등이 조직한 공립협회(公立協會) 회원으로 활동하던 중 스티븐슨 저격을 감행하였다.

교육을 목적으로 하와이에 이민을 떠난 사람 중에서 차의석(車義錫)은 특히 주목해 볼 만하다. 이민 자서전 『금산(金山)』(1961)을 출간하여 관심을 끈 그는 평양 숭실학교에서 공부하였다. 이 무렵 평양에서 선교 활동을 하던 미국 선교사 새뮤얼 모펫(한국명 馬布三悅)의 설교를 듣고 선교사가 되기로 결심한 차의석은 미국의 의료 선교사 헌터 웰스(한국명 魏越時)한테서 눈병을 치료받고 난 뒤에는 의사가 되기로 결심하였다.

> 사실 나는 마 목사처럼 목사가 되고 싶은 것 못지않게 그 사람처럼 의사가 되고 싶었다. 나는 이 두 선교사가 하는 것처럼 국내 선교사가 되어 한 손에는 성경책을 들고 다른 손에는 의료 가방을 들고 다니며 우리 백성이 앓고 있는 질병과 함께 죄로 병든 영혼을 치료해 주고 싶었다.[12)]

여기서 '마' 목사란 모펫 선교사를 말하고, '그 사람처럼'에서 그 사람은 웰스 선교사를 말한다. 그리하여 차의석은 마침내 1905년 하와이 사탕수수 농장 노동자로 미국에 이민을 갔다. 그러나 하와이 섬이 생각했던 것처럼 낙원이 아니라는 사실을 깨닫고 몇 달 뒤 캘리포니아주 샌프란시스코로 건너갔다. 그곳에서 허드렛일을 하던 차의석은 1913년 샌프란시스

12) Easurk Emsen Charr, *The Gold Mountain: The Autobiography of a Korean Immigrant, 1895~1965*, 2nd ed., ed. Wayne Patterson (Urbana: University of Illinois Press, 1996), 88. 차의석은 대한민국 임시정부에서 주로 활동한 독립운동가 차리석(車利錫)과는 사촌 사이이다. 『금산』에서 차의석은 차리석을 '학자 사촌'이라고 부른다.

코 대한국민회의 본부에서 우연히 선교사 새뮤얼 맥큔(한국명 尹山溫) 목사를 만나고 그의 권유와 추천으로 미주리주 파크대학에 입학하였다. 학력이 모자라 아직 파크대학에는 곧바로 입학할 수는 없던 차의석은 먼저 대학 부설 고등학교 '파크 아카데미'에서 공부하였다. 그 뒤 그는 한국 학생으로는 최초로 파크대학에 입학한 학생이 되었다. 그의 뒤를 이어 백낙준과 김마리아(金瑪利亞)가 이 대학에 입학하였다. 《우라키》 창간호에 실린 「유미 졸업생 일람표」에 차의석의 직업란에는 '일니노이주 대학 제약과'로, 소속 대학에는 'Park C'로 표기되어 있다. 고학하며 공부해야 했던 차의석은 이런저런 사정으로 무려 10여 년 동안 '작은 금산'이라고 할 파크빌에 머물러 있었다.[13]

더구나 미국에 건너가는 조선 유학생들은 양적뿐 아니라 질적으로도 크게 향상되었다. 앞에서 인용한 사설의 필자가 "수효의 격증만이 어찌 전부를 말하리오 하고 그 품질을 도라살필 때에 우리는 거듭 만족의 우슴을 금할 수가 업게 된다"고 자신 있게 말하는 까닭이 바로 여기에 있다. 위에 언급한 사설의 필자는 "이에 반하여 금일의 유학생은 도미 준비가 비교적 원만한 이유로 도래 즉시 상당한 대학 혹 전문교에 입학케 되고 전공학과의 범위도 넓다"[14]고 밝힌다. 여기서 '이에 반하여'라는 말은 초기 미국 유학과 비교하여 하는 말이다. 20세기 초엽만 하여도 이렇다 할 준비가 없이 미국에 온 까닭에 정식으로 대학에 입학하지 못하고 특별학생 자격으로 대학에 적을 두거나 중고등학교, 심지어 초등학교에 재적한 학생

---

13) 차의석의 미국 유학에 관해서는 김욱동, 『한국계 미국 이민 자서전 작가』(서울: 소명출판, 2012), 191~236 참고.

14) 「우라키 에뒤토리알」, 《우라키》 2호(1926년 9월), 1.

들도 적지 않았다. 어쩌다 전문학교나 대학 본과에 재적한 학생이라도 조선에 파견된 미국 선교사들의 도움으로 신학을 전공하는 경우가 많았다.

그러나 사설의 필자는 1920년대 중반에 이르러 초기와는 사정이 많이 달라졌다고 지적한다. 그러면서 그는 1924년 가을 국제기독교청년회(YMCA) 학생부 간사인 이병두(李炳斗)가 조사한 통계 자료를 제시한다. 이 통계 자료에 따르면 신학 전공 22명, 의학 전공 20명, 공학 전공 17명, 경제 및 상업 전공 17명, 교육 전공 13명, 화학 전공 12명 등 유학생 174명의 전공을 열거한다. 이 중에는 자칫 실용과는 거리가 멀다고 생각할 수 있는 철학(7명), 미술(6명), 음악(5명), 역사(4명), 문학(4명) 등을 전공하는 학생들도 있었다. 174명은 직접 파악한 유학생 수일 뿐이고 통계에 잡히지 않은 학생들까지 합하면 실제로는 그것보다 훨씬 더 많을 것이다. 또한 이 수에는 여러 이유로 대학에 아직 정식 입학 허가를 받지 못한 특별학생, 그리고 초등학교 학생과 중고등학교 학생은 모두 제외되었다.

1920년대가 되면서 미국과 유럽에서 유학을 마친 학생들이 귀국하기 시작하였다. 그중 일부는 유학한 나라에 계속 남아 연구를 계속하거나 취직한 사람들도 있었지만 졸업생 대부분은 고국에 돌아갔다. 그래서 1925년경에는 경성에 이미 '구미유학생구락부(歐美留學生俱樂部)'가 조직되었다. 이 단체는 요즈음 식으로 말하면 미국과 유럽 대학에 유학한 졸업생들이 친목을 도모하기 위하여 만든 유학생 동문회와 비슷하다. 1925년 북미조선학생총회가 《우라키》라는 잡지를 창간했을 때 이 단체는 잡지 맨 앞면에 "축 우라키 창간 / 경성 / 구미유학생구락부"라는 전면 광고를 실어 눈길을 끌었다.

《우라키》 2호의 '잡기—소식란'에서는 이 구락부 설립 소식을 자세히

전한다. "거년(去年)에 경성을 중심으로 하야 구미 각국 학생들 사이에 동부(同部)가 조직된 것은 크게 깃븐 일이다. 동부로 말미암아 동부원 사이의 친목은 물론 본국 일반 사회와 해외 유학계에 만흔 공헌이 잇스리라고 밋고 기대하는 바가 크다"[15] 고 밝힌다. 구락부의 부장에는 신흥우(申興雨, 중앙청년회), 부부장에는 양주삼(梁柱三, 남감리교 전도국), 간사에는 구자옥(具滋玉, 중앙청년회), 서기에는 안동원(安東源, 이화여자전문학교), 재무에는 구영숙(具永淑, 세브란스 병원)이 맡았다. 모두 50명이 넘는 회원 명단에는 윤치호(송도고등보통학교)를 비롯하여 백상규(보성전문학교), 김동성(金東成, 조선일보사), 조병옥(趙炳玉, 연희전문학교), 최두선(崔斗善, 중앙고등보통학교) 등의 이름이 보인다. 중국에서 유학하고 돌아온 학생들의 친목 단체인 '유중학우구락부(留中學友俱樂部)'가 조직된 것이 1927년이니 북미 유학생들은 그들보다 2년 앞서 이 모임을 조직한 셈이다.

이렇게 조선인 유학생 수가 많이 증가하자 1933년 1월 《삼천리》 잡지는 「반도에 기다인재(幾多人材)를 내인 영·미·노·일 유학사」라는 흥미로운 기사를 실었다. 그중에서 미국 유학사 집필을 맡은 오천석은 미국 유학의 성과를 이렇게 밝힌다.

> 수천 년 은거 생활을 하여 오든 조선이 그 굳게 닷첫든 거적문을 겨우 열고 서양문물과의 접촉의 제1보로 미지의 나라 미국과 통상조약을 맺은 것이 1882년—지금으로브터 반세기 전. 이때로브터 5년 후에 서재필, 서광범 등이 망명객의 신세로 물결 높은 태평양을 건너 상항(桑港)의 흙을 밟게 된 것이 미국 유학으로의 처녀항해이엇고 이때 심은 유학의 씨가 엄을 내고 잎이 돋고

15) 「잡기—소식란」, 《우라키》 2호, 161.

줄기가 생기고 꽃이 피어서는 마츰내 훌늉한 열매를 맺게 된 것이다.[16)]

위 인용문에서 무엇보다도 관심을 끄는 것은 오천석이 구사하는 비유법이다. 뒷날 교육 행정가로 크게 활약하는 그는 미국 유학 시절 전공 분야인 교육학 못지않게 문학과 번역에도 깊은 관심을 기울였다. 자칫 무미건조하기 쉬운 주제를 다루는 이 글에서도 오천석은 문학적 역량을 한껏 발휘한다. 그는 미국과 통상조약을 맺기 이전 쇄국정책을 실시하면서 은둔 생활을 하던 조선을 거적문을 단 오두막에 빗댄다. "거적문에 돌쩌귀"라는 표현도 있듯이 거적문이 '굳게 닫혀' 있었다는 것이 어딘지 잘 들어맞지 않지만, 조선 시대 말기의 쇄국정책과 쇠퇴하던 국운을 설명하는 데는 안성맞춤이다. 어찌 되었든 조선이 거적문을 겨우 열고 서양문물을 받아들이기 위하여 처음 접촉한 미국은 모르긴 몰라도 아마 이층 양옥집에 해당할 것이다.

더구나 오천석이 구사하는 비유법은 "이때 심은 유학의 씨가 엄을 내고……"라는 구절에 이르러서는 더욱 빛을 내뿜는다. 조선인 미국 유학생의 노력과 성공을 씨앗이 자라나 열매를 맺는 식물에 빗대는 것이 여간 신선하지 않다. 최초의 유학생에 속하는 서재필과 서광범이 갑신정변이 삼일천하로 실패한 뒤 일본을 거쳐 샌프란시스코 땅에 첫발을 내디뎠다. 그 비옥한 미국 땅에 그들은 유학이라는 소중한 씨앗을 심었고, 그 씨앗은 싹이 터서 점차 잎이 돋고 줄기가 자랐다. 그러더니 한 떨기 아름다운 꽃을 피우고 그 꽃에서 마침내 '훌륭한 열매'를 맺게 되었다는 것이다.

16) 「반도에 기다인재(幾多人材)를 내인 영·미·노·일 유학사」, 《삼천리》 5권 1호(1933년 1월 1일), 25~26.

오천석은 그가 말하는 '시운'에 따라 45여 년에 이르는 미국 유학의 역사를 크게 네 시기로 구분 짓는다. ① 한국 시대 20년, ② 합병 초기 10년, ③ 기미운동 후 5년, ④ 신이민법 제정 후 10년이 바로 그것이다. 여기서 '한국 시대'란 두말할 나위 없이 대한제국 시대를 말한다. '합병 초기' 10년이란 1910년부터 기미독립운동이 일어난 1919년까지 기간을 말한다. 그리고 '신이민법 제정 후'란 1924년 미국 의회가 통과시킨 존슨-리드 이민법 이후의 기간을 말한다. 흔히 '동양인 배척법'으로 더욱 잘 알려진 이 법은 국가별로 이민자 수를 할당하는 법이다. 이 법에 따라 미국 정부는 해마다 국가별로 허용하는 이민자의 수를 미국 인구의 2%로 크게 제한하였다. 이 법은 아시아인의 이민뿐 아니라 아시아 학생의 미국 유학도 제한하는 결과를 낳았다.

북미조선학생총회 설립

이렇게 조선 유학생들이 점차 늘어나자 미국 여러 지방을 중심으로 소규모로 모이던 유학생들이 좀 더 체계적으로 단체를 결성할 필요성을 느끼기 시작하였다. 가령 1912년 12월 시카고 지역에서 유학하던 학생들이 학업을 권장하고 안녕질서를 유지할 목적으로 학생회 조직을 발기하자 다른 지역의 유학생들이 호응하여 '북미대한인학생연합회(北美大韓人學生聯合會, Korean Students Alliance)'를 조직하였다. 네다섯 지역에 지회를 둔 이 연합회는 1913년 6월 네브래스카주 헤이스팅스에서 박용만(朴容萬)의 주도로 열린 학생대회에서 해마다 두 번씩 영문으로 학생 회보 《Korean

Students Review》를 발간하기로 결의하여 그 이듬해 1914년 4월 첫 호를 발간하였다.《학지광》 3호 '우리 소식' 난에 "북미 헤스팅학교에 재학ᄒᆞ는 우리 형제들은 Korean Students Review라ᄂᆞᆫ 잡지를 연 2회로 발행ᄒᆞᆫ다더라"[17]고 적혀 있는 것을 보면 이 연합회는 비단 미국뿐 아니라 고국의 학생들과 일본에 유학 중인 학생들과도 접촉하고 있었음을 알 수 있다. 그러나 이 연합회는 1916년 이후 이렇다 할 활동이 없이 유명무실해졌다.

1918년에 1차 세계 대전이 끝나고 파리 강화회의가 개최되는 등 국제정세가 급격하게 돌아가자 그해 12월 오하이오주 델러웨어와 콜럼버스에 유학하던 조선 유학생들은 세계 대전 이후 개최될 파리 강화회의를 대비하기 위한 일환으로 '북미조선인유학생회(美國朝鮮人留學生會, Korean Student League of America)'를 발기하고 1919년 1월 정식으로 출범시켰다. 조국의 독립운동을 전개할 목적으로 강화회의가 끝날 때까지 한시적으로 운영할 이 유학생회는 의장에 이춘호(李春昊), 재무에 옥종경(James C. Oak)과 윤영선(尹永善), 서기에 이병두와 임병직(林炳稷), 영업부장에 안종순(安鍾淳)을 추대하였다. 북미조선인유학생회는 박용만, 이승만, 안창호 등이 1909년에 설립한 미국 내 독립 운동단체인 '대한인국민회(大韓人國民會)'와 교섭해 영문 잡지를 발간하는 한편, 필라델피아에서 서재필이 주관하던 한국통신부와도 교류하였다.

북미조선인학생회가 결성된 후 시카고, 디뉴바, 샌프란시스코 등 미국 각지에서 한인 학생들은 독자적인 활동을 전개하였다. 특히 기미독립운동에 고무된 재미 유학생들은 1919년 9월 샌프란시스코에서 '한인학생공동회'를 열고 학생회를 하나로 통합하기로 결의하였다. 그리하여 그

17) 「우리 소식」,《학지광》 3호(1914년 12월 3일), 53.

해 11월 '북미대한인유학생회' 포고서를 발표함으로써 미국에서 통합 학생회의 설립 목적과 활동 방침을 알렸다. 그 후 1921년 4월 미국 11개 지역 학생 대표들이 뉴욕에서 모임을 가지고 마침내 '북미조선학생총회(北美朝鮮學生總會, Korean Student Federation of North America)'를 결성하기에 이르렀다. 흔히 '유미조선학생총회(留美朝鮮學生總會)'라고도 일컫는 이 총회의 초대 회장과 부회장에는 이용직(李用稷)과 조병옥(趙炳玉)이 각각 선출되었다. 본부는 미국 동부와 서부의 중간 지역에 위치한 시카고에 두었다. 이로써 미국 유학생들의 모임은 마침내 단일한 기구로 발족하기에 이르렀다.

북미조선학생총회 임원은 총회 회장단과 총회 이사부의 이원적 조직으로 구성되었다. 총회 회장단에는 회장과 부회장 밑에 ① 총무, ② 조선문 서기, ③ 영문 서기, ④ 재정부장, ⑤ 편집부장을 두었다. 총회 회장단은 정기간행물을 출간하는 역할을 맡은 만큼 편집부장 밑에는 대여섯 명의 편집부원을 따로 두었다. 편집부원들은 종교·철학, 교육, 사회, 자연과학, 문예, 기사 등을 분담하였다. 한편 총회 이사부에는 이사부장 밑에 열한 명 정도의 이사를 두었다. 총회 이사부는 회장단을 자문하는 역할을 맡았다.

북미조선학생총회는 1921년부터 1945년 사이 조국이 일본 식민지에서 해방될 때까지 어떤 단체 못지않게 활발하게 활동하였다. 예를 들어 총회는 조국에서 미국에 유학하려는 학생들에게 여러 유용한 정보를 제공해 주었다. 또한 총회는 해마다 6월이면 여름방학을 이용하여 정기적으로 모임을 개최하여 여러 현안 문제를 비롯하여 각종 시국과 시사 문제를 토론하고 학술 연구를 발표하였다. 1923년 6월 시카고에서 1차 미주유학생

1924년 6월 시카고 근교 노스웨스턴대학교에서 열린 북미조선학생총회 제2차 연례대회를 마치고 찍은 기념 사진.

대회를 열었고, 그 이듬해 1924년 6월에는 시카고시 북쪽에 있는 에번스턴에서 2차 대회를 열었다. 시카고와 에번스턴에서 잇달아 대회가 열린 것은 비교적 교통이 편리한 북미대륙 중앙에 놓여 있는 데다 시카고대학교와 노스웨스턴대학교에 조선인 유학생들이 비교적 많이 수학하고 있었기 때문이다.

이 밖에도 북미조선학생총회는 1932년 뉴욕주 버팔로에서 열린 국제학생지원대회, 1935년 시카고에서 열린 동양학생대회 등 미국에서 개최하는 여러 국제 학생대회에 한국 대표를 파견하여 식민지 한국 사정을 널리 알렸다. 더 나아가 조국의 독립운동 활동과 관련하여 총회는 광주학생운동 직후 투옥되거나 부상을 입은 학생들을 위한 구호 의연금 송금, 윤봉길(尹奉吉) 의거 직후에 체포된 안창호 석방 운동, 중일전쟁이 일어났을 때 일본 제국주의의 침략 규탄 운동 등 폭넓게 활동을 전개해 나갔다.

그러나 북미조선학생총회가 이룩한 업적 중에서도 기관지《우라키(The Rocky)》를 발행한 것은 단연 첫손가락에 꼽힌다. 모든 단체나 기관이 흔히 그러하듯이 기관지나 잡지는 그 단체나 기관의 심장과 같다. 인간 신체기관에서 심장이 가장 핵심적인 것처럼 기관지나 잡지는 아주 중요하다. 회합에서 구두로 발표하고 토의하는 것과는 달리 활자 매체를 통한 지면 발행은 기록으로 남길 수 있다는 점에서도 그러하고, 회원 외에 다른 많은 독자에게 널리 읽힐 수 있다는 점에서 그러하다. 미국에서 편집하여 조선에서 발행하던《우라키》는 1925년부터 1936년까지 10여 년 동안 유학생들은 말할 것도 없고 지식인들에게 서양과 동양을 잇는 가교의 역할을 충실히 하였다. 더구나 새로운 지식과 교양에 목말라하던 식민지 조선의 청년들에게는 그야말로 사막의 오아시스와 같았다.

북미조선학생총회와 재일본조선유학생회

북미조선학생총회와 관련하여 여기서 잠깐 일본의 조선 유학생들이 결성한 단체 '재일본동경조선유학생학우회(在日本東京朝鮮留學生學友會)'를 살펴보는 것이 좋을 것 같다. 이 두 단체는 조선 유학생들이 외국에서 결성한 가장 대표적인 단체기 때문이다. 일본 제국주의가 조선을 강제 병합하기 전 1896년 도쿄에 처음 설립한 '조선인일본유학생친목회'를 시작으로 일본에서는 여러 단체가 결성되었다. 그 뒤 1906년 '재일본동경 조선기독교청년회'가 설립되었고, 1907년에는 '와세다대학 조선동창회'가,

1915년에는 '교토조선유학생회'가 개별 대학 규모로 창설되기 시작하였다. 그 뒤로도 일본에서는 출신과 지역별로 다양한 이름의 유학생 모임을 결성하였다.[18)]

그 밖에 경술국치 때까지 일본의 조선 유학생들은 1905년에 '태극학회(太極學會)'를 비롯하여 1906년에 '공수학회(共修學會)', '낙동친목회(洛東親睦會)', '광무학회(光武學會)', '대한유학생회(大韓留學生會)', 1907년에는 '호남학계(湖南學稧)', '동인학회(同寅學會)', '한금청년회(漢錦靑年會)' 등 그 이름도 혼란스러울 만큼 여러 단체를 설립하였다. 그 뒤 1908년 태극학회와 공수학회를 제외한 나머지 단체를 통합하여 '대한학회(大韓學會)'가 설립되었다. 그리고 1909년 1월 대한학회와 태극학회가 주축이 되어 공수학회와 새로 성립된 '연학회(硏學會)'를 합하여 마침내 '대한흥학회'를 발족하기에 이르렀다.

이를 기반으로 1911년 5월 일본 유학생들은 친목 단체로 '재동경조선유학생친목회(在東京朝鮮留學生親睦會)'를 결성했지만 곧 일제는 이 단체를 해산하였다. 그 뒤 재일 유학생들은 통합 친목회로서 1912년 10월 다시 '재일본동경조선유학생학우회'를 창립하였다. 이 학우회는 재일 유학생이 조직한 단체 중 가장 세력이 컸으며, 일본 도쿄 지역에 처음 유학 간 학생들은 반드시 이 학우회에 의무적으로 가입해야 하였다. 이로써 일본 유학생들은 미국 유학생들보다 10여 년 앞서 학생모임을 결성하기에 이르렀다. 이 학우회의 설립 목적은 단체 이름에서도 엿볼 수 있듯이 유학생 사이에 친목을 도모하고 정보를 교환하는 데 있었다. 그러나 이러한 목적은 어디까지나 일제의 감시를 피하기 위한 것일 뿐 학술 연구를 통하여

18) 姜徹,『在日朝鮮人史年表』(東京: 雄山閣, 1983), 10~38.

지식을 강화하고 궁극적으로 민족의식을 고취하여 조국 해방을 앞당기는 데 있었다. 실제로 1919년 2·8운동을 실질적으로 주도한 세력은 동경조선유학생학우회에 속한 회원들이었다.

이렇듯 일점 강점기에 조선 유학생들이 설립한 단체 중에서도 북미조선학생총회와 재일본동경조선유학생학우회는 가장 대표적인 학생 단체였다. 그런데 식민지 시대 미국과 일본에서 유학하던 조선 학생들의 처지는 이중적이라고 할 수밖에 없었다. 한편으로는 경술국치 이후 식민지 조선의 지식인으로서 비분강개하면서도 다른 한편으로는 서구의 근대 학문을 습득해야 할 의무감의 빚을 지고 있었다. 더구나 양반이나 향반 또는 향리 집단의 후손인 유학생들은 매판 자본가나 고등 관료의 자녀들이 대부분이었다. 그들은 식민지 조선보다 훨씬 더 자유로운 분위기에서 신학문을 배우고 자유와 평등의 서구 사상을 호흡할 수 있었다. 일본 경찰이 감시 대상에 올려놓은 '재일본 요시찰 조선인 현황'을 보면 무오년(1918) 기준 요시찰 인물 179명 가운데 147명이 유학생이었다. 이 무렵 도쿄 유학생이 600~700명 정도였으니 유학생 네 명 중 한 명은 일본 경찰의 감시를 받았던 셈이다. 일본 제국주의는 당시 일본에서 공부하던 조선 유학생을 '민족해방 운동의 저수지'라고 부를 정도였다.

사정이 이러하다면 식민지 종주국 일본에서 멀리 떨어져 있는 미국에서 공부하던 조선 유학생들은 두말할 필요가 없을 것이다. 만약 일본 유학생들이 '민족해방 운동의 저수지'였다면 미국 유학생들은 차라리 '민족해방 운동의 수원지'라고 할 수 있다. 태평양이 가로놓여 있어 일제가 미국 내의 독립운동을 통제하는 데는 어쩔 수 없이 한계가 있을 수밖에 없었기 때문이다. 일본 유학생 중에는 일제의 감시를 피하여 미국으로 유학

온 사람들도 적지 않았다. 한마디로 북미조선학생총회는 북미대한인국민회와 더불어 반일투쟁의 구심점이었다고 하여도 크게 틀리지 않는다. 식민 지식인으로서 미국 유학생들은 고학으로 학업에 종사하는 한편 식민지 조국의 해방을 위하여 직접 또는 간접 노력하였다. 만약 미국에서 공부한 유학생들이 없었더라면 해방된 조국은 그만큼 초라했을지도 모른다. 그들은 신생국가를 건설하는 데 초석의 역할을 했던 것이다.

2

《우라키》의 발간

일제 강점기 조선 유학생들의 활동은 주로 두 단체와 그 기관지를 중심으로 전개되었다. 현해탄 건너 쪽에서는 1912년 10월 일본에 유학 중인 학생들이 '재일본동경조선유학생학우회'를 설립하여 그 기관지로《학지광(學之光)》을 간행하였다. 한편 더 멀리 태평양 건너 쪽 미국에 유학 중인 학생들은 1921년 4월 '북미조선학생총회'를 설립하여 그 기관지《우라키(The Rocky)》를 간행하였다. 식민지 고국을 떠나 모든 것이 낯선 이국땅에서 학업에 종사하면서 이렇게 단체를 구성하고 기관지를 간행한다는 것이 얼마나 험난한 길이었는지 미루어보고도 남는다. 더구나 이 무렵은 일본 제국주의의 식민지 지배를 받던 시대여서 학생들은 여러모로 제약을 받을 수밖에 없었다.

물론 당시 유학생들은 고국에 남아 있던 대다수 젊은이보다 물질적으로나 지적으로 훨씬 더 유리한 처지에 있었다.《학지광》과《우라키》가 한창 간행되던 1926년 정지용(鄭芝溶)은 「카페 프란스」에서 시적 화자 '나'

의 입을 빌려 "나는 자작(子爵)의 아들도 아모것도 아니란다. / 남달리 손이 히여서 슬프구나!"라고 노래한다. 이 무렵 유학생 모두가 나라를 팔아먹은 대가로 일본 제국주의로부터 작위를 받은 특권계층의 자식은 아닐지 모른다. 그러나 시적 화자가 슬퍼하는 흰 손은 부당한 식민지 현실에 맞서 싸우지 못하는 무기력한 청년 지식인을 보여 주는 제유임이 틀림없다.

이처럼 '슬프구나!'라는 구절에서도 엿볼 수 있듯이 이 무렵 일본이나 미국을 비롯한 외국에서 공부하는 조선인 유학생들이 느끼는 비애와 고뇌는 적지 않았다. 말하자면 그들은 부모를 잃고 방황하는 미아와 다름없었다. 《우라키》 창간호 앞머리에 실린 「이 가난한 거둠을 고향의 도포에게 들이면서」에서 필자는 "저희는 저희의 수만흔 한[할]아버지의 쎠와 살이 뭇친, 배달의 불근, 세찬 피가 도는, 부모의 다사한 무릅, 화려한 강산을 리별하고 널븐 세상에 나아와 헤매이는 어린 무리외다"[1)]라고 밝힌다. 조국을 떠나 이국땅에서 '헤매이는 어린 무리'가 바로 일본과 미국을 비롯한 외국에서 학업에 종사하던 유학생들이었다.

재일본동경조선유학생학우회와 그 기관지 《학지광》과 북미조선학생총회와 그 기관지 《우라키》는 암울하던 일제 강점기 식민지 지식인들에게 어둠을 밝히는 한 줄기 빛이요 희망의 등대와 같았다. 만약 이 두 빛이 없었더라면 젊은이들은 어쩌면 삶의 좌표를 잃고 실의에 빠지고 좌절했을지도 모른다. 물론 《우라키》는 29호를 펴낸 《학지광》과 비교하여 그 4분의 1에도 미치지 못하는 7호로 종간하고 말았다. 그러나 《우라키》가 1920년대와 1930년대 한국 학계와 문화계에 끼친 영향은 《학지광》 못지

1) 「이 가난한 거둠을 고향의 동포에게 들이면서」, 《우라키》 창간호(1925년 9월), 1. 필자의 이름을 밝히지는 않았지만 여러 정황으로 미루어보아 창간호 편집 책임을 맡은 오천석이 이 글을 쓴 것이 틀림없다.

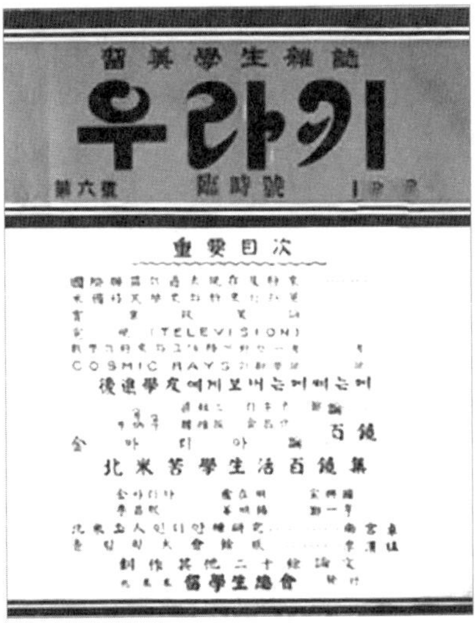

북미조선학생총회가 1925년부터 발행한 기관지 《우라키》. 1925년부터 1937년까지 7호 간행한 이 잡지는 당시 미국 유학생들의 지적 토론의 장이었다.

재일본동경조선유학생학우회가 기관지로 간행한 《학지광》. 북미조선학생총회가 간행한 《우라키》와 쌍벽을 이루며 일제 강점기 지적 광장의 역할을 하였다.

않게 무척 크다. 일본 유학생들의 서양문물 습득이 일본을 통한 간접 교역 방식에 가까웠다면, 미국에서 생활하던 유학생들의 지식 습득은 직접 교역 방식과 비슷하였다. 비단 미국의 문물뿐 아니라 유럽 문물도 미국 유학생들이 일본 유학생들보다 훨씬 빠르고 쉽게 받아들일 수 있었다.

《학지광》과 《우라키》는 일제 강점기에 조국을 떠나 외국에서 학업에 종사하는 식민지 조선의 젊은 지식인들이 간행했다는 점에서 그 의미가 무척 크다. 비록 조선총독부(朝鮮總督府)의 엄격한 검열을 받기는 했지만 현해탄과 태평양 건너에서 편집되었다는 점에서도 이 무렵 식민지 조선에서 나온 다른 잡지들과는 적잖이 다르다. 이 두 잡지는 식민지 지식인들의 지적 수준과 내면 풍경을 엿볼 수 있는 더할 나위 없이 좋은 공간이다.

《한국학생회보》와 《자유 한국》의 발간

1919년 1월 '북미조선학생총회'의 전신이라고 할 '미주조선인유학생회'가 창립되자마자 가장 먼저 한 일 중 하나는 기관지를 출간하는 것이었다. 이 무렵 잡지는 신문과 더불어 역동적인 의사소통의 유일한 수단이었다. 이국에서 학업에 종사하는 유학생들로서는 정보를 교환하고 학술 활동을 장려하며 친목을 도모하기 위하여 잡지를 출간하는 일은 그 어떤 일 못지않게 자못 중요하였다. 더구나 비록 미국 땅일망정 일제 강점기라는 암울한 시대를 살아가던 젊은이들에게 잡지는 민족의식의 발로요 식민주의에 맞서는 저항이기도 하였다. 다시 말해서 그들이 잡지를 간행하려는 데는 상업적 동기보다는 지식과 정보의 교환과 민족정기의 선양이 앞섰다. 적어도 이 점에서는 북미조선학생총회가 영문으로 발행한《한인학생회보(The Korean Students Bulletin)》와 《자유 한국(The Free Korea)》, 국문으로 발행한《우라키》도 예외가 아니었다.

북미조선학생총회는 《우라키》 발간을 앞뒤로 《한인학생회보》와 《자유 한국》을 간행하였다. 학생총회에서는 뉴욕의 국제기독교청년회(YMCA) 산하 외국학생친선위원회의 재정 지원 아래 1922년 12월부터 1941년 4월까지 계간으로 영문 잡지《한인학생회보》를 발간하였다. 신문 형태의 이 잡지는 해마다 3회 또는 5회 정도 4면에서 8면으로 발행되었다. 좀 더 엄밀히 말하면 외국학생친선위원회 산하 한인학생부가 이 잡지의 편집을 맡았을 뿐 북미조선학생총회와는 이렇다 할 만하게 직접적인 관련은 없었다.

그러나 외국학생친선위원회의 한인학생부 간사로 박준섭(朴俊燮), 염광섭(廉光燮), 이병두(李炳斗), 황창하(黃昌夏), 이철원(李哲源), 허진업(許眞業), 오천석 등 북미조선학생총회 임원이 이 잡지의 편집에 깊이 관여하였다. 특히 1923년에는 염광섭이 북미조선학생총회 회장으로서 국제기독교청년회 외국학생친선위원회 한인학생부 총무를 겸하면서 이 잡지와 총회는 더욱 밀접한 관련을 맺게 되었다. 1927년 1월 발행한 첫 호에는 아예 북미조선학생총회의 '공식적인 기관지'라고 못 박을 정도로 이 학생총회와는 떼려야 뗄 수 없이 깊이 연관되어 있었다.

이 잡지 편집에 관여한 유학생들로는 위에 언급한 사람들 말고도 뒷날 제2공화국 시절 주유엔 한국대사를 역임한 임창영(林昌榮), 정치가로 활약한 정일형(鄭一亨), 재정부 장관을 지낸 최순주(崔淳周), 한국계 미국 소설가로 이름을 떨친 강용흘(姜鏞訖), 교통부 장관과 국회위원을 지낸 윤성순(尹城淳), 여성 교육학자 김활란(金活蘭), 애국가를 작곡한 안익태(安益泰), 서울 시장을 지낸 윤치영(尹致英), 뉴욕한인교회 목사를 지낸 조승학(趙承學), 후로렌스 하(河) 등이 참여하였다. 이렇듯 뉴욕한인교회 교인 다수가 이런저런 방식으로 이 잡지의 편집에 참여하였다.

또한 이승만을 비롯하여 맨해튼 매디슨감리교회의 담임목사 R. W. 사크먼, 실용주의 교육의 선구자로 컬럼비아대학교 교수인 존 듀이, 프랭크 카트라잇, 토머스 홀게이트, 칼 러퍼스, 호머 헐버트 같은 저명한 친한파 인사들이 이 잡지의 자문위원으로 참여하였다. 이 잡지는 1933년 이미 1천 3백 부가량이 미국과 한국, 일본, 영국, 프랑스, 독일 등지에 팔렸다. 물론 독자는 주로 미국을 비롯한 외국 대학에서 공부하는 조선 유학생들과 선교사들, 친한 인사들이 대부분이었다.

이 영문 잡지는 기독교청년회의 지원을 받고 발간되는 만큼 기독교

정신과 깊이 연관되어 있었다. 이 잡지는 창간사에서 "미국에서 수학하는 한인 학생의 기독교 정신을 기반으로 교제와 교육을 위하여 봉사하고 한국에 대한 미국인의 이해를 깊고 넓게 하는 것을 목적으로 한다"[2]고 천명한다. 실제로 이 잡지는 한인 유학생들에게 정보를 제공하는 한편, 미국인들에게는 식민지 조선을 널리 알리는 역할을 충실히 수행하였다. 가령 사설을 비롯하여 학생총회 소식, 각종 교민 소식, 주요 인물의 동정, 귀국 및 도미 같은 유학생의 동정, 국내외 소식, 서평, 기획 기사, 한국 문화 및 한국 문학의 소개, 논문 등을 다양하게 실었다. 이 잡지에 기고한 미국인 필자 중에는 방금 앞에서 언급한 존 듀이와 호머 헐버트 말고도 호러스 H. 언더우드, 헨리 아펜젤러, 프랭크 스코필드 같은 한국에서 선교나 교육 활동을 하던 기독교 인사들이 있었다.

그중에서도 1931년 12월 자 잡지에 기고한 실용주의 철학자 존 듀이의 글은 특히 주목해 볼 만하다. 경험주의 교육 철학을 발표하여 세계에서 주목을 받은 그는 기고문에서 조국을 잃은 상황에서도 고유문화를 보존하려는 한국인들의 노력을 높이 평가하였다. 이 기고문에서 그는 "오래된 동양 문화를 재창조하여 오늘날 적절한 역할을 하도록 하는 것이 세계 어디에서나 가장 중요한 부분"이라고 언급한 뒤 "한국인의 삶과 생각은 이런 일에서 중요한 위치를 차지한다"고 밝힌다.[3] 이 무렵 컬럼비아대학교에서 은퇴하고 명예교수로 있던 듀이는 이 대학교에 '재미조선문화회(Korean Culture Society)' 본부가 들어서고 '한국도서관 및 문화센터'가 설립된 것을 계기로 이 글을 기고하였다. 컬럼비아대학교 근처 뉴욕한인교

2) *The Korean Students Bulletin*, 1-1 (1922, 12), 1.

3) *The Korean Students Bulletin*, 9-4 (1931. 12), 1.

THE KOREAN STUDENT BULLETIN

Vol. IX DECEMBER, 1931 No. 4

Peace on Earth and Good Will Toward Men

KOREANS SUFFER IN MANCHURIA

War and Famine Play Havoc to the Homeless Horde of Koreans

Eight Hundred Thousand Lives Are in the Danger Zone

The Refugees Concentrate Along the Railroad Stations

The appalling situation of the Koreans in Manchuria has been recorded in the Korean dailies day by day. Since the outbreak of the recent Sino-Japanese conflict the Koreans have been the chief victims of the warfare. The Korean farmers are the easy prey for the Chinese bandits and disorganized soldiers, while the Korean nationalists are hunted down by the Japanese gendarmes. The intense cold weather in northern Manchuria and famine in the Chento district add misery to the lives of 800,000 Koreans in Manchuria.

By November 2, there were 349 dead, 100 arrested, 5,000 homeless. Two hundred and seventy houses were destroyed by the bandits and the antagonistic Chinese, and an unknown number of persons were missing. The refugees began to gather at the railroad centers: 600 at Kaiwon, 3,700 at Wusun, 172 at Chuliung, 1,137 at Kirin. The number of dead and homeless Koreans in the interior of Manchuria was unknown.

(*Continued on Page 8*)

THE ANNUAL FINANCIAL CAMPAIGN

We started our financial campaign a month ago. In spite of the hard times some of our friends have given their utmost to the maintenance and growth of this work. It is really gratifying to know that the loyal support of these friends have transcended all the economic difficulties of the present day. The sheer knowledge of this fact gives us new courage and new inspiration to carry on the important work for the Korean students in America.

But the total sum of contributions thus far is far below the December quota of last year, and we are as yet far from the goal. We again appeal to the generosity of those who have been loyal to our cause and who have overlooked the seriousness of the situation that confronts us. We urgently hope that our friends will do their share in putting this work across. A dollar or more from every one is all that we need to make this good work continuous and grow. The following friends have already contributed:

Mr. Il Hyung Chyung, N. Y. City	$ 2.00
Miss Maria C. Kim, N. Y. City	2.00
Mrs. T. B. Penfield, Englewood, N. J.	26.00
Miss Anne Marie Crouse, Cincinnati, O.	3.00
Mr. Myung Sun Kim, Chicago, Ill.	1.00
Mr. Sung In Hahn, N. Y. City	3.00
Mr. Channing Kim, Easton, Pa.	1.00
Mr. Jai Myung Noh, N. Y. City	1.00

(*Continued on Page 8*)

Korean Culture Center Established at Columbia

Long Dreams of Korean Students Realized

The Committee Plans to Make It the Finest and Best of Its Kind in America

Korean Newspapers Hail the Movement

Through the efforts of the Korean students at Columbia University and with the co-operation of the University officials the much needed and the long planned Korean Library and Culture Center was recently established at Columbia University in New York City.

According to Mr. Hong Sub Yoon, the chairman of the Committee on Korean Library, the main purpose of this movement is to disseminate Korean culture among American scholars and to supply sources for the Korean students whose major interest lies in this field of research. Dr. Charles Williams and Mr. Roger Howson, the respective director and librarian of the university, indorsed the movement as one of the most important expansions of the cultural activities at Columbia.

The temporary quarters of the Korean Library is in room 506 Schermerhorn Building. And next year it will move into its permanent location in the Seth Low Memorial Building, the present main library of Columbia University. The Korean Library will occupy a spacious room on the fourth floor of the building side by side with the Chinese and the Russian libraries. At present the Korean Library has nearly 1,000 volumes of Korean books, largely contributed by the Korean students in New York. Some rare and valuable books have been donated by the students in a pure spirit of sacrificing personal property for the common good.

The Library Committee expects to have over 2,000 volumes of Korean books at the end of this year. A large collection of books is expected in the near future from Korea and according to the plans of the committee, the library will have at least 20,000 to 25,000 books by 1936.

The Korean Culture Society Organized

The Korean Culture Society has been organized with its headquarters at Columbia University. The membership comprises over 200 outstanding Koreans in the United States. An organized effort is to be exerted for the collection of books and other cultural resources for the Korean Library and for such activities as lectures, exhibitions, etc.

Korean Newspapers Urge Support and Co-operation

The news of the founding of the Korean Library at Columbia has been favorably echoed and enthusiastically commented by the Korean press both in Korea and in America.

The New Korea, a San Francisco weekly, devotes an entire column in the front page to the announcement of this undertaking saying that it cements the cultural tie between the Koreans and Americans. The *Dong-A Daily*, the leading daily paper published in Korea, editorially praises the movement. It says: "Now the ideals of the liberal thinkers and the internationally minded scholars are about to be realized. International good will must come from mutual understandng between the peoples, and understanding of one another's culture is the foundation of world unity and interracial friendship. For culture knows no national boundaries nor racial differences, and diffusion of cultures means a closer union of the family of nations. In this sense the founding of a Korean culture

(*Continued on Page 7*)

DR. JOHN DEWEY ENDORSES KOREAN CULTURE MOVEMENT

The problem of recreating and readapting the old Oriental cultures so that they can play their proper part in modern life is one of the most important to be found anywhere in the world. Korean life and thought occupy a significant place in this great undertaking.

It is a privilege as well as a pleasure to wish the Korean students in America every success in the strategic role they have to play.

JOHN DEWEY

북미조선학생총회가《우라키》와 함께 영문으로 간행한《한인학생회보》. 이 잡지는 국제기독교청년회의 재정 지원을 받고 간행되었다.

회에서 결성된 재미조선문화회는 한민족의 문화적 우수성을 미국에 널리 알리려는 취지로 결성되었으며 미국에 살던 200여 명이 회원으로 가입하였다.

더구나《한인학생회보》가 종간된 지 얼마 지나지 않아 북미조선학생총회에서는 또 다른 영문 잡지《자유 한국》을 발간하였다. 총회의 홍보와 고국 소식을 전하기 위하여 부정기적으로 간행하였다. 이 잡지는 태평양전쟁 중인 1942년 4월부터 1944년 4월까지 격월간 4면으로 발행되었다.《자유 한국》은《한인학생회보》와는 달리 창간호에서 북미조선학생총회가 발행하는 잡지라는 점을 분명히 못 박았다. 발행인은 프린스턴대학교에서 박사학위를 받고 그 대학의 도서관 직원으로 근무하던 정기원(鄭基元)이었고, 편집인은 뉴욕한인교회 담임목사로 있던 김준성(金俊成)이었다.

그런데《자유 한국》은 그 제호에서도 엿볼 수 있듯이《한인학생회보》와 비교하여 정치적 색채가 짙었다. 창간호 첫 면에 이승만의「국내외의 모든 한국인에게 보내는 선언문」을 게재한 것은 이 점을 뒷받침한다. 이 잡지는 창간 선언문에서 "우리는 어느 쪽을 선택할 것인지 결정을 내리지 않으면 안 된다. 즉 전체주의의 지배 아래에서 쇠사슬에 묶인 노예가 될 것인지 아닌지 양자택일을 해야 할 것이다"[4]라고 밝힘으로써 독립운동에 나설 것을 촉구하였다. 3호에는 이 당시 미국 국무장관 코델 헐에게 보내는 청원서를 게재하기도 하였다. 이 청원서는 한인 사이에 분열이 심하고 독립을 위한 한인의 공헌이 별로 없으므로 임시정부를 아직 인정할 수 없

4) *The Free Korea*, 1-1(1942년 4월), 2. 이 잡지는 1919년 1월 오하이오주 한인학생회가 3호까지 간행한《젊은 한국(Young Korea)》과는 엄연히 다른 잡지다. 이 잡지의 편집자 대부분이 여름방학 동안 고학해야 하므로 흩어지자 일시적으로 서재필이 주필을 맡아《Korea Review》로 이름을 바꾸어 발행하였다.

미국 유학 시절의 이승만. 그는 하버드대학교에서 국제정치학 석사학위를, 프린스턴대학교에서 국제정치학 박사학위를 받았다.

다고 한 헐 국무장관의 주장을 조목조목 반박한다.

물론《자유 한국》은《한인학생회보》보다 정치적 색채가 짙은 것은 사실이지만 어디까지나 미국에 유학중인 조선인 학생들이 간행하는 잡지였다. 이 무렵 미국 동부에는 이 잡지 말고도 다른 잡지나 신문이 발행되었다. 이승만과 그가 이끈 동지회(同志會)가 중심이 되어 그의 활동을 후원하기 위하여 간행한《삼일신보(三一新報)》와《북미시보(北美時報)》가 바로 그것이다. 이 두 신문은 식민지 조선의 독립을 전면에 내세운다는 점에서 북미조선학생총회가 발행한 잡지와는 그 성격이 적잖이 달랐다. 1920년대 중엽 미국에 유학하던 조선인 유학생 중 무려 46%가량이 평안도 출신이었을 뿐 아니라 그중 대다수가 안창호가 이끄는 흥사단(興士團)과 직접 또는 간접으로 관계를 맺고 있었다.[5] 그러므로 유학생들은 이승만의 동지

5) 장규식,「일제하 미국 유학생의 서구 근대체험과 미국문명 인식」,《한국사연구》133집(2006),

회 쪽보다는 안창호의 흥사단 쪽으로 좀 더 기울어져 있었다. 물론 유학생들 중에는 이승만 계열이나 안창호 계열 양쪽에 서서 활약한 사람도 있고, 동지회와 흥사단 사이를 오가며 활약한 사람도 있었다.

《우라키》의 창간

북미조선학생총회가 발행한 잡지 중에서 《한인학생회보》나 《자유 한국》보다 훨씬 더 중요한 역할을 한 것이 《우라키》다. 앞의 두 잡지는 주로 미국에 있는 유학생들과 외국인을 위한 홍보용으로 간행했다면 《우라키》는 어디까지나 한글을 해독할 수 있는 독자를 위한 잡지였다. 이 한글잡지를 출간하기로 처음 결정한 것은 1924년 6월 일리노이주 북부 에번스턴에서 열린 2차 미주유학생대회에서였다. 이병두는 「미주 유학생 급(及) 유학생회 약사」에서 "1924년 6월 11일로 14일까지 제2차 미주유학생대회를 에밴스톤에 회집(會集)하야 만흔 유익을 엇엇고, 1923년 대회 시에 결정한 학생보(學生報) 출간 사(事)는 금년브터 실행하기로 가결되야 이 신사업에 착수하엿스니 이 모든 일노써 학생회의 발전을 추측할 수 잇다"[6]고 밝힌다. 여기서 '학생보'란 다름 아닌 《우라키》를 가리킨다. 《한인학생회보》는 1922년부터 이미 발간되기 시작하였고, 《자유 한국》은 그로부터 20년이 지난 뒤에야 발행되기 시작하기 때문이다. 이병두가 이 글을 쓴 것이 1924년 9월이었으니 '금년'이란 《우라키》 창간호가 간행된 그 이

155~164 참고.

6) 이병두, 「유미학생총회 약사」, 《우라키》 창간호(1925년 9월), 165~166.

듬해 1925년을 가리킨다. 북미조선학생총회 회원들이 어렵게 마련한 3백 달러가 이 잡지 발간을 위한 자본금이었다.

이렇게 북미조선학생총회가 일찍부터 《우라키》를 비롯한 잡지 출간에 관심을 기울였다는 것은 그만큼 이 무렵 정기 간행물이 무척 중요한 위치를 차지하고 있었기 때문이다. 스마트폰이나 태블릿 PC 같은 디지털 기기에서 좀처럼 손을 놓지 못하는 오늘날의 디지털 정보화 시대와는 달리, 20세기 초엽에는 활자 매체가 차지하는 몫이 무척 컸다. 이 무렵 신문과 잡지는 지식과 정보의 유일한 수단이었다. 기미년 독립운동 이후 일본 제국주의가 문화 정책의 하나로 식민지 조선에 신문과 잡지 출간을 허용하면서 정기 간행물이 우후죽순처럼 생겨났다.

《우라키》는 1925년(다이쇼 14) 9월 26일 창간하여 1937년(쇼와 11) 9월 8일 7호로 종간되었다. 일본 유학생들의 기관지 《학지광》만 하여도 1914년 4월 창간되어 1930년 4월 종간될 때까지 통권 29호를 내었다. 《우라키》가 이렇게 12년에 걸쳐 일곱 차례밖에 간행하지 못한 데는 그럴 만한 까닭이 있었다. 무엇보다도 유학생들은 학업에 종사하면서 틈틈이 시간을 내어 잡지를 만들어야 하였다. 유학생 대부분이 여름방학이면 고학을 하여 학비를 마련해야 했기 때문에 시간을 내기란 더더욱 어려웠다. 이러한 어려움은 같은 일본이나 중국 같은 동아시아 문화권 국가에서 유학하는 학생들보다 모든 것이 낯선 태평양 건너 미국에서 유학하는 학생들에게 훨씬 더 컸을 것이다.

또한 1차 세계 대전이 휴전되고 10여 년 동안 한껏 풍요를 구가하던 미국 경제는 1929년 10월 뉴욕 월스트리트의 주식시장이 붕괴하면서 그 유례를 찾을 수 없는 경제 대공황을 겪으면서 곤두박질쳤다. 미국인들이 경제 대공황의 터널을 빠져나가는 데는 무려 10여 년이 걸렸다. 이러한 상황에서 유학생들이 일 년에 한 번씩 잡지를 간행한다는 것은 여간 힘에 부치는 일이 아니었다.

《우라키》 7호 편집후기에서 필자는 "본지가 갖고 있는 난(難)은 경제난, 원고난 등등 만난(萬難)을 거처서 지금에야 출세하게 되었다. 그동안 유학생총회 위원들의 변동도 다른 때에 비하야 많었거니와 세계 경제공황으로 받은 그 창적(槍跡)은 더욱 심한 원인이였다"[7]고 밝힌다. 그러면서 필자는 계속하여 "이러한 내정(內情)을 갖고 있는 우리들은 각금 각지 사회 인사 제씨들노나 혹은 학우 여러분들의《우라키》발간 여부가 어찌 되느냐 하는 독촉을 받을 때마다 우리들의 당면하고 있는 불여의(不如意)에 느끼고 남은 열정은 무엇에 비할 배 아니였다"[8]고 고백한다. 이 밖에도 필자가 '난산의 경(境)'이니 '변괴지사(變怪之事)'니 하는 용어를 사용하는 것을 보면 7호를 발간하는 데도 무척 어려움을 겪은 듯하다. 결국 이 잡지는 7호를 마지막으로 '다음 호에 계속'이라는 약속도 지키지 못한 채 아쉽게도 종간하고 말았다.

《우라키》가 정기적으로 간행되지 못한 데는 또 다른 이유가 있었다. 편집자들은 잡지의 양보다는 질을 중요하게 생각하였다. 오천석이 쓴 것이 틀림없는 '인쇄소로 보내면서'라는 편집후기에서 필자는 이 잡지를 정기적으로 간행할 수 없는 저간의 사정을 분명히 밝힌다.

7)《우라키》7호(1936년 9월), 쪽수 없음. 이「편집후기」는 끝에 적힌 '太線'으로 이름으로 보아 김태선이 쓴 것이 틀림없다.

8) 앞의 글.

본지를 정기물로 하라는 충언을 우리는 들엇다. 영업상으로 보면 그리하여야 할 것이나, 우리는 그리하기를 매우 쥬져한다. 우리에게 풍유한 재력과 시간이 업는 것도 그 쥬져의 중요 이유의 일(一)이지마는, 그보다도 정기물의 빠지기 쉬운 위험을 우리는 아는 짜닭이다. 발행기를 정하여 놋코는 그 호의 내용의 여하를 물론하고 발행하여야 할 의무가 잇는 것이다. 그러나 우리는 원고의 내용이 충실하다고 생각되지 아니하면 몃해 동안이라도 출판하기를 원치 안는다. 아무것으로나 항수만 채워가지고 정기대로 발행하지 아니치 못할 때의 심리상 고통을 우리는 예방하고 십흡으로다.[9]

편집자의 말대로《우라키》를 정기 간행물로 발행하다 보면 출간 일정에 쫓기어 자칫 함량 미달의 글을 실을 가능성이 무척 크다. 이 사실을 누구보다도 잘 알고 있던 편집자들로서는 이러한 부작용을 미리 막으려고 하였다. 실제로 이 잡지를 읽다 보면 대체로 일정한 수준을 유지하였고, 어떤 글은 이 무렵 대학생이 썼다고는 좀처럼 믿어지지 않을 만큼 아주 훌륭하다. 편집자들은 잡지의 양보다는 질에 무게를 두었기 때문이다.

더구나《우라키》는 한 지역에서 만든 것이 아니라 태평양을 사이에 두고 미국과 조선 두 곳에서 만들었다. 좀 더 구체적으로 말해서 편집은 미국에서 유학생들이 직접 했지만 인쇄와 출간 그리고 판매는 미국이 아닌 식민지 조선에서 맡았다. 이러한 사정은 비단《우라키》만의 문제는 아니었다. 가령 1920년대 중엽 도쿄 소재 대학에서 주로 외국문학을 전공하던 조선 유학생들이 만든 '외국문학연구회(外國文學硏究會)'가 간행한 잡지《해외문학(海外文學)》도 창간호의 편집은 도쿄에서, 인쇄와 발행은 경성에

9)《우라키》2호(1926년 9월), 쪽수 없음.

서 따로 이루어졌다.[10] 《우라키》의 판형은 A5판 170여 면으로 정가는 창간호에서 4호까지는 50~55전이었고, 5호는 40전, 면수가 겨우 89쪽밖에 되지 않는 6호는 30전, 7호의 정가는 밝히지 않았지만 아마 50~55전 정도였을 것이다.

창간호와 2호의 판권 면을 보면 편집인 겸 발행인이 안동원(安東源)으로 되어 있다. 이 잡지는 조선에서 발행하므로 발행인은 마땅히 조선에 거주하는 사람이어야 할 것이다. 발행인이 편집인을 겸하는 것은 북미조선학생총회의 회장단에 소속된 편집인을 보조하여 조선에서도 편집 작업이 필요하기 때문일 것이다. 조선의 편집인과 미국의 편집인을 구별 짓기 위하여 미국의 편집인은 '총편집'이라고 불렀다. 안동원은 1923년 사우스다코타주 웨스턴대학교에서 학사학위, 이듬해 노스웨스턴대학교에서 석사학위를 받고 귀국하여 이화여자전문학교에서 교수로 근무하였다. 3호에는 남감리회 선교사 찰스 데밍(한국명 都伊明), 4호에는 미국 감리교 선교사로 연희전문학교에서 교육학을 가르치던 제임스 피셔(한국명 皮時漁), 5호에는 개인 재산을 내어 종합 문예 월간지 《조선문단(朝鮮文壇)》을 간행하여 한국 문학 발전에 크게 이바지했고 대중 소설가로 이름을 떨친 방인근(方仁根), 6호에는 컬럼비아대학교에서 박사학위를 받고 귀국한 오천석, 7호에는 세브란스 의학전문학교 교수 김명선(金明善)이 발행인 겸 편집인을 맡았다.

한편 《우라키》 창간호의 인쇄인은 정경덕(鄭敬德)이었다. 창간호에서 3호까지의 인쇄는 조선기독교 창문사(彰文社) 인쇄부, 4호는 대동인쇄주식회사, 5호부터 7호까지는 한성도서주식회사가 맡았다. 창간호의 총판

10) 김욱동, 『외국문학연구회와 《해외문학》』(서울: 소명출판, 2019), 5~6 참고.

뉴욕에 거주하던 북미조선학생총회 회원들과 미주 교민의 안식처였던 뉴욕한인감리교회. 이곳에서 《우라키》 편집 등 각종 행사가 열렸다.

매처는 경성부 견지동에 위치한 한성도서주식회사와 평양부 관후리에 위치한 광명서관이었다. 이렇게 경성과 평양에 총판매처를 따로 둔 것은 한반도 전역을 판매 대상으로 삼았기 때문이다. 3호와 4호를 제외하고는 줄곧 한성도서주식회사가 경성 지역의 총판을 맡았다. 3호는 종교교육협의회 도서판매소가, 4호는 박문서관이 맡았다. 평양 총판매처는 창간호 이후에는 없어지고 말았다. 미국과 유럽의 총판은 북미조선학생총회 사무실이 있는 시카고 대학교, 즉 'Korean Students Federation, Faculty Ex. 182, University of Chicago, Chicago, Ill, USA'에 두었다.

여기서 《우라키》 발간과 관련하여 잠깐 뉴욕한인교회를 살펴볼 필요가 있다. 이 잡지는 감리교 계통의 이 교회와 밀접한 관련을 맺고 있기 때문이다. 1933년에 나온 6호는 바로 다름 아닌 이 교회에서 편집되었다. 우리 뉴욕한인교회는 1921년 조국의 독립을 갈망하면서 신앙의 선조들이 세운 민족의 교회로 한국 이민자들이 세운 뉴욕 최초의 교회로 꼽힌다. 이 무렵 유학생들에게 이 교회는 영혼의 안식처요 육신의 휴식처 구실을 하였다. 허드슨 강변 맨해튼에 위치한 이 교회는 종교적인 목적 말고도 한인회, 학생회, 국민회, 동지회, 흥사단, 그리고 여러 봉사 단체들의 각종 집회와 임시 거처로 사용되어 한인들의 정신적인 쉼터 역할을 하였다. 최병헌(崔炳憲)의 『강변에 앉아 울었노라』(1992)는 이 교회의 70년 역사를 담은 책으로 북미조선학생총회와《우라키》와 관련한 내용도 들어 있다.

《우라키》의 제호와 간행 목적

《우라키》는 무엇보다도 먼저 그 제호부터 눈길을 끈다. 한국어는 말할 것도 없고 영어를 비롯한 외국어에도 이 '우라키'라는 어휘를 찾아볼 수 없기 때문이다. 그도 그럴 것이 '우라키'는 영어 'Rocky'를 미국 영어로 발음하여 한국어로 표기한 것이다. 이 어휘는 캐나다의 브리티시컬럼비아주에서 미국의 뉴멕시코주까지 남북으로 길게 뻗어 있는 로키산맥의 그 '로키'를 가리킨다. 20세기 초엽과 중엽 미국에 유학한 조선 학생들이 영어 어휘를 한국어로 표기할 때 영국식 발음 대신 미국식 발음으로 표기한 것이 무척 흥미롭다. 가령 그들은 '로키'라고 표기하지 않고 '라키'라고 발음하였고, 영어 원어민이 아닌 사람들이 흔히 범하기 쉬운 영어 유음 'r' 발음과 'l' 발음의 차이를 구별 짓기 위하여 전자 앞에는 '우'나 '으'를 덧붙여 표기하였다. 이러한 표기 방법은 이 잡지 곳곳에서 쉽게 찾아볼 수 있다.

그렇다면 북미조선학생총회에서는 하필이면 왜 '우라키'라는 이렇게 낯선 제호를 선택했을까? 이 잡지의 제호와 관련하여 편집자는 '인쇄소로 보내면서'라는 2호 편집후기에 다음과 같이 밝힌다.

> 웨 '우라키'라고 하엿나? 제1집을 출간한 뒤로 유미학생 잡지의 일홈을 웨 '우라키'라고 하엿느냐 하는 질문을 여러 번 들엇다. 이것은 우리가 기대하엿든 바이다. 이제 간단히 그 이유를 들면
> 1. 우라키는 북미대륙의 척골이라고 할 수 잇는 산맥이다. 싸라서 북미에 잇는 우리 유학생총회를 우라키 3자가 잘 표상할 수 잇다는 것이다.
> 2. 영어 본의(本意)대로 암석이 만타함이니, 북미의 유학하는 우리 학생들의 험악한 노정을 우라키라는 말이 잘 묘사한다는 것이다.
> 3. 본지의 특징을 말함이니, 본지는 우라키산과 갓흔 순결, 장엄, 인내 등의 기상을 흠모한다는 말이다. 그래서 우리 기자들은 유미학생 잡지의 일홈을 우라키라고 불넛다.[11]

이 글 끝에 적은 '黃'이라는 머리글자에서 알 수 있듯이 이 글을 쓴 사람은 두말할 나위 없이 황창하다. 1926년도 2호에는 어찌 된 영문인지 창간호처럼 편집진의 이름을 언급하지 않고 '행정부 임원' 명단을 밝힐 뿐이다. 회장은 시카고대학교 대학원의 조희염(曺喜炎), 총무는 노스웨스턴대학교 대학원의 노준탁(盧俊鐸), 서기는 역시 노스트웨스턴대학교 대학원의 박정화(朴晸華), 재무는 크레인대학교 상과의 김훈(金壎), 사교부장은 개럿신학교의 김창준(金昌俊), 체육부장은 의과대학을 졸업하고 미국 병원에서

11) 《우라키》 2호(1926년 9월), 쪽수 없음.

실습 중인 이용설(李容卨), 편집부장은 오천석, 그리고 영업부장은 황창하가 맡았다. 창간호 편집 임원 명단에서 황창하는 총편집자 오천석 밑에 있는 '기사' 담당자였다. 그러나 창간호와 마찬가지로 2호에서도 황창하는 영업부장일 뿐 아니라 오천석과 함께 편집 일에도 관여했을 것이다.

실제로 이 잡지를 창간한 편집자들은 '우라키'라는 제호에 험준한 로키산맥에서 느낄 수 있는 드높은 기상과 꿋꿋한 의지라는 상징성을 부여하였다. 우라키에 관한 황창하의 설명은 정일형이 《우라키》 6호 '편집후기'에서 말한 내용과도 그대로 일치한다. 정일형은 "제호 '우라키'산의 고결무후(高潔無垢)하고 우미장엄(優雅莊嚴)한 그 기상과 그 영원한 기운과 불변의 상징 또한 무한과 신비의 심볼을 본받어 우리는 이 나그네 땅에서 우리의 안광(眼光)과 온축(蘊蓄)을 키우려고 남는 여가를 베어 우라키를 편집하게 된다"[12] 고 밝힌다.

한편 로키산맥은 황창하의 지적대로 미국에서 공부하는 유학생들이 겪는 '험악한 노정'을 상징하기도 한다. 고국을 멀리 떠나 낯선 미국에서 하는 유학 생활이 얼마나 힘들지 쉽게 미루어보고도 남는다. 태평양을 사이에 두고 있는 미국 유학생들이 겪는 어려움은 현해탄을 사이에 두고 있는 일본 유학생들과 비교하여 훨씬 더 컸을 것이다. 그러나 미국 유학생들에게는 일본 유학생들과는 달리 서양 문물을 직접 배우고 20세기의 시대정신을 몸소 호흡한다는 자부심과 희망이 있었을 것이다. 한마디로 이 무렵 미국에서 공부하는 조선 학생들은 정일형의 말대로 "남달은 장도(壯圖)와 홍지(弘志)를 품고 소위 신산한 '천당 생활'에 시달리는 3백 새 조선

12) 《우라키》 6호(1933년 3월), 쪽수 없음.

젊은이들"[13]이었다.

적어도 이 점에서 《우라키》는 앞에서 언급한 재일본동경조선유학생 학우회의 기관지 《학지광》과 비슷하면서도 조금 다르다. 이 잡지의 편집자들은 '학지광'이라는 제호 위쪽에 '학문의 빛'을 뜻하는 'Lux Scientiae'라는 라틴어 문구를 큼직하게 적었다. 그들은 일본 제국주의의 식민 지배를 받는 암울한 시대에 '학문의 빛'이 되려고 노력하였다. 일본 유학생들은 '학문의 빛'이야말로 암흑의 조국에 광복을 앞당기는 지름길이라고 생각하였다. '우라키'는 자칫 추상적이라고 할 '학문의 빛'보다는 좀 더 구체적이어서 피부에 와 닿는다. 제호로만 미루어본다면 《학지광》이 성리학의 정신에 따라 지식과 학문에 무게를 실었다면, 《우라키》는 서구 문명의 최전선에서 유학하는 젊은이들의 포부와 기상에 무게를 실었다.

앞에서 이미 지적했듯이 《우라키》는 영문으로 출간한 《한인학생회보》나 《자유 한국》과는 달리 한글로 간행하였다. 이렇게 이 잡지를 영문이 아닌 한글로 간행했다는 것은 처음부터 한반도 조선인들을 목표 독자로 삼았기 때문이다. 물론 그렇다고 《독립신문》처럼 순 한글로 간행한 것은 아니고 이 무렵 대부분 간행물이 그러하듯이 국문과 한문을 섞어 사용한 이른바 국한문 혼용체로 간행하였다. 이 잡지는 이 무렵의 문체를 연구하는 데도 더할 나위 없이 좋은 자료가 된다. 또한 시카고대학교의 교수로 저명한 인류학자 프레더릭 스타 같은 외국인 필자의 글은 영문을 한국어로 번역하여 실었다. 그러나 유학생 중에서도 류형기나 한치관처럼 영어로 직접 글을 쓴 경우 한국어로 번역하지 않고 영문 그대로 싣기도 하였다.

그렇다면 북미조선학생총회에서는 《우라키》를 왜 굳이 영문이 아닌

13) 앞의 글, 쪽수 없음.

한글로 출간하였을까? 여러 이유가 있을 터지만 이 잡지는 무엇보다도 미국 유학을 계획하는 국내 학생들에게 유용한 정보와 지식을 주려고 하였다. 창간호에 실린 염광섭의 「재미 조선 학생의 현상 급(及) 장래」를 비롯하여 장이욱의 「교육학 견지에서 관찰하는 유미 학생의 심리상 경험」, 손진실(孫眞實)의 「미국 여학생의 생활」, 기사부에서 작성한 「미국 대학생 생활비」 같은 글은 현재 미국에서 유학하는 조선 학생들의 현황을 소개하면서 조선에서 유학을 준비하는 학생들에게 소중한 정보를 제공해 준다. 이러한 기사는 이병두의 「미국 유학의 주의 사항」(2호), 류형기, 백낙준, 염광섭, 보을(寶乙, 오천석) 등이 집필한 「미국 대학 순례기」(3호, 4호, 5호, 6호, 7호), 오천석의 「미국 유학 안내 요람」(4호) 등 하나하나 열거할 수 없을 만큼 많다. 신기준(申基俊)의 「미국의 체육계」나 최제창(崔濟昌)의 「미국 의학교 제도와 그 내용」(6호)처럼 특정 분야를 소개하는 글도 더러 있다. 이 밖에도 고학 생활의 애환을 다룬 글도 적지 않다.

더구나 《우라키》는 북미조선학생총회에서 발행한 다른 잡지와 비교하여 계몽적 성격이 훨씬 더 짙다. 《한인학생회보》나 《자유 한국》은 식민지 조국을 일본 제국주의에서 해방하는 데 무게를 실었다. 그러나 《우라키》는 그러한 해방을 앞당기기 위한 장기적 방책으로 동포를 계몽하는 일에 주력하였다. 이 잡지는 '유미학생잡지'라는 설명에 걸맞게 북미조선학생총회의 기관지로 출발했지만, 학생 단체의 기관지보다는 조국의 동포를 일깨우기 위한 계몽적 성격이 강한 종합지였다.

창간호에는 「이 가난한 거둠을 고향의 동포에게 들이면서」라는 창간사에 해당하는 권두언이 실려 있다. 이 글에서 필자는 "이 변변치 안은 곡식을 추수하여 가지고 그립은 고향의 동포에게 들의고져 하믜, 비희가 교지(交至)하야 말할 바를 헤아리지 못하겟습니다"[14]로 시작한다. 앞에서 오천석이 《삼천리》에 미국 유학생의 역사를 소개하면서 식물의 비유를 들었다는 점을 이미 밝혔다. 총편집자로서 오천석이 쓴 것임이 틀림없는 이 권두언에서도 필자는 곡식의 재배와 수확의 비유법을 구사한다. 비록 보잘것없을지 모르지만 추수한 곡식을 조국의 동포에 드린다는 것은 곧 유학생들이 먼 이국에서 노력하여 얻은 결과를 글로써 보답하겠다는 뜻이다. 필자는 계속하여 이 '가난한 책 한 권'을 고국의 부모와 형제에게 드리면서 두 가지의 뜻을 품었다고 밝힌다.

> 이제 저희가 들이는 이 책 한 권을 고국의 부모형제를 써난 어린 무리의 간절한 가슴속에서 소사나오는 고향에 대한 정을 기록한 편지입니다. (…중략…) 둘재, 이 책 한 권은 또 한가지 의미로, 고향의 가난한 부모와 형제에게 들이랴는 예물과 갓습니다. 비록 이것이 황금이 되지 못하고, 보패(寶貝)가 되지 못하되 아츰 일즉 이슬의 풀밧을 지나 가쟝 살진 암소의 아직도 다스한 첫 잔의 젓을 싸서 늙으신 부모에게 밧치는 아들의 정성을 가지고 이 보잘것업는 추수을[를] 감히 들이랴 합니다.[15]

언뜻 보면 위 인용문은 조국 동포를 계몽하려는 의도와는 이렇다 할 관련이 없는 것처럼 보일지 모른다. 그러나 좀 더 찬찬히 뜯어보면 계몽에

14) 「이 가난한 거둠을 고향의 동포에게 들이면서」, 《우라키》 창간호(1925년 9월), 1. '가난한 거둠'이란 보잘것없는 수확을 가리키는 영어 'poor harvest'를 글자 그대로 옮긴 표현이다. 이러한 번역투 문장은 이 잡지 곳곳에서 쉽게 드러난다. 이 무렵 조선 유학생들의 한국어 구사력과 영어 이해력을 가늠해 볼 수 있다.

15) 앞의 글, 1.

무게를 두고 있다는 점이 드러난다. 이 잡지는 비단 "고향에 대한 정을 기록한 편지"에 그치지 않고 더 나아가 "고향의 가난한 부모와 형제에게 드리는 예물"이기도 하다. 이 잡지의 계몽적 성격은 다름 아닌 '예물'이라는 말에서 찾을 수 있다. 필자는 비록 이러한 예물이 황금 보배처럼 찬란하지는 않더라도 살진 암소에서 갓 짜낸 우유처럼 자양분이 듬뿍 들어 있다고 밝힌다. 자식이 늙은 부모에게 바치고 미국의 형제자매가 고국에 있는 형제자매에게 주는 '젖'이란 조국 해방을 앞당길 수 있는, 서구 문물에 관한 식견과 지식을 말한다.

실제로《우라키》에는 계몽적 성격의 글이 유난히 많이 눈에 띈다. 편집자는 거의 모든 학문 분야를 망라하여 그동안 미국을 비롯한 서구 학계에서 이루어진 연구 성과를 소개하는 데 주력한다. 이 잡지는 필자의 전공을 중심으로 종교와 철학·교육·사회과학·자연과학·문예·일반 기사 등으로 나누어 다양한 내용을 폭넓게 싣는다. 이 무렵 식민지 시대 한국인이 좀처럼 접하기 어려운 서구의 선진 문명을 소개할 뿐 아니라 더 나아가 앞으로 여러 분야에서 이루어질 미래사회에 대한 방향을 제시하기도 한다. 더구나 이 잡지는 비단 학문에 그치지 않고 문학과 예술 분야를 비롯한 다양한 문화계에서 이루어진 성과를 조국의 독자들에게 소개한다는 점에서도 눈길을 끈다. 특히 창작과 번역은 이 잡지가 맺은 소중한 열매라고 할 수 있다.

이러한 계몽적 성격은 잡지의 편집 구성을 보면 잘 알 수 있다. 앞에서도 잠깐 밝혔듯이 총편집자 밑에 ① 사회과학, ② 교육, ③ 종교·철학, ④ 문예, ⑤ 자연과학, ⑥ 기사 등 분과를 담당하는 편집자를 따로 두었다. 창간호에서 ①은 컬럼비아대학교 대학원 경제부의 김도연, ②는 보스턴대학교 대학원 철학부의 김활란, ③은 보스턴대학교 대학원 신학부의 류형기, ④는 코넬대학의 사회교육부의 오천석, ⑤는 시카고대학교 대학원의 수리부의 장세운, ⑥은 시카고대학교 상업부의 황창하가 맡았다. 이렇게 전공 유학생들이 해당 분야를 맡으므로 좀 더 전문성을 꾀할 수 있었다.

계몽과 관련하여 한 가지 주목해 볼 것은《우라키》가 사실이나 진실에 어긋나는 글을 싣지 않겠다고 천명한다는 점이다. 창간호 '편집여언'에서 편집자는 "내용을 보셔도 아시려니와 저희는 어데까지든지 사실에 충성하야 배반하지 안는 진리를 차저 굴하지 안는 충동에 쫏기어 행동하지 안는 편벽됨이 업는 순박하고 온건한 학생으로 잇고져 기약합니다. 이는 진리가 종래는 승리함을 굿게 밋음으로입니다"[16]라고 밝힌다. 이렇듯 편집자가 이 잡지에서 무엇보다도 주의를 기울이는 것은 사실과 진리를 전달하는 일이다. 북미조선학생총회에서는 조국의 독자들에게 서구의 지식과 정보를 정확하게 올바로 전달함으로써 시대정신을 호흡하고 궁극적으로는 조국 광복을 앞당기려고 하였다. 그러고 보니 창간호 권두언의 필자가 왜 "저희는 글의 아름답지 못함을 도라보지 안코, 사상의 화려하지 못함을 생각지 않코……"라고 말하는지 알 만하다. 지식과 정보에 치중하다 보면 글의 아름다움과 사상의 화려함에는 어쩔 수 없이 소홀할 수밖에 없을 것이다.

《우라키》 편집자들은 계몽적인 성격 때문인지 새로운 원고가 아닌 글도 더러 실었다. 예를 들어 창간호에 실린 프레더릭 스타 교수의 「조선 문화를 보존하여라」는 이미《한국학생보》에 게재한 글을 번역한 것이다. 편집자는 논문 첫머리에서 스타 교수를 이렇게 소개한다.

16) '편집여언',《우라키》 창간호, 쪽수 없음.

쯔레데릭 스타 박사는 우리 사회에도 만흔 친고를 가진 미국 일류의 인류학자이다. 시카고 대학 인류학 교수로서 다년 조선 민족에 대한 연구를 서적을 통하야 또는 실지(實地)의 수차에 조선 여행을 의지하야 넓히한 결과, 박사는 방금 조선 인류학의 권위의 자리를 점령하고 잇습니다. 이러한 이가, 이와 갓흔 제목을 걸고 쓴 글 안에는 실노 깁흔 의미가 감초여 잇는 것을 확신함니다. 이 글은 특별히 미주 만국학생청년회 조선부 총무 염광섭 씨의 편집한 "Korean Students Bulletin" 제2권 제4호를 위하야 박사가 집필한 것임을 말하여 둡니다.[17)]

미국인 학자가 조선인들에게 조선 문화를 잘 보존하라는 충고는 귀담아들어야 할 소중한 조언이다. 근대화의 거센 물결 속에서 서양문물에 지나치게 경도되는 것을 경계하는 말이기도 하다. 요즈음 같은 세계화 시대에 "가장 지방적인 것이 가장 국제적이다"라는 말을 심심치 않게 듣지만 스타의 말은 가히 선각자적인 발언이라고 할 만하다.

《우라키》에 대한 반응

《우라키》 창간호가 1925년 9월 26일 발행되자 미국 유학생과 교민 사회에서는 말할 것도 없고 국내에서도 큰 반향을 불러일으켰다. 이 잡지가 출간되고 며칠 뒤 《동아일보》는 「재미 유학생이 발행하는 과학잡지」라는 제호의 기사를 실었다.

17) 《우라키》 창간호, 42.

> 미국에 있는 유학생총회에서는 그 기관지《우라키》라는 것을 발간하였는데, 이 잡지는 순전히 재미 유학생의 힘으로 편집된 것으로 미국에 있는 명사들도 붓을 잡는 것인 바 잡지의 내용은 순전히 학계에 근거를 둔 과학잡지로 조선에서 처음 보는 훌륭한 것이며 더욱 미국에서 편집하는 것만치 더 귀한 것이라는데, 책값은 오십 전이오, 발매소는 시내 견지동 한성도서주식회사와 평양의 관후리 광명서관이라더라.[18]

이 기사에서 한 가지 눈에 띄는 것은《우라키》를 '과학잡지'로 간주한다는 점이다. 물론 창간호에는 과학과 관련한 글이 많은 것은 사실이다. 백일규(白一圭)의「조선 공업의 역사적 연구」를 비롯하여 장세운의「과학의 일우(一隅)에서 찰오(察惡)한 종교의 일면」, 한치관의「과학으로 엇은 금일의 인생관」, 이병두의「과학의 가치」, 김도연의「산업의 과학적 경영에 대한 고찰」, 김정은(金正殷)의「화학 여행담」등 과학과 관련한 글이 무려 전체 글의 3분의 1가량을 차지한다. 그러나 이 잡지는 앞에서 이미 지적했듯이 과학 같은 어느 특정한 분야를 집중적으로 다룬 잡지라기보다는 여러 분야를 두루 다루는 종합지로 보아야 할 것이다.

《우라키》는 오늘날처럼 통신 수단도 잘 발달하지 않은 데다 지리적으로 태평양을 사이에 두고 있어 출간하는 데 여러모로 큰 어려움을 겪을 수밖에 없었다. 미국 편집자들이 분야별로 원고를 수집한 뒤 조선에 있는 편집자에게 보내면 검열을 받은 뒤 인쇄에 들어갔다. 창간호 편집자는 '편집여언'에서 "지난 2월 상순에 미국으로브터 본 원고를 밧고 즉시 당국에 허가원을 제출하엿슴니다. 그러나 여러 난경을 지나 겨우 7월에야

18)《동아일보》1925년 9월 30일.

허가되엿슴으로 이처럼 더듸게 발행케 됨을 미우 미안히 싱각합니다"[19]라고 밝힌다.

이렇게 편집자가 밝히듯이《우라키》에 실리는 모든 원고는 조선총독부의 엄격한 허가를 받은 뒤에야 비로소 출간할 수 있었다. 비록 미국에서 집필한 원고라고 할지라도 예외가 될 수 없었다. 이 무렵 조선에서 나온 신문이나 잡지보다는 훨씬 덜 하지만 이 잡지에 실린 글 곳곳에는 '×××' 또는 '○○○'처럼 삭제 표시한 곳이 더러 눈에 띈다. 또는 '몇 자 생략'이니 '몇 행 생략'이니 하는 문구도 보인다.

그런가 하면 검열에 걸려 아예 글 전체를 싣지 못하는 경우마저 있었다. 창간호 편집자는 '편집여언'에서 "불행히 서(徐) 박사의 글은 당국에 기(忌)에 촉저(觸抵)[抵觸]된 바 잇서 금번 호에 쓰지 못하게 됨이 큰 유감니임[임니]다"[20]라고 밝힌다. 여기서 '서 박사'란 다름 아닌 서재필을 말하고, 그의 '글'이란 서재필이 영문으로 쓴 글이다. 그러나 이승만의 글과는 달리 서재필의 글은 총독부의 검열에 걸려 싣지 못하였다. 서재필의 글이 무슨 내용을 담고 있는지 지금으로서는 자세히 알 수 없지만, 일본 제국주의의 심기를 건드리는 내용이 들어 있었을 것이다. 그런데 흥미롭게도 서재필의 글 제목은 2호 '영문부'라는 별도 항목에 류형기와 한치관의 글과 함께 그 제목만이 소개되어 있다. 류형기의 글이 끝나고 여백에

---

19) 「편집여언」,《우라키》창간호, 쪽수 없음.

20) 앞의 글. 서재필을 '박사'라고 부르는 것은 잘못이다. 의사를 뜻하는 영어 'medical doctor'의 'doctor'를 의사가 아닌 박사로 잘못 해석한 까닭이다. 다만《우라키》창간호에 실린「유미 졸업생 일람표」뒷부분에는 미국의 각종 학위를 설명하면서 'M.D.'를 '의학박사'로 표기하였다. 컬럼비안대학교 예과를 마친 서재필은 이 대학교의 본과로 진학하였고, 1893년에 이 대학교를 졸업하여 미국에서 한인 최초로 세균학을 전공한 의학학사가 되었다. 1892년에 컬럼비안대학교에 재학하던 중 가필드 병원에서 1년 동안 수련의 과정을 거친 뒤 그 이듬해 정식 의사 면허를 받았다. 서재필의 박사학위 명칭에 관해서는 김욱동,『소설가 서재필』, 28~29 참고.

"Opportunities for the Korean Students / By Dr. Philip Jaisohn / Suppression"이라는 문구가 적혀 있다. 'Philip Jaisohn'이란 서재필의 영문 이름이다.[21)]

《우라키》 편집자는 창간호에 조선인 유학생으로 미국에서 20세기 초엽 박사학위를 받은 사람들의 글을 격려사 차원에서 실으려고 하였다. 앞에서 이미 언급했듯이 프린스턴대학교에서 한국인 최초로 국제 정치학으로 철학박사 학위를 받은 이승만을 비롯하여 해밀턴대학교에서 법학박사 학위를 받은 강영승, 아메리칸대학교에서 국제 관계사와 국제공법 연구로 철학박사 학위를 받은 김여식이 바로 그들이다. 이승만은 「조선 학생 제군에게」, 강영승은 「깃붐에 살음과 ᄂᆞ의 두어 마ᄃᆡ 뎨의」, 김여식은 「미국 대학과 유학 예비에 대하야」라는 글을 기고하였다. 여기에 이 무렵 '박사'로 인정받던 서재필의 글도 함께 실릴 예정이었다 검열로 실리지 못하였다. 실제로 창간호 앞쪽의 화보에는 네 사람의 사진이 나란히 실려 있다. 편집자는 서재필의 글을 이승만의 글 다음에 실을 예정이었던 것 같다.

서재필의 글과 마찬가지로 3호에 실릴 예정이던 김양수의 글 「여시아관(如是我觀)」도 총독부의 검열에 걸려 싣지 못하였다. 목차에는 제목과 필자의 이름이 나와 있는데도 막상 해당 30쪽을 펼치면 글이 없고 대신 "여시아관 콜넘비아대학 김약영(金若嬰)/ 본문은 당국의 기(忌)에 저촉되여 자(玆)에 전문을 삭제하고 발행하오니 조량(照亮)하시압"이라는 문구가 적혀 있을 뿐이다. 《우라키》 2호의 '기고가 소개' 난에 보면 김양수는 "일본 와세다대학 정치경제과 출신으로 경성 조선일보 기자로 재직하다

21) '필립 제이손'이라는 이름은 '서재필'을 영어식으로 바꾼 '필재서'에서 만든 것이다. '필'을 영어 이름 '필립'으로 바꾸었고, '재서'를 성(姓)으로 삼아 '제이슨'으로 하였다. 다만 'Jason'이 'Jaisohn'이 된 것은 미국인 기자들이 발음 나는 대로 적은 것이라는 의견이 있다.

가 연전(年前) 범태평양회의의 조선 대표의 일인으로 도포(渡布), 현재는 미조리주 팕스대학에서 어학 준비 중"[22]이라고 나와 있다. 그가 1925년 6월 하와이에서 열린 제1회 범태평양회의에 참석한 것을 언급하는 대목이다. 이 대회에는 고하(古河) 송진우(宋鎭禹)가 참석하여《동아일보》에「세계 대세와 조선의 장래」라는 글을 10회에 걸쳐 연재하였다. 김양수가 어학 연수를 준비한다는 '팕스대학'은 몇 해 전 백낙준이 역사학을 전공한 파크대학이다. 김양수는 본명이고 김약영은 그의 필명이다. 정노식(鄭魯湜)이 편집하여 1940년 조선일보사에서 간행한『한국창극사』에는 이 두 이름이 나란히 적혀 있다.

《우라키》의 발간 목표와 편집원 구성

이 무렵에 발간된 다른 잡지들과는 달리《우라키》는 창간호에 발간 취지나 목표를 직접 밝히지 않았다는 것이 의외라면 의외다. 맨 앞에 실려 있는「이 가난한 거둠을 고향의 동포에게 들이면서」가 있지만 이 글은 창간 권두언이라기보다는 필자의 말대로 고국을 떠난 자식들이 부모와 형제에게 보내는 '편지'나 '예물'에 해당한다. 잡지 발간 취지나 의도는 오히려 잡지 맨 끝에 있는 '편집여언'에서 엿볼 수 있다. 이 글의 필자는 "본지 내용을 보셔도 아시려니와 저희는 어데까지든지 사실에 충실하여 배반하지 안는 진리를 찾저 굴하지 안는 충동에 쏫기어 행동하지 안는 편벽됨이 업는 순박하고 온건한 학생으로 잇고져 기약합니다. 이는 진리가 종

22)《우라키》2호(1926년 9월), 158.

내는 승리함을 굿게 밋음으로입니다"[23]라고 밝힌다. 진리 추구가 《우라키》 편집자들이 추구하는 궁극적 목표라는 사실을 알 수 있다.

앞 장에서 이미 밝혔듯이 북미조선학생총회는 회장과 부회장을 중심으로 한 행정부와 이사장과 이사를 중심으로 한 이사부로 이원적으로 구성되었다. 1924년~1925년도 총회 행정부는 회장과 부회장을 비롯하여 그 밑에 ① 총무, ② 조선문 서기, ③ 영문 서기, ④ 재정부장, ⑤ 편집부장을 두었다. 그러나 1926년에는 회장 밑에 ① 총무, ② 서기, ③ 재정부장, ④ 사교부장, ⑤ 체육부장, ⑥ 편집부장, ⑦ 영업부장 등 일곱 부서를 두었다. 조선문 서기와 영문 서기를 하나로 통합하고, 사교부장·체육부장·영업부장을 신설한 것이 눈에 띈다. 총회가 점차 자리를 잡아가면서 학구적인 활동 못지않게 대외 활동도 필요하다고 느꼈던 것 같다. 3호를 간행한 1928년에는 종교부장을 신설하고 그 부장은 회장인 장세운이 겸임하였다.

1925년도 행정부 임원에는 대리회장 겸 부회장에 전경무(田耕武, 미시간대학교 졸업), 총무에 이명우(李明雨, 일리노이주 웨슬리언대학교 졸업), 조선문 서기에 오한영(吳漢泳, 에모리대학교 재학), 영문 서기에 허진업(許眞業, 미시간대학교 재학), 재정부장에 송복신(宋福信, 미시간대학교 재학), 편집부장에 오천석(오하이오주 코넬대학 재학)으로 되어 있다. 그런데 《우라키》와 관련하여 가장 중요한 부서는 두말할 나위 없이 편집부였다. 편집부는 정기 간행물을 출간하는 역할을 맡은 만큼 편집부장 밑에는 편집부원 대여섯 명을 따로 두었다. 창간호의 편집부원들은 다음과 같았다.

사회과학: 김도연(컬럼비아대학교 대학원 경제학부 재학)

23) 「편집여언」, 《우라키》 창간호(1925년 9월), 쪽수 없음.

자연과학: 장세운(시카고대학교 대학원 수리학부 재학)

교육: 김활란(보스턴대학교 대학원 철학부 재학)

종교·철학: 류형기(보스턴대학교 대학원 신학부 재학)

문예: 오천석(코넬대학 사회교육부 재학)

기사: 황창하(시카고대학교 상업부 재학)

이렇게 행정부서에서는 편집 책임자 밑에 편집부원들의 역할을 분담하도록 하였다. 전공 분야에 걸맞게 구성한 편집부원들은 누구보다도 자기 분야를 잘 알고 있었으므로 해당 원고를 청탁할 적임자를 고를 수 있었을 것이다. 편집을 총괄하는 편집부장은 창간호에서 4호까지는 북미조선학생총회에서 주도적인 역할을 한 오천석이 맡았고, 5호에서 7호까지는 전영택, 정일형, 김태선이 각각 맡았다. 누가 편집 책임자를 맡느냐에 따라 잡지의 성격이 크게 좌우될 수밖에 없고, 이 점에서는《우라키》도 예외가 아니었다.

《우라키》 편집부를 이끈 오천석은 일찍이 일본 아오야마학원 중등부를 졸업한 뒤 미국에 건너가 1925년 오하이오주 소재 코넬대학에서 교육학 학사학위를 받았다. 그 뒤 1927년 노스웨스턴대학교에서 교육학 석사, 1931년에 컬럼비아대학교에서 철학박사 학위를 받았다. 이 무렵 오천석은 전공 분야인 교육학 말고도 문학에도 깊은 관심을 기울였다. 유학을 마친 뒤 귀국한 그는 1932년부터 보성전문학교 교수로 재직하면서 학교 강의는 물론이고 강연과 논문 등으로 민족 교육의 발전에 온 힘을 기울였다. 일제의 탄압으로 중국 상하이(上海)로 피신한 오천석은 광복과 함께 귀국하여 교육 활동을 재개하여 1945년부터 1948년까지 미 군정청 문교부

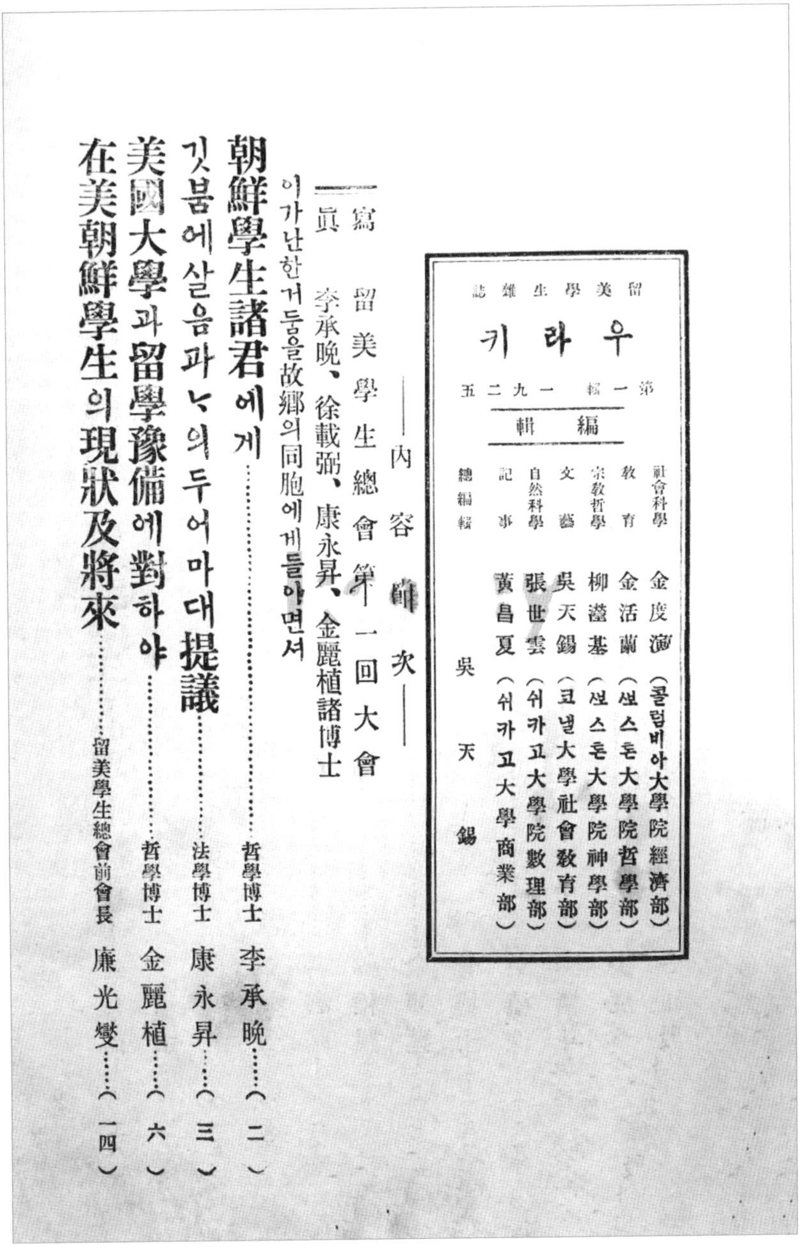

留美學生雜誌

우라키

第一輯 一九二五

編輯

社會科學 金度演 (콜럼비아大學院經濟部)
教育 金活蘭 (ᄲᅩ스톤大學院哲學部)
宗教哲學 柳瀅基 (ᄲᅩ스톤大學院神學部)
文藝 吳天錫 (코넬大學社會教育部)
自然科學 張世雲 (쉬카고大學院數理部)
記事 黃昌夏 (쉬카고大學商業部)
總編輯 吳天錫

寫眞 留美學生總會第一回大會
李承晚、徐載弼、康永昇、金麗植諸博士

―內容目次―

이가난한거둠을故鄕의同胞에게들아면서

1925년에 간행된《우라키》창간호 목차. 편집위원들의 이름과 소속 대학이 보인다.

북미조선학생총회와 《우라키》에서 주도적인 역할을 한 오천석. 그는 뒷날 귀국하여 교육 행정가로 활약하였다.

차장과 부장을 역임하면서 일제에 빼앗겼던 한국 교육을 되찾아 민주주의 초석 위에 다시 세우는 데 주도적인 역할을 하였다. 1960년에 제2공화국 문교부 장관을 역임하면서 교육대학 신설, 향토학교 운동, 교과서 개편 등을 통하여 교육 민주화를 추진하기도 하였다. 오천석은 1987년에 "나는 내 조국의 민주교육을 위하여 살고 일하다 가노라"라는 유명한 말을 남기고 사망하였다.

한편 북미조선학생총회는 행정부와는 별도로 이사부를 두었고, 이사장과 부이사장 밑에 열두서 명 정도의 부원을 두었다. 창간호를 간행하던 1925년에 이사부장은 행정부 편집부원 장세운이 맡았다. 장세운처럼 행정부에 관여하는 전경무와 오한영을 포함하여 권태용(權泰用), 서택원(徐擇源), 신동기(申東起), 장이욱(張利郁), 전처선(全處善), 정문성(鄭文成), 정원현(鄭元鉉), 조희염(曹喜炎), 최윤관(崔允寬) 등이 이사부원으로 활약하였다. 이사부의 역할에 관해서는 이렇다 할 설명이 없지만 회장단을 보좌하고 자문하는 역할을 맡은 것 같다. 행정부원과는 달리 이사부원은 뉴욕에서 시카고를 거쳐 캘리포니아에 이르기까지 미국 전역에 걸쳐 분포되어 있어 재미 유학생의 대표성과 상징성에 무게를 실었다.

《우라키》의 주요 내용

《우라키》는 편집부 구성원에서 볼 수 있듯이 인문과학과 사회과학, 자연과학을 포함하여 거의 모든 학문 분야를 아우르는 학술 논문과 논평, 학계의 최신 경향과 소식 등을 폭넓게 실었다. 이 잡지는 시와 소설과 희극, 수필, 기행문 같은 문학 작품을 싣기도 하였다. 그런가 하면 미국의 생활과 문화를 소개하는 교양 위주의 글도 실었다. 그러므로 이 잡지는 학술과 교양, 문예를 다루는 종합잡지의 성격을 띠었다.

창간호부터 7호에 이르는《우라키》의 내용을 분석해 보면 ① 화보나 사진 자료, ② 사설이나 주장, ③ 유학생 정보와 소식, ④ 미국 문화, ⑤ 교양, ⑥ 학술 연구 논문, ⑦ 학계의 최신 동향, ⑧ 문예, ⑨ 영문 원고, ⑩ 기타 등 크게 열 가지 항목으로 나뉜다. 어떤 때는 목차에 이 열 가지 항목을 구분 짓기도 하고, 또 어떤 때는 아예 아무런 구분도 짓지 않고 그냥 나열하기도 한다. 그러나 전자의 경우조차 대충 구분 지어 분류한 것일 뿐 일정한 기준에 따라 엄밀히 구분 지은 것은 아니어서 애매한 곳이 적지 않다.

거의 매호 목차 바로 앞에 실린 화보나 사진은 항목 ①을 보여 주는 대표적인 예다. 가령 창간호를 격려하는 글을 쓴 네 필자, 즉 이승만, 서재필,

김여식, 강영승의 사진이 실려 있다. 물론 서재필의 글은 조선총독부의 검열에 걸려 싣지 못하고 그의 사진만 이승만의 사진과 함께 나란히 실려 있다. 그다음 쪽에는 1924년 7월 일리노이주 에번스턴에서 열린 '제2회 유미조선학생총회 대회'에 참석한 남녀 학생 34명의 단체 사진이 실려 있다. 2호에는 뉴욕, 듀북, 필라델피아, 프린스턴, 에번스턴, 시카고 등에서 열린 지방 학생회의 사진을 실었다. 4호에는 1923년 시카고에서 열린 '제1회 유미학생대회' 사진을 소급하여 실었다. 이 밖에도 1927년 열린 여학생회, 1928년의 야유회, 1929년 뉴욕에서 열린 동부대회 사진을 실었다. 더구나 4호에는 재미 한국 화가 임파(任波)가 그린 「십자가」와 리들리 가극단의 공연 사진과 함께 이 무렵 재미 교포 회사로 주목받고 있던 정안(鄭安)주식회사 임원과 회사 건물 전경을 전면에 실었다. 5호에는 최근 미국 대학교에서 박사학위를 받은 유학생(조응천, 최윤호, 오천석)의 사진과 함께 미국의 유명한 몇몇 대학교를 소개하면서 해당 대학 사진을 싣기도 하였다.

그러나 화보나 사진 중에서 가장 눈길을 끄는 것은 7호에 실린 자료들이다. 목차 앞에 '때는 흘러가나니'라는 제목 아래 베네토 무솔리니가 체포되어 끌려가는 사진을 한 면 가득 실었다. 사진 밑에는 "한때 사회주의자, 한때 신문기자 '뭇솔이니'가 사복 경관에게 잡히여 경찰서로 끌리여 가는 광경. 때는 흘러 변함이 잦으니 이태리 독재 '뭇솔이니'를 그 어찌 누가 예상하렸으리"라는 자못 영탄적인 설명문이 적혀 있다. 정치 문제에 비교적 무관심한 북미조선학생총회 회원들이었지만 독재자 무솔리니의 체포 광경을 보고 아마 큰 충격을 받았던 것 같다. 또한 7호에는 영미문학을 소개하는 특집을 실었고, 이와 함께 이 무렵 대표적인 영미 작가들의 사진을 실었다. 버나드 쇼를 비롯하여 윌리엄 버틀러 예이츠, T. S. 엘리엇 등 여덟 명의 소설가와 시인의 사진이 실려 관심을 끈다. 편집을 맡은 김태선은 「편집후기」에서 "영미문예 특집의 문호 화보는 현대 인물고선(人物考選)인 까닭에 문예 동호자들이 얻어보기 어려운 것이다. 이것만으로도 본지의 대가는 넉넉하다고 믿는다"[24] 고 밝힌다. 그만큼 화보나 사진 자료에도 자부심을 품고 있었다.

항목 ②에서는 「우라키 에디토리알」(2호), 「우라키 주장」(3호), 「권두언」(4호) 같은 글이 가장 대표적이다. 《우라키》 창간호에 실린 이승만의 「조선 학생 제군에게」과 강영승의 「깃붐에 살음과 ㄴ의 두어 마듸 제의」도 넓은 의미에서는 항목 ①에 들어간다. 여기서 이승만, 강용승, 서재필의 글은 좀 더 자세히 살펴볼 필요가 있다. 15년 전 이미 박사학위를 받은 이승만은 그 제목에서 엿볼 수 있듯이 선배나 스승으로서 후배 유학생들에게 조언한다. 그는 조선 민족의 폐단이라고 할 자포자기하는 태도를 버리고 '우리가 하면 된다'는 각오로 책임감을 느끼고 조직적 경쟁에 임하고 당부한다. 이승만이 후배 학생들에게 거는 기대는 무척 크다.

> 금일에 우리 제군은 명일에 우리 인도자들이다. 명일에 인도자들이 금일에 인도자보다 십배 백배 낫게 하기를 우리 일반인민이 기대하는 터이니 학생 제군은 우리 음악대와 야구단에 가장 필요한 부분이 무엇인가 살펴보아 한가지식 택하야 잘 준비하는 동시에 가장 필요한 책임 관념을 아울너 배양하야 일후에 남과 경쟁할 때에 승전하는 음악대와 야구단을 일우게 하시오![25]

24) 《우라키》 7호(1936년 9월), 쪽수 없음.

25) 이승만, 「조선 학생 제군에게」, 《우라키》 창간호(1925년 9월), 3.

위 인용문에서 무엇보다도 눈에 띄는 것은 이승만이 책임 관념을 지적하면서 음악대와 야구단을 언급한다는 점이다. 오케스트라단과 야구단에서 가장 필요한 덕목은 집단의식이다. 이 두 단체에서는 개인의 행동이 아무리 훌륭하여도 전체와 하나가 되어 행동하지 않으면 실패할 수밖에 없다. 오케스트라보다도 구성원이 훨씬 적은 야구단에서는 더더욱 그러할 것이다. 미국의 국민경기라고 할 야구에서는 무엇보다도 팀워크가 목숨처럼 소중하다. 이승만이 이렇게 팀워크를 강조하는 것은 이 무렵 해외에서 조국의 독립을 위하여 활약하는 독립 운동가들을 염두에 둔 것이다. 당시 해외에서 활약하던 독립 운동가들은 하나로 뭉쳐 일사불란하게 활동하기보다는 이념과 이익에 따라 갈라져 있었다.

한편 1920년 해밀턴대학교에서 법학석사 학위를 받고 같은 학교에서 법학박사를 받은 강영승은 유학생들에게 낙관주의적 삶의 태도를 역설한다. 이러한 태도를 그는 '깃붐에 살음'이라고 부른다. 그는 낙관주의적 삶의 태도를 배우는 데는 몇 가지 조건이 필요하다고 밝힌다. 즉 맡은 일에 충실하고, 가혹한 현실이라도 참고 받아들이며, 주변의 아름다움과 기이한 것을 존중해야 한다. 세 번째 항목과 관련하여 강영승이 19세기에 활약한 미국 시인 월트 휘트먼을 언급하는 것이 흥미롭다. 강용승은 "우리는 휫만 갓흔 선생을 원하노니 그이는 우리의 눈을, 꼿의 아름다움에만 열어줄 뿐 안니라 플입에까지 하여슴이로다"[26]라고 말한다. 미국의 국민 시인으로 자유와 평등에 기초한 미국 민주주의를 예찬한 휘트먼은 시집『풀잎』(1855)에서 민초를 상징하는 풀을 즐겨 노래하였다. 여러모로 휘트먼의 정신을 계승한 강영승은 "깃붐을 항상 가짐에, 나의 환경을 변동함에

26) 강영승,「깃붐에 살음과 나의 두어 마듸 뎨언」,《우라키》창간호, 5.

셔가 안이오 나의 스사로를 변동함에셔이며 새것을 엇음에셔가 안이오, 그져 그것에 대한 나의 태도를 새로히 함에셔이며 깃불 만한 것을 구하야 엇음에셔가 안이오 임의 가진 것을 깃버할 줄을 배움에셔라"[27]고 말한다. 한마디로 자족하는 마음가짐에서 삶의 기쁨을 느낄 수 있다는 것이다.

이승만과 강영승은 겉으로 드러내놓고 말하지는 않지만 유학생들에게 은근히 조국의 독립을 잊지 말 것을 당부한다. 이승만은 "이 세계에 모든 인민이 생존을 경쟁하며 전진 발전을 도모할 때에 우리는 다 드러눕고 일허나지 못한즉 왼 세상이 다 우리를 도와주려 한들 엇지 할 수 업시 남에게 짓발필 것이다"[28]라고 말한다. 그는 비록 과거형이 아닌 미래형으로 말하고 있지만 조국이 이미 일본 제국주의에 짓밟혀 있다는 사실을 간접으로나마 언급한다. 강영승도 "우리는 —조선 민족— 얼마의 갑을 내던지 깃버하야 할지니 살기를 위함인대 죽음을 피하여 살 뿐안이라 삶으로 죽음을 익여 살기를 위함이라"[29]고 밝힌다. 여기서 그가 죽음을 피하여 살 뿐만 아니라 삶으로써 죽음을 이겨내어 살아야 한다는 것은 곧 일본 제국주의의 압제를 꿋꿋이 이겨 견뎌야 한다는 말이다.

그런데 여기서 한 가지 주목할 것은《우라키》편집자들이 일제의 검열 때문에 드러내 놓고 민족정신을 고취하거나 독립운동을 부추기지는 못했어도 비록 간접적으로나마 그렇게 했다는 점이다. 이 잡지에 실린 광고는 그러한 간접적인 방법의 하나였다. 창간호 맨 앞쪽에는 '구미유학생구락부'와 '연희전문학교'의 전면 광고가 실려 있고, 그다음 쪽에는 박문서

27) 앞의 글, 5.

28) 이승만, 「조선 학생 제군에게」, 2.

29) 강영승, 「깃붐에 살음과 나의 두어 마듸 뎨언」, 3.

관에서 낸 책 광고가 '경성상회' 광고와 함께 상하로 나뉘어 실려 있다. 이 책 광고는 조명희(趙明熙)가 번역한 이반 투르게네프의 소설 『그 전날 밤』(1860)을 소개하는 광고다.

> 이 소설은 노국(魯國) 문호 트르게네쯔의 걸작 가운대에도 대표될 만한 걸작이니, 일즉이 조선일보에 번역하야 내게 됨에 온 세상 졂은이들로 하야금 피가 씰토록 감격을 준 것이다. 망한 나라를 건지기 위하야, 그릇된 세상을 바로잡기 위하야 자긔의 목숨과 모든 것을 다 쎼여 밧치고 나아가는 역렬 침동한 혁명가의 남주인공 '인사로쯔'와, 의(義)을[를] 위하야 애인을 위하야 불에 부다치는 나뷔와 갓치 역약[연약]하고 외로운 몸으로 애인의 뒤를 싸라 멀니 죽을 쌍으로 달녀 나아가는 한만코 정만흔 녀주인공 '에레나'. 이 두 사람이 사이에 이러난 쓰린 사랑과 긔구한 생애가 이 소설에 그리여 잇다.[30]

투르게네프는 일제 강점기 조선에서 널리 읽힌 러시아 작가 중 한 사람이다. 한국 작가 중에서 채만식(蔡萬植)이 투르게네프의 영향을 많이 받은 것으로 알려져 있다.[31] 위 광고문에서도 잘 드러나 있듯이 투르게네프의 장편소설 『그 전날 밤』은 조명희가 번역하여 《조선일보》에 1924년 8월부터 10월까지 78회에 걸쳐 연재하였다. 이보다 앞서 이 소설을 희곡으로 각색한 작품은 현철(玄哲)이 『격야(隔夜)』라는 제목으로 번역하여 채만식

30) 《우라키》 창간호, 쪽수 없음.

31) 채만식은 「뚜르게네프와 나—무의식적 영향」, 《조선일보》(1933년 8월 26일)에서 투르게네프의 소설을 거의 모두 읽었으며, 투르게네프야말로 "변변치 못한 나의 今日을 있게 한 소인"이라 밝힌다. 특히 그는 『사냥꾼 수기』를 무려 네다섯 번 읽었다고 말한다. 『채만식 전집 9』(서울: 창작과비평사, 1989), 467.

이 근무하던 개벽사의 잡지《개벽(開闢)》에 1920년 8월호에 실었다. 이 작품이 일간신문에 연재되자 "온 세상 젊은이들로 하야금 피가 끌토록 감격을" 주었다는 광고문은 과장이다. 그러나 식민지 시대 많은 독자가 이 작품을 읽고 깊은 감명을 받은 것은 사실이다.

『그 전날 밤』은 제목이 암시하듯이 1861년 러시아 농노해방이 일어나기 '전날 밤'을 다룬 소설이다. 귀족의 딸인 아름다운 엘레나는 이상주의자 베르세네프와 조각가 슈빈의 구애를 받지만 조국 해방에 헌신하는 불가리아의 가난한 유학생 인사로프를 사랑하여 마침내 그와 결혼한다. 남편은 귀국 도중 병에 걸려 사망하지만 그녀는 그의 해방운동 정신을 계승하려고 불가리아에 계속 남는다. 엘레나는 러시아에 있는 부모에게 보내는 편지에서 "아, 러시아에서는 무슨 일을 할 수 있겠어요?"라고 호소한다. 그녀의 말은 식민지 조선의 지식인들이 하고 싶은 말을 대신한 것으로 읽힌다.

앞에서 인용한 광고문의 단락이『그 전날 밤』의 줄거리와 번역 과정을 설명한다면 그다음 단락은 좀 더 격앙된 목소리로 조선 젊은이들에게 러시아의 젊은이들을 닮으라고 외친다. 광고문보다는 차라리 신문이나 잡지의 논설이나 사설을 읽는 것처럼 자못 선동적이다.

> 조선의 젊은이들이여! 그대들은 남보다 유(類)다른 처지에 잇서, 멧곱이나, 더한 고통에 울면서도 그 울음소리조차 크게 내지도 못하고 다만 소리 업는 울음이 가슴에 서리고 목메인 지 오래인지라, 그대들은 모름지기 인제서야 한번 이 글을 통하야 크게 울어보아라! 그리하야, 이 나라에도 이 젊은이들에게

도 장차 '인사로쭈'와 갓흔 혁명가가 나오라! '에레나'와 갓흔 사람이 나오라![32]

여기서 '유다른' 처지란 일본 제국주의의 식민지 상황을 말하고, '멧곱이나, 더한 고통에 울다'라는 말은 조선 민족이 이러한 상황에서 온갖 고통과 시련을 겪으며 신음을 내고 있다는 말이다. 그런데도 제대로 울분을 터뜨리지도 못한 채 울분과 분노를 가슴에 품고 있을 뿐이다. "그대들은 모름지기 인제서야 한번 이 글을 통하야 크게 울어보아라!"는 말은 투르게네프의 작품을 읽으므로써 대리만족을 느끼라는 것보다는 행동하는 지식인으로 거듭나라고 부르짖는 것처럼 들린다. 조선 식민지에서도 러시아처럼 인사로프 같은 혁명가와 엘레나 같은 혁명 동지가 절실하다고 외치는 듯하다.

이러한 관점에서 보면 위 인용문 바로 오른쪽에 적혀 있는 '정가 1월, 서류(書留) 송료 14전 1책 요선금(要先金)'이라는 문구는 조선총독부 검열관을 속이기 위한 위장 전술에 지나지 않는 것 같다. 겉으로는 책을 광고하는 척하면서 실제로는 조국 독립을 부추기고 있다. 박문서관은 1930년 발행한 《우라키》 4호에 북미조선학생총회 설립 10주년을 기념하는 전면 광고를 낸다. 그러나 이 두 번째 광고에서는 특정한 책을 광고하기보다는 출판사의 일반적인 업무를 홍보하는 데 그칠 뿐이다. 즉 "박리다매는 본관(本館)의 목적 / 신속수응(迅速酬應)은 본관의 특색 / 신구 서적 출판 / 판매 교과서 급(及) / 민력(民曆) 지정 판매"라는 광고문구가 주소와 전화번호와 함께 적혀 있다.

이렇게 광고를 통한 민족정신 함양은 다른 광고에서도 찾아볼 수 있

32) 앞의 글, 쪽수 없음.

다. 가령 1931년 7월 간행한 《우라키》 5호에도 이와 비슷한 광고가 실려 있다. 창간호의 광고가 러시아 문학 작품의 광고라면 5호에 실린 광고는 국내 저자가 직접 집필한 저서의 광고다. 이 잡지의 인쇄와 총판을 맡은 한성도서주식회사는 5호 뒤쪽에 전면에 걸쳐 이은상(李殷相)의 『조선사화집(朝鮮史話集)』을 크게 광고한다. '삼국시대편'이라고 밝히는 것을 보면 이은상은 조선 사화를 시대별로 나누어 집필할 예정이었던 것 같다. 그러나 그는 처녀 저서인 이 사화집을 한 권밖에는 출간하지 않았다. 어찌 되었든 "극적 요소가 무진장 / 흥미 백퍼센트 소설 이상"이니 "경향 각 서점에서 판매. 만일 없으면 본사로 직접 주문하시오"이니 하는 문구가 눈에 띈다. 책의 겉표지 위쪽에 적힌 광고문은 다음과 같다.

> 본서는 삼국 건국으로부터 근대 이조말에 이르기까지 전후(前後) 양천재(兩天載)의 조선사 속에서 혹은 국가의 흥망과 의사(義士)의 혈전 혹은 일객(逸客)의 풍유와 기걸(奇傑)의 한사(閑事) 혹은 군왕의 외전(外傳)과 둔민의 정화(情話) 혹은 부녀의 미거(美擧)와 동몽(童蒙)의 일문(逸聞) 등 이로 구별하기 어려운 온갖 사담적(史譚的) 재료를 연순으로 채록한 것이다.[33)]

이 광고문에는 저자가 직접 썼다고 밝히는 것도, 광고문 주요 구절에 굵직하게 방점을 찍은 것도 다른 책 광고문과는 사뭇 다르다. 인용표를 사용한 것으로 보아 저자의 서문에서 따온 것일 수도 있다. "미려 삽화 12엽(葉) / 공전의 미장 / 공전의 염가"라는 구절에 책 내용 견본을 증정한다는 문구도 있다. 투르게네프의 『그 전날 밤』보다는 조금 덜하지만 이 책의 광

33) 《우라키》 5호(1930년 7월), 쪽수 없음.

고문 중 "국가의 흥망과 의사의 혈전"이라는 구절에서 은근히 민족의식을 일깨우면서 피를 흘려서라도 일제 맞설 것을 부추기는 듯하다. 내선일체(內鮮一體)를 부르짖기 시작한 이 무렵 조선의 역사를 강조한다는 것 자체가 일제의 눈에 곱게 보일 리 만무하다. 이은상은 해방 전에는 국민문학파의 일원으로 활약하였고, 뒷날 '조선어학회 사건'으로 일본 경찰에 체포되어 옥고를 치르기도 하였다.

더구나《우라키》4호에는 '북미조선학생총회 10주년 기념에 제(際)하야'라는 제호 아래 이승만, 서재필, 장세운, 이병두 네 사람의 글이 실려 있다. 이승만은「조선 학생에게 기(寄)함」에서 정신이란 어디까지나 물질에 기반을 둔다는 점을 강조한다. 그는 "우리에게 긴절(緊切)히 필요한 것은 곳 물질뎍 세력을 발뎐하야 정신뎍 세력을 해방하는 데 잇다"[34]고 말한다. 그러면서 이승만은 유학생들에게 조선의 물산으로 모든 의식주에 필요한 일용품을 생산하여 자급자족하도록 하고, 자본을 합하여 공업과 상업 등 모든 경제를 공동적으로 발전시키자고 역설한다. 창간호의 글과 마찬가지로 이 글에서도 그는 개인의 영리를 떠나 '민족 전체의 공동적 복리'를 위하여 매진하자고 부르짖는다.

물질적·경제적 문제에 초점을 맞춘다는 점에서 서재필은 이승만과 크게 다르지 않다. 영문으로 쓴「조선의 장래」라는 글에서 서재필은 학생들에게 생각과 행동에서 관념적이고 추상적인 것보다는 구체적이고 실질적인 것에 주목하라고 권한다. 이를 달리 말하면 현실과 동떨어진 공리공담을 버리고 좀 더 실제 생활에 도움이 될 수 있는 실용적인 방책을 찾으라는 것이다. 서재필은 "경제 상태를 향상식힘으로 조선 민중의 생활 정도

34) 이승만,「조선 청년에게 기(寄)함」,《우라키》4호(1930년 6월), 1.

를 개량하랴는 계획이 어나[어느] 문제보다도 긴절하지 안은가 함이다" 라고 밝힌다. 그러면서 그는 이 문제를 해결하는 데 "누구를 물론하고 명심불망(銘心不忘)하여야 할 원리는 곳 그것이 일 개인이건 일 민족이건 번영으로 가는 길에는 주름길이 업다 함이다. 강작(强作), 계획 잇는 모험, 용기, 의지, 공평 및 주의(主義)에 대한 충성이 온갖 성공의 기초이다"[35]라고 잘라 말한다.

한편 장세운의 「과거 10년을 회고하면서」와 이병두의 「과거 10년과 장래 희망」 같은 글은 엄밀히 말하면 이승만이나 서재필의 글과는 성격이 조금 다르다. 장세운은 북미조선학생총회의 역사를 살핀다. 다만 이병두의 글은 학생총회가 지난 10년 동안 이룩한 성과를 돌아보면서 앞으로 있을 장래 희망을 전망한다. 그러면서 그는 동료 학생들에게 다음 네 가지를 부탁한다.

1. 학생 제군은 나 일 개인이 조선인 유학생 중 일인인 것을 불망(不忘)하고 단체 생활에 대한 의무를 다할냐고 힘쓰자.

2. 내가 학식이 만타고 자인(自認)하야 스사로 인도자 되기를 구하거나 자기를 상좌(上座)에 안치지 안난다고 단체의 사업을 타파하거나 무익한 시비를 니르커지 말고 진심으로 협동하쟈.

3. 회체나 단체의 사업을 위하야 헌신적으로 일하난 인(人)의게 감사하는 뜻과 존경하는 태도를 취하고 개인의게 이익이 업다거나 의견이 불합(不合)하다고 시비하지 말자.

4. 제군 학생은 씨를 심으는 시대에 처하엿다. 십년 후에난 금년에 비하야 십

35) 서재필, 「조선의 장래」, 《우라키》 4호, 4.

배 나흔 성적을 거두기 위하야 협력의 씨, 사랑의 씨, 감사의 씨, 열심의 씨, 근면의 씨를 자신과 단체를 위하야 심으고 항상적(恒常的)으로 양성하자.[36)]

이병두는 네 번째 항목을 제외한 나머지 세 항목에서 유학생들에게 개인보다는 집단을 먼저 생각하고 이기심보다는 이타심에 따라 행동할 것을 촉구한다. 이러한 태도는 이미 이승만이 「조선 학생 제군」에서 강조한 '조직적 행동'과 '책임 관념'과도 궤를 같이하는 것이다. 이병두가 이 점을 강조한다는 것은 그만큼 이 무렵 개인적이고 이기적으로 행동하는 유학생들이 적지 않았다는 방증이기도 하다.

항목 ②에서 가장 눈길을 끄는 글은 3호에 실린 「우라키 주장」이다. 이 글은 '조선 청년에 대한 우라키 주장'을 비롯하여 '비상한 노력', '우리 생활에 과학을 석자', '수확을 도라볼 때', '니도 나기 전에 썌다귀 추념부터', '긴급한 제의 하나', '모범 청년 린 벅', '미국 유학을 계획하는 벗에게', '남을 관용하는 마음' 등 언뜻 보아 서로 일관성이 없는 글들이 뒤섞여 있다. 물론 선언문 같은 앞의 주장을 구체적인 실례를 들면서 보충하여 설명한 것으로 볼 수 없는 것은 아니다. 그중에서도 '조선 청년에 대한 우라키 주장'은 가장 관심을 끈다. 익명의 필자는 이 글의 첫머리에서 다음 네 가지를 주장한다.

1. 우리는 불근 피가 촬々도는 건장한 몸을 길으자. 그리랴면 뛰고 동하여야 한다. 비루한 육체적 방종에서 버서나 고상한 이성적 정신적 자유에서 살어야 한다.

36) 이병두, 「북미유학생회 10년간 성공과 장래 희망」, 《우라키》 4호, 10.

2. 우리는 건전한 조선적 인격을 길으자. 건전한 조선인적 인격은 사람으로서의 온갖 우수한 습성을 기초로 하고 ×××××, 정신, 전설, 유전, 생활을 재료로 하야 건설된 인격이다. 이는 맹목적 국수주의적 인격도 아니오 무책임적 국제주의적 인격도 아니다.

3. 우리는 우리의 생활을 이지적으로 계획 지도하자. 감정이 우리의 생활을 감응케 하라드래도 지배치는 못하게 하여야 한다. 그리랴면 이성적으로 독립하여야 한다. 냉정하여야 한다. 사실에 충성되여야 한다. 침착근신(沈着勤愼)하여야 한다.

4. 우리는 조선 청년 된 것을 영광으로 알고 자랑하자. 조선 청년은 기회를 뜻한다. 그의 압헤는 개척되지 아니한 조선의 운명이 기다린다. 조선의 온갖 현상은 조선 청년의 용기와 능력과 최선을 도전하여 마지안치 안는가![37]

첫째, 필자는 조선 청년에게 건강한 육체를 길러 정신을 함양할 것을 주장한다. 시각 이미지와 동적 이미지와 함께 의성어를 구하는 "불근 피가 촬々도는"이라는 표현에서는 건강한 청년의 육체를 눈앞에서 직접 보는 듯한 느낌이 든다. 이 글의 필자는 "건강한 육체에 건강한 정신이 깃든다"는 고대 로마의 시인 유베날리스의 말을 굳게 믿는 것 같다. 건강한 육체를 기르되 어디까지나 육체적 방종에 빠지지 말고 정신적·이성적 자유를 한껏 누리자고 부르짖는다.

둘째, 필자는 조선 청년들에게 '조선인의 인격'을 함양하자고 주장한다. 그가 말하는 인격은 일본인이나 미국인에게서 발견할 수 없는 조선인만의 독특한 인격이다. 그러한 인격은 조선인의 우수한 생활 습관에서 생

37) 《우라키》 3호(1928년 9월), 52.

겨날 뿐 아니라 선조로부터 대대로 물려받은 정신 유산에서 비롯한다. 그런데 여기서 한 가지 흥미로운 것은 한 어휘가 조선총독부의 검열에 걸려 삭제되고 '×××××'로 처리되어 있다는 점이다. 이를테면 '자주독립심'처럼 식민지 통치 정책에 어긋나는 어휘일 것이다. 필자가 주장하는 조선적 인격은 조선 말기의 쇄국정책에서 볼 수 있던 '맹목적 국수주의적' 인격도 아니고, 그렇다고 서구 문물을 무분별하게 받아들이는 '무책임한 국제주의적' 인격도 아닌 중간적인 제3의 인격이다.

셋째, 필자는 조선 청년들에게 감정의 지배를 받지 말고 오히려 이성의 지배를 받고 생활하자고 주장한다. 인간이 감정의 동물인 이상 감정에서 완전히 자유로울 수는 없을 것이다. 그러나 필자는 되도록 냉정심을 유지하고 사실에 충실해야 한다고 지적한다. 한마디로 그는 '이성적 독립'을 부르짖는다. 여기서 필자는 아무리 현실이 힘들어도 섣불리 감정에 따라 일본 제국주의에 맞서지 말고 이성적으로 판단하여 절호의 기회를 잡아 맞서기를 권하는 것 같다.

넷째, 필자는 조선 청년에게 자긍심을 고취한다. 조선 청년이라는 사실을 부끄럽게 생각하지 말고 오히려 영광으로 알고 자부심을 느끼고 행동하라고 밝힌다. 그러면서 조선 청년에게는 무한한 기회와 가능성이 있다고 말한다. 조선 청년의 앞에는 황무지처럼 아직 개척의 손길을 기다리는 조선의 운명이 놓여 있기 때문이다. 앞으로 조선 청년의 노력에 따라 조선은 크게 성공할 수도 있고 실패할 수도 있을 것이다. '비상한 노력'이라는 항목에서 필자는 "조선 청년의 발 압헤는 가는 곳마다 사업이 널니어 잇고 그의 전심전력을 도전하고 잇다"[38] 고 말한다.

38) 《우라키》 3호(1928년 9월), 53.

그렇다면 도대체 왜 갑자기 필자는 이러한 주장을 펼치는 것일까? 일제의 식민지 지배가 날이 갈수록 강화되면서 조선 청년들이 자칫 무사안일한 생각에 빠지기 쉬우므로 그러한 태도를 경계하기 위하여 이 글을 쓴 것 같다. 다시 말해서 필자는 조선 청년들에게 조국의 광복을 잊지 말라고 촉구한다. '비상한 노력'이라는 항목에서 필자는 지금 조선 청년들이 놓인 상황이 미국을 비롯한 선진국 청년들의 상황과는 사뭇 다르다고 말한다. 그는 "녯날의 문명은 시々각々으로 붕괴되고 새로운 문명은 아직 건설되지 못하엿다"[39]고 밝힌다. 그런데 이 말에서는 놀랍게도 19세기 영국 시인 매슈 아널드의 말이 떠오른다. 아널드는 「그랑드 샤르트뢰즈에서 쓴 스탠자」에서 "죽은 한 시대와 태어나기에는 무기력한 다른 시대 사이에서 방황하노니"라고 노래한 적이 있다.

「우라키 주장」에서 필자가 조선 청년들에게 자주독립 정신을 심어준다는 것은 이 항목에 삭제된 부문이 유난히 많이 눈에 띈다는 사실에서도 알 수 있다. 가령 "×××××는 조선 청년의 비상한 노력 유무(有無)에 의하여 그 사활이 판결될 것이다"니 "조선의 생명이 ×××××××××낭써러지기로 다름질하여 감에 불구하고 아직까지도 비상한 노력을 목적한 ××××× 운동이 극소한 것은 실노 기이한 현상이오 개탄할 만한 사실이다"니 하는 문장이 바로 그것이다. 또한 "내 일생을 제공하야 ××××××도모할 만한 ×××××× 잇서야 할 것이다"라는 문장도 마찬가지다.[40] 구체적으로 무슨 어휘가 삭제되었는지는 알 수 없지만 여러 정황으로 미루어보아 일본 제국주의의 식민지 지배에 대한 비판과 자주독립

39) 앞의 글, 53.

40) 앞의 글, 53.

을 부추기는 어휘들일 것이다.

한편 「우라키 주장」은 비단 한반도에 있는 조선 청년들을 대상으로 삼는 것에 그치지 않고 한발 더 나아가 미국에서 유학하는 학생들을 대상으로 삼기도 한다. 이 주장은 미국 유학생들에게 주는 메시지로 볼 수도 있다. "비루한 육체적 방종에서 버서나 고상한 이성적 정신적 자유에서 살어야 한다"는 문장은 이 점을 뒷받침한다. 이 무렵 일부 조선 유학생들은 정신적으로 적잖이 해이해 있었다. 처음부터 영어 해독력이 부족하여 학업에 흥미를 느끼지 못하는 학생들도 있었고, 미국 자본주의의 소비문화와 향락적 유흥에 빠져 학업을 게을리하는 학생들도 있었다.《우라키》곳곳에는 이러한 태도를 경계하는 글이 적지 않다.

유학생 정보와 소식

《우라키》에는 사진 자료와 사설과 주장 못지않게 현재 미국에 유학하고 있는 학생들뿐 아니라 고국에서 미국 유학을 준비하는 예비 유학생들에게도 필요한 정보와 지식을 제공해 주는 데 중점을 두었다. 항목 ③의 범주에 들어가는 글에는 비교적 형식을 갖춘 글도 있고 일정한 형식이 없이 자유롭게 쓴 글도 있다. 이 범주에 들어가는 글을 간추려 보면 다음과 같다.

1. 김여식, 「미국 대학과 유학 예비에 대하여」(창간호)
2. 「최근의 유학생계—금후의 도미 학생」(2호)

3. 오천석, 「미국 유학 안내 요람」(4호)

4. 「후진 학우에 모내는 메쎄이지」(6호),

1) 양주삼, 「참된 인도자를 요구」

2) 김세창, 「주의주장의 사람」

3) 이훈구, 「나의 몇 말」

4) 이병두, 「의로심을 버리자」

5) 정인과, 「신시대 신인물」

6) 남궁탁, 「적자생존의 재인식」

5. 「북미 고학 생활 백경집(百鏡集)」(6호)

1) 김마리아, 「한달의 널스 생활」

2) 한샌님, 눈물의 여름사리

3) 경우, 「신산한 '천당 생활'」

4) 노재명, 「도미 유학의 전후대차(前後大差)」

5) 강명석, 「오면서 당한 일 두 가지」

6) 자강, 「땀 나든 향(香) 장사」

6. 「북미 유학 안내 소고」(6호)

7. 북미 유학에 대한 명사 포부(7호)

8. 허진업, 「재미조선 학생 방문을 마치고」(7호)

9. 이극로, 「구미 유학 시대의 회고」(7호)

3호부터 연재하기 시작한 미국 대학 순례기도 넓은 의미에서는 항목 ③의 범주에 속한다. 류형기가 하버드대학교 순례기를, 백낙준이 예일대학교와 프린스턴대학교 순례기를 쓴 것을 시작으로 여러 필자가 미국의 저명한 대학 순례기를 차례로 집필하였다. 염광섭은 시카고대학교를, 보을생(오천석)은 컬럼비아대학교를 소개하였다. 이 밖에도 익명의 필자들이 캘리포니아대학교, 템플대학교, 서던캘리포니아대학교, 일리노이주 웨슬린대학교 등을 소개하였다.

북미조선학생총회 회원들이 조국 광복을 위한 독립운동에 소극적이고 미온적이었다는 비판을 받을 수도 있다. 그러나 문학 작품에서는 독립운동에 좀 더 적극적이었다. 그들의 일차적 목적은 미국에서 학업을 쌓는 것이었고, 고학하는 가운데 틈틈이 시간을 내어 잡지를 간행하여 계몽운동을 전개했을 뿐이다. 잡지 간행도 조선총독부의 엄격한 검열 때문에 일부 학생들은 필명을 사용함으로써 자신의 신분을 드러내지 않으려고 하였고, 일제 당국에 의하여 원고 일부가 삭제되어 발간되기도 하였다. 칼로써 직접 독립운동을 한 선배들이나 동료들과는 달리 그들은 펜과 붓으로 정신적 독립운동을 전개했을 뿐이다. 글을 통한 정신무장은 총과 칼을 통한 독립운동 못지않게 중요함은 두말할 나위가 없다.

《우라키》 편집에 직접 간접으로 관여하고 이 잡지에 글을 기고한 북미조선학생총회 회원들은 학업을 마치고 귀국한 뒤 조국에서 그야말로 눈부시게 활약하였다. 《학지광》을 간행한 재동경조선유학생학우회 회원들이 귀국하여 여러 분야에서 눈부시게 활약했다면, 미국에서 유학한 학생들도 일본 유학생들 못지않게 정치·경제·사회·문화를 비롯한 모든 분야에 걸쳐 크게 활약하였다. 특히 미국에서 서구 학문과 사상을 직접 호흡한 유학생들은 일제 강점기는 물론이고 해방 뒤 조국의 근대화 과정에서 소중한 밑거름이 되었던 것이다.

3

《우라키》와 인문학 논문

북미조선학생총회의 기관지 《우라키》는 종합지적인 성격을 띠고 있지만 그 내용을 좀 더 면밀하게 살펴보면 학술지적인 성격이 비교적 강하다는 사실을 알 수 있다. 실제로 학술 연구 논문과 미국과 유럽 학계의 최신 동향 소개는 이 잡지에서 가장 핵심적인 부분을 차지한다. 국문이나 국한문으로 발행하는 잡지면서도 때로는 영문 원고를 한국어로 번역하지 않고 그대로 게재하기도 한다. 그러므로 이 잡지는 재일본동경조선유학생학우회의 기관지 《학지광》처럼 학술지나 교양 종합지보다는 학술 종합잡지로 간주하는 쪽이 적절할 것이다.

《우라키》에 창간호의 편집진 구성에서도 볼 수 있듯이 학술 연구 논문은 크게 ① 사회과학, ② 자연과학, ③ 교육, ④ 종교·철학의 네 분야로 나뉘고, 분야마다 전공 학생을 편집부원으로 두어 전문성을 꾀하려고 하였다. 물론 학제적인 성격이 강하여 어느 분야로 분류해야 할지 애매한 글도 더러 있다. 글 끝에 참고문헌을 첨부하는 등 본격적인 학술 논문의 형식을 갖춘 논문들이 있는가 하면, 딱딱한 형식에서 벗어나 에세이 형식으로 비교적 자유롭게 연구 결과나 자신의 의견을 펼친 논문들도 있다. 모두 일곱 권에 이르는《우라키》에서 사회과학과 산업에 관한 글이 무려 32편으로 가장 많고, 그 뒤를 이어 자연과학과 공업이 15편, 교육이 15편, 종교와 철학과 문학과 예술이 각각 14편을 차지한다. 그 밖에 의학과 건강이 6편의 순이다. 그러나 이 편수는 어떻게 분류하느냐에 따라 얼마든지 달라질 수 있다.

이 잡지에 실린 학술연구 논문은 편집진 구성에 따라 ① 교육, ② 종교와 철학, ③ 사회과학, ④ 자연과학, ⑤ 의학과 보건을 추가하여 모두 다섯 분야로 나눌 수 있다. 사회과학과 자연과학을 비롯하여 의학과 보건과 관련한 글은 별도의 장에서 따로 다루기로 하고 이 장에서는 주로 교육을 비롯하여 종교와 철학, 젠더 문제와 관련한, 넓은 의미에서 인문학에 속하는 글만 다루기로 한다.《우라키》에 실린 이 분야의 글은 다음과 같다.

1. 교육

(1) 김여식,「미국대학과 유학 예비에 대하야」(창간호)

(2) 염광섭,「재미 유학생의 현상 급(及) 장래」(창간호)

(3) 장이욱,「교육학 견지에서 관찰하는 유미 학생의 심리상 경험」(창간호)

(4) 김혜련,「사회와 교육」(창간호)

(5) 김양수,「미국 유학생 출신을 엇ㅅ더케 보는가」(2호)

(6) 황인식,「미국 중등교육」(2호)

(7) 오천석,「미국의 교육계」 (4호)

(8) 조응천,「재미국 영어 발음의 신연구」(4호)

(9) 최윤호, 「교육학상 입장에서 조선인의 장래성을 논함」(4호)

(10) 장세운, 「고국 사회에 대한 비판과 충언: 조선 교육계에」(5호)

(11) 최윤호, 「미국의 직업 교육」(5호)

(12) 김훈, 「우리의 수양과 조선의 요구」(5호)

(13) 정일형, 「종교 교육의 전망」(5호)

(14) 조승학, 「교육제도 비판론」(7호)

2. 종교와 철학

(1) 장세운, 「과학의 일우(一隅)에서 찰오(察惡)한 종교의 일면」(창간호)

(2) 류형기, 「종교는 웨 고식되나」(창간호)

(3) 오정수, 「애타주의의 이면」(창간호)

(4) 한치관, 「과학으로 엇은 금일의 인생관」(창간호)

(5) 백성욱, 「쇄기야모니(釋迦牟尼)」(2호)

(6) 염광섭, 「종교와 인생과의 관계」(2호)

(7) 한치진, 「서양 문명의 특색을 논하야 조선인의 장래에 급(及)함」(3호)

(8) 장이욱, 「유미 우리 학생의 신앙생활 경로」(3호)

(9) 송은, 「기독교에 대한 오해」(4호)

(10) 이철원, 「미국의 철학계」(4호)

(11) 송창근, 「미국의 종교계」(4호)

(12) 정일형, 「종교 교육의 전망」(5호)

(13) 이정두, 「선악의 관념론」(5호)

(14) 갈홍기, 「소위 과학철학의 반동성」(7호)

3. 인종과 젠더 문제

(1) 박인덕, 「조선 여자와 직업 문제」(3호)

(2) 윤성순, 「재미 흑인의 은인 와싱톤과 터스키기 학원」(4호)

(3) 극성, 「'김활란 씨 박사논문 촌살'과 '박인덕 여사 이혼에 대한 사회비평'을 읽고」(6호)

교육에 관한 논문

《우라키》에서 무엇보다도 눈에 띄는 것은 교육에 관한 글이 큰 비중을 차지한다는 점이다. 편집자들이 교육을 인문과학이나 사회과학에 한데 묶지 않고 굳이 따로 떼어 놓는다는 것부터가 눈길을 끈다. 그러나 달리 생각해 보면 유학생들이 만드는 잡지이므로 그만큼 교육 문제에 깊은 관심을 기울였을지도 모른다. 무슨 분야를 전공하든 미국의 고등교육 기관에서 공부하는 조선 유학생들로서는 좁게는 조선, 더 넓게는 일본을 비롯한 동아시아의 교육 방식과는 여러모로 다른 미국의 교육 방식에 관심이 클 수밖에 없을 것이다.

교육과 관련하여 관심을 끄는 글이 한두 편이 아니지만 창간호에 실린 김혜련(金惠蓮)의 「사회와 교육」이 먼저 눈길을 끈다. '헬렌'이라는 미국 이름을 사용하던 그녀는 이화학당 대학부를 졸업한 뒤 미국에 건너가 오하이오주 웨슬리언대학교 철학과를 졸업하고 보스턴대학교 대학원에서 종교철학을 전공하였다. 《우라키》에는 난삽한 한자어에 일본어식 표현을 사용하는 필자들이 적지 않은 반면, 김혜련은 읽기 쉽고 이해하기 쉽게 글을 쓰는 필자 중 한 사람이다. 그녀는 언문일치 문장을 구사하는 전형적인 필자라고 할 만하다. 독자 중에 '사회'와 '교육'이라는 두 글자를 모르는 사람은 아마 없을 것이라고 먼저 운을 뗀 뒤 그녀는 사회와 교육의 유기적 관계를 알기 쉽게 설명한다.

김혜련은 사회를 물질적 의미로만 이해해 오던 통념을 깨고 '정신 사회'도 '물질 사회' 못지않게 중요하다고 역설한다. 그녀는 "갓흔 곳에 살게 되여 물질상 교접으로만 사회의 조직이 가능한 것이 아니라 정신상 사교로도 일생에 피차 대면도 못한 사람들이 한 사회를 조직할 수 잇나니……"[1]라고 밝힌다. 그러면서 김혜련은 문학가, 철학가, 종교가, 실업가, 정치가들의 집단을 정신 사회의 구체적인 실례로 든다. 그녀에 따르면 물질적으로나 정신적으로나 공통적인 취향을 가지고 두 사람 이상이 모인 조직이 곧 사회다.

교육의 목적이나 취의를 김혜련은 문화적인 것과 전문적인 것의 두 가지로 크게 나눈다. 전자는 "보통 상식을 일반사회에 보급식혀 그 사회의 일분자(一分子)된 개인들노 드를 줄 아는 귀, 볼 줄 아는 눈, 말할 줄 아는 입, 일할 줄 아는 손, 생각할 줄 아는 뢰[뇌], 찬셩할 줄 하는 태도를 가지게 하는 것"[2]이라고 설명한다. 한마디로 교육의 문화적 목적은 개인을 원만한 인격을 갖춘 인간으로 양성하는 것이다. 한편 전문적 취의는 "각인의 장기와 취미를 싸라 혹은 상업가, 혹은 농업가, 혹은 종교가, 혹은 철학가, 혹은 교육가, 혹은 문학가가 될 만한 전문 지식과 전문 기능을 양성

1) 김혜련, 「사회와 교육」, 《우라키》 창간호(1925년 6월), 78.

2) 앞의 글, 79.

하는 것"[3]을 말한다.

김혜련이 사회와 교육을 과수원과 과수원지기에 빗대는 것이 자못 흥미롭다. 과수원지기가 충실하면 할수록 과수원이 풍작을 거두듯이 교육가도 능력이 있으면 있을수록 사회가 건강해진다. 그녀는 그만큼 사회 발전에서 교육이 차지하는 몫이 무척 크다고 강조한다. 김혜련은 "교육은 곳 사회의 호불호(好不好), 행불행(幸不幸)을 결단하는 자이며 사회는 교육기관의 성공실패를 설명하는 자이다"[4]라고 잘라 말한다. 이렇듯 교육과 사회는 떼려야 뗄 수 없이 서로 밀접한 관계를 맺고 있다는 것이다. 김혜련이 이렇게 교육의 중요성을 역설하는 것은 두말할 나위 없이 식민지 조선의 현실을 개선하기 위해서다.

이렇듯《우라키》에 실린 글 대부분이 그러하듯이 김혜련도「사회와 교육」에서 궁극적으로는 식민지 조선을 염두에 두었다. 그녀는 "우리가 떠나서는 살 수 업는, 즉 피치 못할 우리 사회의 융성과 행복은 여러 문화적, 전문적 교육기관이 성공함에 전혀 달녓스니 요구가 만흔 현대 조선 사회에 교육가 된 일반의 책임은 참 두렵게 중하지 아니한가!"[5]라는 영탄적 문장으로 이 글을 끝맺는다. 식민지 조선 사회에서 교육가의 책임이 '아주 중요하다'거나 '더할 나위 없이 중요하다'고 말하면 될 것을 김혜련은 굳이 '참 두렵게 중하지 아니한가!'라고 수사적 질문을 구사하여 힘주어 말하는 것이 예사롭지 않다. 더구나 수사적 질문으로도 모자라는지 그녀는 '참 두렵게'라는 부사를 사용하기도 한다. 물론 '아주'나 '매우'를 뜻하는

3) 앞의 글, 80.

4) 앞의 글, 81.

5) 앞의 글, 82.

강조 부사로 미국 영어에서 'awfully'를 비롯하여 'frightfully', 'dreadfully', 'fearfully' 같은 어휘를 사용하기도 한다. 이러한 영어 어휘에서 영향을 받았는지는 알 수 없지만 김혜련은 식민지 조국의 교육이 얼마나 중차대한지 힘주어 말하기 위하여 이 구절을 사용하는 듯하다.

김혜련의 글과 관련하여 김여식의 「미국 대학과 유학 예비에 대하여」도 좀 더 찬찬히 주목해 볼 필요가 있다. 이 논문은 제목 그대로 미국 유학을 준비하는 조선의 젊은이들에게 주는 글로 미국 대학과 학제를 비교적 자세히 설명한다. 예를 들어 김여식은 재정 능력과 대학 설치 조건이 그다지 까다롭지 않아서 미국이 세계에서 대학이 가장 많은 나라라고 지적한다. 대학의 규모도 작게는 몇 백 명에서 많게는 몇 만 명에 이를 만큼 무척 다양하다는 것이다. 그러면서 김여식은 "유명유실(有名有實)한 적은[작은] 대학과 유형무실(有形無實)한 큰 대학이 업지 안니ᄒᆞ니, 과(科)의 다소와 인(人)의 중과(衆寡)로써 학교를 비판할 바는 안이오 다만 교수와 과정의 여하함에 기(基)하여 택교(擇校)함이 가하다"[6]고 밝힌다. 이 밖에도 그는 학과, 학기, 학위, 입학과 졸업, 학비, 심지어 고학 등 대학 교육과 관련한 사항을 두루 언급한다.

학제와 관련해서 김여식은 "미국의 학제는 중앙 정부의 감정(鑑定)이 업고, 화경(華京)에 학무부는 업고 다만 학무국이 잇ᄂᆞᆫ 바, 차(此)는 각주의 학제를 취집(聚集)하여 미국 내 교육 현상(現狀)에 대한 자문에 자료를 공(供)함에 불과함"[7]이라고 밝힌다. 김여식의 지적대로 미국은 그동안 교육

6) 김여식, 「미국 대학과 유학 준비에 대하여」, 《우라키》 창간호, 9.

7) 앞의 글, 7. 여기서 '화경'이란 미국의 행정수도 워싱턴 D.C.를 말하고, '학무부'란 오늘날의 교육부에 해당하는 행정 기관을 말한다.

행정을 지방 정부에 맡겨 왔으므로 중앙 정부에 교육부를 설치할 필요성을 느끼지 못하였다. 미국에서 교육은 그동안 보건교육후생부에서 관장해 오다가 1979년에 이르러서야 비로소 교육부가 독립 부처로 설립되었다.

김여식이 이 글을 쓴 것은 1925년경이므로 그가 다루는 내용도 이 당시나 그 이전의 미국대학 교육에 국한될 수밖에 없었다. 그러나 그로부터 5년 뒤《우라키》4호는 '미국 문명 개관'이라는 특집 기사를 싣는다. 정치, 철학, 종교, 교육 등 일곱 분야에 걸친 미국 문명을 다루는 그야말로 야심찬 특집 기획이었다. 교육 분야를 맡은 오천석은「미국의 교육계」라는 글에서 1930년 초엽의 미국 교육계를 조감한다. 이 무렵 그는 뉴욕의 컬럼비아대학교 사범대학에서 박사 과정을 이수하고 있어 누구보다도 이 분야를 다루기에 안성맞춤이었다.

오천석은 "미국의 교육사는 민주주의적 교육제도를 위한 혈전사(血戰史)요, 승리의 기록이라 할 수 잇다"[8]는 말로 글을 시작한다. 이어서 그는 좀 더 구체적으로 "미국의 학교를 종교의 속박에서, 불평등 기회의 위험에서 해방하야, 신앙 자유의, 기회 균등의, 무계급적, 민중 중심의, 무료의 교육제도를 설립하기까지의 온갖 쟁투를 기록한 실담"이라고 말한다.[9] 그런데 이 문장 속에 미국 교육의 주요 내용이 거의 모두 들어 있다시피 하다. 오천석은 미국 문명의 집은 민주주의와 실용주의의 두 기둥 위에 굳건히 서 있다고 지적한다. 그래서 미국 문명에서 가장 중요한 일부를 구성하는 교육제도도 이 두 기둥을 떠나서는 생각할 수 없다는 것이다.

미국의 교육제도의 특성을 오천석은 여섯 가지로 요약하여 설명한다.

8) 오천석,「미국의 교육계」,《우라키》4호(1930년 6월), 63.

9) 앞의 글, 63.

첫째, 미국 교육은 소학교(초등학교)부터 대학원에 이르기까지 빈부의 차이나 사회적 지위와는 별로 상관없이 학생들을 평등하게 다룬다. 둘째, 미국 교육은 중앙 정부의 간섭 없이 각각의 주 정부에서 지방분권적으로 이루어진다. 셋째, 미국 교육은 남녀 공학으로 이루어진다. 넷째, 미국 교육은 주 정부의 예산에 따라 가능한 한 무료로 실시한다. 다섯째, 미국 교육은 종교와 교회로부터 독립되어 있다. 여섯째, 미국 교육은 국가 중심주의적이 아니라 어디까지나 개인 중심주의적이다.

《우라키》는 4호에 이어 5호에서도 '고국 사회에 대한 비판과 충언'이라는 특집을 다룬다. 교육, 종교, 실업, 의학, 청년, 문단 등 여섯 분야에 걸쳐 식민지 조선의 현실을 진단하는 글이다. 오천석이 교육 분야를 맡아 집필하기로 되어 있었지만 그 대신 장세운이 기고하였다. 5호 목차에는 제목과 필자와 쪽수까지 나와 있는데 막상 쪽수를 펴 보면 제목과 필자의 제목만 있고 "사정에 인(因)하야 약(略)함"이라는 문구가 적혀 있을 뿐이다. 편집후기에 "미주(米州)에 잇는 우리 선배들의 글을 청하엿으나 밧브서서 그런지 써 주시지 아니해서 하나도 싯지 못해서 매우 섬섭합니다"[10]라고 적혀 있는 것을 보면 오천석도 아마 졸업을 앞두고 무척 바빠서 청탁에 응하지 못한 것 같다.

이 무렵 장세운은 위스콘신주 로런스대학교 수리학과를 졸업한 뒤 시카고대학교에서 석사학위를 받고 같은 대학교에서 박사과정을 이수하고 있었다. 오천석처럼 교육학을 전공하지는 않았지만 장세운은 조선에서는 연희전문학교에서 공부하고 미국에서는 학부와 대학원 과정을 이수했으므로 조선과 미국의 교육제도를 누구보다도 잘 비교할 수 있는 필자였다.

10) 《우라키》 5호(1931년 7월), 쪽수 없음.

장세운은 조선 교육계에 보편교육과 특수교육을 병행할 것으로 제안한다. 무엇보다도 먼저 아동 보편교육에 힘을 쓴 뒤 야학 방식을 통한 성인 보편교육에도 관심을 기울여야 한다고 역설한다.

장세운은 특수교육과 관련해서는 직업교육과 교육의 독립성을 보장할 교육 기관 설립을 제안한다. 보통학교(초등학교)를 졸업한 아동들이 실제 생활에 필요한 기능을 배울 실업학교를 설립해야 한다고 지적한다. 식민지 조선의 상황에서는 이러한 실업학교가 전문학교나 대학교보다도 더 절실하기 때문이다. 한편 장세운은 독립적으로 연구하고 교육할 최고 기구를 설립할 것을 주장하기도 한다.

> 어느 사회이던지 산—사회, 독립의 사회가 되려면 그 사회가 연구하여 내힌 새로운 학리(學理), 새로운 발명 등이 잇서야 되리라고 생각합니다. 그런 것을 위해서는 우리의 손으로 우리의 경영으로 우리의 필요한 수요를 공급할 만한 우리의 최고 학부(學府)의 존재를 요합니다. 우리의 이상, 우리의 살길을 목적한 우리의 최고 학부 말입니다. 싸라서 우리는 새로운 학리 새로운 발견을 가저오는 독립 연구의 학자 급(及) 신발명가들을 요구합니다.[11]

위 인용문에서 무엇보다도 눈길을 끄는 것은 장세운이 '우리'라는 일인칭 복수 대명사를 유난히 많이 사용한다는 점이다. 비교적 짧은 단락에서 이 말을 무려 여덟 번이나 되풀이하여 사용한다. '우리'의 반대말에 해당하는 것은 두말할 나위 없이 '그들'이다. '그들'은 미국을 비롯한 서양을 가리킬 수 있지만 식민지 종주국 일본을 가리키는 것으로 보아도 크게

11) 장세운, 「고국 사회에 대한 비판과 충언: 본국 교육계에」, 《우라키》 5호, 30.

틀리지 않는다. 일본은 그동안 독일 교육제도를 거의 따르다시피 하였고, 일제는 식민지 조선에도 그 제도를 거의 그대로 적용하였다. 더구나 일본은 교육을 수단으로 삼아 자신들의 식민지 지배 이념을 확장해 나가려고 하였다.

그러나 장세운은 일본의 교육제도가 아닌 조선만의 교육제도를 부르짖는다. 이 점과 관련하여 "어느 사회이던지 산—사회, 독립의 사회가 되려면"이라는 맨 첫 구절과 "우리의 살길을 목적한 우리의 최고 학부"라는 구절을 주목해 볼 필요가 있다. 자신만의 독립적인 교육제도를 갖추지 못한 사회는 곧 '죽은' 사회와 다름없다는 말이다. 또한 '살길'이란 한 개인이나 사회가 살아가기 위한 생존 방도다. 그에게는 조선이 스스로 연구하여 만들어낸 학문이야말로 살아 숨 쉬는 학문이다. 우리만의 '새로운 학리'와 '새로운 발견'을 얻기 위해서는 우리만의 독립적인 연구 기관이 필요하다는 논리다. 여기서 장세운이 말하는 '학부'란 조선총독부의 행정기관인 학무국을 뜻하지 않는다. 학문이나 학자가 모인 곳이라는 뜻으로 곧 대학 같은 최고 교육기관을 일컫는 말이다. 그러므로 일본 제국주의를 공고히 하기 위한 학교가 아닌, 조선의 얼을 살릴 수 있는 조선만의 학교 설립이 무엇보다도 필요하다는 말이다.

김여식과 오천석과 장세운의 글이 주로 미국 대학의 형식적 측면에 무게를 싣는다면, 염광섭의 글은 미국 대학의 내용적 측면에 좀 더 무게를 싣는다. 시카고대학교의 대학원에서 신학박사 과정을 밟던 염광섭은 「재미 조선 학생의 현상과 장래」에서 미국의 철학자요 심리학자로 실용주의 철학을 확립한 윌리엄 제임스의 교육 철학을 소개한다. 제임스는 독일 교육의 이상과 영국 교육의 이상을 비교하면서 전자가 과학적 탐구 정신을 중시하는 한편 후자는 품행 같은 인격적 수양을 중시한다고 지적한 바 있다. 염광섭은 제임스가 미국 교육의 이상에 관해서는 드러내놓고 말하지 않지만, 독일의 교육적 이상과 영국의 교육적 이상을 결합한 것을 염두에 두고 있는 것 같다고 말한다. 즉 인격 교육과 더불어 과학적 교육을 함양하는 것이 곧 미국 교육의 이상이라는 것이다. 그렇다면 한국 교육의 이상은 과연 어떠해야 할까? 염광섭은 조선이 앞으로 미국의 영향을 많이 받게 될 것이므로 미국 교육의 이상을 따라야 할 것이라고 지적한다.

> 작일(昨日)에 우리는 조선은 동방예의지국(東方禮儀之國)이라 하얏지마는, 우리 조선인은 비상한 재조(才操) 급(及) 기능(奇能)이 타국인보다 다유(多有)하다 하지마는, 금일은 깁히든 저 춘몽(春夢) 갓흔 미신에서 우리도 각성할 때가 왓다고 한다. 이것이 진실로 우리 장래에 교육상 신기원이 유(有)할 됴흔 희망이다. 기자(記者)의 개인상 추측으로는 우리 조선인의 장래 교육적 이상 즉 조선 교육적 이상을 조성하는 대[데] 다대(多大)한 영향을 줄 교육계는 미국 교육계이니 차(此)는 즉 인격적 교육 이상과 과학적 교육 이상이라 하노라.[12]

염광섭이 조선이 지금 깊이 빠져 있다고 말하는 '춘몽 같은 미신'이란 과연 무엇일까? 어쩌면 바로 이 미신 때문에 지금 조선은 일본 제국주의의 식민지 지배를 받고 있는지도 모른다. 이러한 식민지 지배에서 벗어나기 위해서라도 이 미신의 성격을 올바로 깨닫고 그것에서 벗어나야 할 것이다. 그것은 나태와 태만의 미신일 수도 있고, 자포자기나 낙망의 미신일

12) 염광섭, 「재미 조선 학생의 현상 급(及) 장래」, 《우라키》 창간호, 28.

수도 있다. 그것도 아니라면 지나치게 현실에 안주하려는 미신이거나 실제적인 것을 멀리하고 관념적이고 형식적인 것을 좇는 미신일지도 모른다. 염광섭은 그 미신이 무엇이든 하루빨리 그것을 타파하고 미국 교육의 이상이라고 할 과학 탐구와 인격 수양을 받아들여 갈고 닦아야 할 것이라고 지적한다.

한편 염광섭은 미국 교육의 이상을 조선 교육의 이상으로 받아들이되 한국의 전통과 문화유산마저 잊어서는 안 된다고 역설한다. 굳이 외국에서 유학하는 까닭도 궁극적으로는 조선 교육을 발전시키기 위한 것이기 때문이다. 그는 미국에 유학 중인 한국 학생 중에 "조선 민족의 역사적 심리적 급(及) 기타 제반의 지식, 즉 조선 민족 된 자 수지(須知)할 학식이 무(無)한 청년을 기자(記者)는 종종 만난다. 이보다도 더 불행한 형편에 함(陷)한 학생은, 즉 조선어를 부지(不知) 혹 불통(不通)하는 청년 제위라. 여차(如此)한 학생 중 대다수는 속담에 죽도 밥도 아니라 하는 것과 갓치 영어도 완전치 못하고 조선어도 완전치 못하다"고 지적한다. 그러면서 염광섭은 그러한 학생은 "내외지(內外地)를 물론하고 실제로 조선인 사회에 무용물(無用物)이라는 비평을 면치 못하게 되니……"라고 지적한다.[13] 한마디로 염광섭은 아무리 조국을 떠나 낯선 외국에서 유학한다고 하여도 조선의 정신이나 영혼만큼은 굳게 지켜야 한다고 주장한다.

13) 앞의 글, 20.

교육과 비판적 사고

이렇게 염광섭처럼 유학생들에게 조선의 얼을 잊지 말라고 경고하는 사람 중에서 장이욱을 빼놓을 수 없다. 그는 1925년에 아이오와주 더뷰크 대학교에서 교육학을 전공하고 졸업한 뒤 흥사단에서 서무 일을 보면서 안창호로부터 많은 감화를 받았다. 1927년에 컬럼비아대학교 사범대학원에서 교육학을 전공하여 석사학위를 받은 장이욱은 귀국하여 미국 선교사 노먼 휘트모어(한국명 魏大模)가 평안북도 선천에 설립한 신성학교의 교장이 되었다. 그는 신사 참배를 거부한 일이 발단된 이른바 '동우회(同友會) 사건'으로 1937년에 일제에 체포되었다. 해방 뒤에는 경성사범학교 교장과 서울대학교 총장을 맡는 등 교육 행정가로 크게 활약하였다.

장이욱은 「교육학 견지에서 관찰하는 유미 학생의 심리상 경험」이라는 글에서 조선 유학생들에게 조선인으로서의 자긍심을 잃지 말라고 충고한다. 그는 미국인들이 유럽 선진국의 문물을 배우려 하되 단순히 그 내용을 통째로 배우려고 하지 않고 그 배경과 동기를 함께 배우려고 한다는 사실을 상기시킨다. 이 점을 강조하려고 장이욱은 한글로 쓴 비교적 긴 글에서 일부러 "Not only what they did but now and why they did"라는 영어 문장을 인용한다. 다시 말해서 미국인들은 어디까지나 유럽 문물을 비판적으로 배우려고 한다는 것이다. 그러면서 장이욱은 "우리는 이 점에 대하여 얼마나 그릇쳣는가! 구미인들의 소견과 판단은 언제 무엇이던지 늘 가(可)타한 우리들인가 십다. 우리 판단이란 늘 그네들 것을 반사(反射)하여 놋는데 불과하엿다"[14]고 지적한다. 여기서 장이욱은 장세운이 '우리' 교

14) 장이욱, 「교육학 견지에서 관찰하는 유미 학생의 심리상 경험」, 《우라키》 창간호, 38.

육을 부르짖은 것처럼 장이욱도 '그네들(그들)'의 것이 아닌 '우리'의 것을 찾아 개발하자고 주장한다. 다른 한편으로 장이욱은 일본이 서구를 모방하여 근대화를 이룩한 것을 은근히 비판하는 것처럼 들린다. 어떤 의미에서 근대 일본은 한낱 서구를 '반사해 놓은 것'에 지나지 않기 때문이다.

장이욱이 교육에서 가장 소중한 덕목으로 간주하는 것은 다름 아닌 비판적 사고다. 비판적 사고란 어떤 정보나 주장 또는 지식을 아무 생각 없이 습관적으로 받아들이는 대신 포괄적 맥락에서 그것이 합당한 근거에 기초하고 있는지 검토하고, 더 나아가 좀 더 좋은 대안을 창조적으로 모색하는 고차적이고 통합적인 사고를 말한다. 컴퓨터와 인터넷에 힘입어 지식과 정보가 홍수처럼 범람하는 21세기에 이르러 그 중요성이 새삼 주목받지만, 따지고 보면 모든 교육의 궁극적 목표는 비판적 사고를 함양하는 것이라고 하여도 크게 틀리지 않는다.

장이욱은 조선인의 악습 중 하나로 서양의 것이라면 무조건 비판 없이 받아들이는 태도라고 말한다. 그는 비판적 사고의 반대말로 '의뢰적 지력'이라는 용어를 사용한다. 조선인에게는 이 의뢰적 지력이 유난히 발달했다고 지적한다. 장이욱은 "그네들의 문명에 대하여 우리는 얼마치나 묵종의 태도를 가지고 지냇는가! '참'을 발견하겟다는 끓는 마음으로브터의 비평적 심리는 아직까지 움직여 보지 못한 듯하다"[15] 고 밝힌다. 여기서 그가 말하는 '끓는 마음으로부터의 비평적 심리'가 곧 가장 좋은 의미의 비판적 사고라고 할 수 있다.

더 나아가 장이욱은 이러한 비판적 사고를 조선인 특유의 흥에 빗대어 말한다. "본래 우리 각자의 환경이 연구력을 증장(增長)치 못하는 것만

15) 앞의 글, 39.

해도 가석한 현상인데, 게다가, 우리는, 재학(在學)한 동안 남의 장단에 춤을 추어 지내기 얼마나 되는가! 활동을 부인하는 뜻이 아니다. 비록 춤이 아니고 지랄이 될지라도 내 장단과 내 음악에 맞추어 뛰놀자는 말이다"[16] 라고 부르짖는다. 장이욱은 이 글에서 느낌표(!)를 유난히 많이 사용한다. 그는 힘주어 말할 때면 으레 느낌표를 구사한다. 그만큼 미국을 비롯한 서구 문명을 비판적으로 받아들이는 것이 무엇보다도 절실하다고 부르짖기 위한 수사적 장치다.

이렇게 조선의 문화를 소중하게 생각하고 잘 보존하기를 바라는 것은 비단 염광섭이나 장이욱 같은 조선인 유학생에 그치지 않는다. 그동안 한국 문화를 연구해 온 프레더릭 스타 교수도 자국 문화의 중요성을 역설한다. 「조선 문화를 보존하여라」에서 스타 교수는 조선 유학생들에게 물질주의적인 미국 문화에 함몰되지 말고 전통적인 한국 문화를 보존하기를 간곡히 권한다.

> 그들은 반드시 그 민족의, 그 민국의 역사와 성취를, 예술, 문학을 알어야 할 것이다. 그들은 반드시 그들이 출생한 근원을 감상하여야 할지며, 그들의 가문을, 선조의 문화를 자랑하여야 할 것이다. (…중략…) 과거가 업는 민족은 장래를 가지지 못할 것이다. 이는 맛치도, 쌍속에 뿌리를 깁히 박은 나무라야 생장하고 번성하는 것과 갓다. (…중략…) 이와갓치 과거와의 연(緣)을 끈은 조선 민족은 써도라 다니는 나무 조각에 지나지 못하야, 무가치한, 무용물이 되고 말 것이다. 조선 청년아! 야심을 가저라, 경쟁에 몸소 임하여라, 재능이

16) 앞의 글, 40.

잇거든 성공하라. 그러나 조선사람 그대로 머믈너 잇거라.[17)]

스타가 이렇게 조선 유학생들에게 조선의 소중한 문화를 보존하라고 힘주어 말하는 것은 그가 단순히 문화 인류학자이기 때문만은 아니다. 물론 그는 일찍이 1917년에서 1919년까지 식민지 조선을 비롯하여 일본과 중국 등지를 답사하면서 동아시아 문화를 깊이 연구하였다. 스타가 조선 유학생들에게 조선의 문화유산을 소중하게 보존하라고 말하는 것은 미국 문화의 힘이 너무 강렬하여 유학생들이 쉽게 미국 문화에 동화되지나 않을까 걱정되기 때문이다. 그는 유학생들이 미국 사회에서 얻는 것이 아무리 소중하다고 하더라도 자신들이 선조로부터 대대로 물려받은 소중한 문화유산을 포기할 만큼 그렇게 소중하지는 않다고 말한다.

스타의 글 중에서도 특별히 주목해 볼 것은 문화 인류학자답게 조선 학생들에게 조선인으로서의 정체성을 굳게 지키라고 경계한다는 점이다. 조선 학생들이 미국화 되려고 노력하지 말고 조선인으로서의 긍지를 꿋꿋히 지켜 나가야 한다고 역설한다.

우리는 반드시 사실을 면대(面對)해야 한다. 미국의 교육이, 미국의 교련이, 미국의 의복이, 영어의 사용이 결코 이러한 청년들을 백화(白化)하지 아니하며, 정치적 의미로 미국민을 만들지 안는다. 설사 그들이 미국 짱에서 나서, 선거권 엇을 자격을 가진다 하드래도, 그들은 미국인의 눈에 또는 그들 자신의 의식 안에 황인종 그대로, 조선사람 그대로, 동양인 그대로 머믈어 잇슬 것

---

17) 프레더릭 스타, 「조선 문화를 보존하여라」, 《우라키》 창간호, 44.

이다. 그들은 반드시 이 사실에 자랑을 가지고 원만한 만족을 가져야 한다.[18]

여기서 스타가 말하는 '백화'란 다른 인종이 자신의 정체성을 버리고 백인종처럼 행세하는 것을 일컫는다. 생물학적 관점에서 보더라도 황인종인 조선인은 아무리 미국의 의식주에 익숙해 있어도 백인종이 될 수 없다는 것이다. 조선인은 정치적 의미로도 미국인이 될 수 없다는 말은 선뜻 이해되지 않는다. 그의 말대로 미국에서 태어난 조선인들은 선거권은 물론이고 피선거권도 가질 수 있기 때문이다. 다만 그들이 미국에서 비록 정치적 의무와 권리를 행사하여도 적어도 무의식적으로 여전히 조선인으로 남아 있다는 의미로 받아들일 수 있다.

《우라키》에 실린 교육과 관련한 글 중에 미국 유학생들이 자신들을 돌아보고 반성하는 글도 무척 흥미롭다. 2호에는 김양수의 「미국 유학생 출신을 엇더케 보는가」라는 글이 실려 있다. 그는 컬럼비아대학교와 영국의 런던대학교에서 수학하고 뉴욕에서 발행하던 《삼일신보》의 주필을 맡으면서 미주 교민들에게 독립 사상을 고취하는 데 이바지하였다. 뒷날 김양수는 1942년에 일제가 한민족 말살 정책의 일환으로 한국어를 없애고 한글학자들을 탄압하기 위하여 만들어낸 조선어학회사건으로 구속되어 고초를 겪기도 하였다.

김양수는 이 글에서 먼저 조선의 젊은이들이 미국 유학을 간절히 바라는 이유를 설명한다. 그것은 미국이 오늘날 '세계의 재신(財神)'이라서 일확천금을 꿈꾸기 때문이 아니요, 미국이 '세계에서 가장 새로운 민주국'이라서 자유를 사모하기 때문도 아니라고 밝힌다. 김양수는 "우리 청

18) 앞의 글, 43.

년들의 진정한 희망의 소재는 이 미국 갓치 비교적 고학의 복지(福地)라고 할 만한 이곳에 와서 무엇이나마 하나 고등한 학리를 수업하고 가자 함"[19] 이라고 잘라 말한다. 그러면서 그는 미국 유학생들에게 어서 빨리 학업을 마치고 귀국하여 "나날히 파멸에 향하는 우리의 입장을 근본적으로 개조하여야 할 부급구난(赴急救難)의 공통한 사명이 잇지 안한가"[20]라고 묻는다. 이보다 한발 더 나아가 김양수는 일본 식민지 조선 반도를 '사자굴'이라고 부르기도 한다. 하루가 다르게 파멸을 향하여 치닫는 조국을 근본부터 뜯어고쳐야 한다고 말한다든지, 조선을 사자들이 사는 소굴로 부르는 것은 일본 제국주의의 강압적인 식민지 통치에 대한 비판과 민족의식의 고취로 읽을 수도 있다. 김양수의 이 글은《우라키》에 실릴 뻔한 몇몇 글처럼 자칫 조선총독부의 검열에 걸릴 법도 한데 무사히 통과한 것이 의외라면 의외다.

김양수는 이 글을 마치면서 미국 유학생들에게 "여러분들은 한 씩의 '신문지 명사'가 되지 말고 참으로 실력 잇는 미국 유학생 출신이 다 되야 가기를 간절히 바랜다!"[21]고 끝을 맺는다. 그가 사용하는 '신문지 명사'는 지금은 낯설게 느껴지지만 1960년대 말엽까지만 하여도 일반 사람들에게 비교적 친숙한 용어였다. 미국을 비롯한 서구에서 박사학위를 받으면 일간신문에 사진과 함께 논문 제목이 소개되었기 때문이다. 대학 유학은 말할 것도 없고 조기 유학을 떠나는 요즈음과는 달라서 이 무렵 외국에서 박사학위를 취득한다는 것은 가뭄에 콩 나듯이 드물고 영예로운 일이었다.

19) 김양수,「미국 유학생 출신을 엇더케 보는가」,《우라키》 2호(1926년 6월), 15.

20) 앞의 글, 15.

21) 앞의 글, 15.

김양수의 글은 다른 사람도 아니고 유학생이 직접 나서 미국 유학 문제를 비판한다는 점에서도 관심을 끌 만하다. 이 글에서 그는 일본 유학생과 비교하여 미국 유학생을 상대적으로 평가한다. 그는 일본과 미국에서 유학한 경험이 있는 데다 저널리스트의 안목도 갖추고 있어 누구보다도 균형 있게 이 문제를 다룰 수 있었다. 그는 유학생의 특징을 모두 여섯 가지 관점에서 파악한다. 그중 앞쪽 세 가지는 긍정적 평가인 반면, 뒤쪽 세 가지는 부정적 평가로 볼 수 있다.

> 첫째, 미국 유학생 출신들의 사상상 특질 우(又)난 경향으로 말하면 거개 온건한 진보주의자요 철저한 개인주의자이다.
> 둘째, 그러고 그 활동하는 범위와 지반을 가지고 말하면 교회와 밋 미국 선교회의 영업하에 잇는 학교와 병원과 기독청년회와 가튼 광의의 문화적 사업에 종사한다.
> 셋째, 싸라서 그 행동은 어듸짜지 가정적이요 '하이칼라'적이요 또 얌전한 신사 되기를 이상으로 하는 그것이다.[22]

김양수가 조선인 미국 유학생의 첫 번째 특징으로 '온건한 진보주의'와 '철저한 개인주의'를 꼽는 것은 아주 옳다. 다른 나라도 아니고 미국에서 유학하는 학생들인 만큼 미국의 핵심적인 정치 이념인 자유민주주의와 개인주의의 세례를 받았을 것이라는 사실은 새삼 말할 필요가 없다. 특히 엄격한 유교 질서에서 자란 학생들의 경우에는 더더욱 그러할 것이다. 19세기 프랑스 정치 사상가 알렉시스 드 토크빌은 일찍이 『미국의 민

22) 앞의 글, 10.

주주의』(1883)에서 미국을 '민주주의 이미지' 그 자체로 평가하였다. 그는 '민주주의적 개인주의'에 찬사를 보내면서도 그것에 대한 경계의 고삐를 늦추지 않았다. 토크빌은 미국에서 민주주의적 개인주의의 고삐를 제어할 수 있는 것은 종교라고 지적하였다.[23)]

더구나 미국이 종교적 자유를 부르짖던 청교도들이 건설한 국가니 만큼 유학생들이 기독교나 그 단체와 관련되어 있음은 쉽게 이해할 수 있다. 특히 초기 유학생 중에는 신흥우(申興雨), 양주삼(梁柱三), 조희염처럼 조선에 파견된 미국 선교사의 도움으로 미국 신학교에서 신학을 전공한 사람들도 적지 않았다. 실제로 이 무렵 미국 기독교청년회(YMCA)에서는 유학생들을 돕는 조직이 따로 설치되어 있었고, 조선 유학생들을 위한 조선인 총무를 따로 둘 정도였다. 1925년에는 시카고대학교에서 신학과 철학을 전공하던 염광섭이 국제청년회 조선부 총무를 맡고 있었다.

그런가 하면 김양수가 조선 유학생들이 가정을 중요하게 생각할 뿐 아니라 적어도 행동에서는 점잖은 신사를 목표로 삼는다는 말도 맞는 말이다. 유학생 중에는 결혼한 사람이 거의 없다시피 했지만 미국 문화의 영향을 받은 그들은 가정이나 가정의 가치를 소중하게 생각했을 것이다. 이 무렵 방학을 이용하여 미국 가정에서 허드렛일을 하거나 요리사로 일한 유학생이 적지 않았다. 유학생들이 '얌전한 신사'를 이상적 인물로 생각한다는 것은 쉽게 이해할 수 있다. 그러나 그들이 '하이칼라적'이었다는 말은 무엇인가? 이 말은 '가정'보다는 아무래도 '신사'와 관련된 말인 듯하다. 메이지 시대 일본에서는 외국을 다녀온 사람들이 적지 않았다. 그들

---

23) 미국 민주주의와 개인주의에 관해서는 Alexis de Tocqueville, *Democracy in America: A New Translation*, trans. Arthur Goldhammer (New York: Library of America, 2004), 585~594 참고.

은 셔츠 깃을 높이 세워 입는 서구적인 옷차림을 하고 멋을 부리는 일이 많았다. 그래서 '하이칼라'라는 말은 당시의 이런 사람들을 조롱하는 의미에서 처음 사용되었다. 이 말은 옷차림뿐 아니라 서구식 스타일로 멋을 부리는 사람, 더 나아가 서구식 교육을 받거나 서구식 사상을 가진 사람을 비아냥거리는 말로도 점차 쓰이게 되었다.

한편 김양수가 보기에 미국에서 유학하는 조선 학생들은 장점만 있는 것이 아니라 단점도 여럿 있었다. 이러한 단점은 현재 미국에서 유학 중인 학생들보다는 오히려 유학을 마치고 귀국한 사람들에게 해당한다고 볼 수 있다. 글 제목이 '미국 유학생'을 어떻게 보는가가 아니라 '미국 유학생 출신'을 어떻게 보는가다. 다시 말해서 재학생보다는 졸업생을 염두에 두고 쓴 글이다.

> 첫째, 그런데 그 생활의 지위는 엇더한가 하면 엇던튼 우리나라의 정도로 보아셔는 다 고등한 수입의 군난(窘難)치 안한 생활을 영위하고 있다.
> 둘째, 요컨대 저희들은 개인적으로 보아 당면한 생활 상태에 만족할 수가 잇쓸만콤 생활의 안정을 어더 그의 가정과 및 활동하는 직업을 유일한 '소천지(小天地)'로 삼고 자못 조선의 현사회와는 초연한 지위에 잇셔 간혹 방관적 태도로 우리의 아즉 불완전한 것을 영탄하면셔 엇더한 종류의 풍기 개량회 가튼 운동에나 발기인 되기를 질겨하는 것이다.
> 셋째, 이리하야 미국 사회에셔 본 바든 야회나 무도회 가튼 '굿타임'의 기회가 업슴으로 한갓 그 울(鬱)々한 회포를 청년회 식당이나 혹은 바보구락부라 하는 회식회 가튼 것을 조직하야 겨우 백에 한아이라도 풀게 되는 것이라 한다.[24)]

24) 김양수, 「미국 유학생 출신을 엇더케 보는가」, 10~11.

위 인용문에서 '저희들'이라는 인칭대명사가 무엇보다도 눈길을 끈다. 여기서 '저희들'은 '우리' 또는 '우리들'의 낮춤말이 아니라 다른 사람들을 두루 일컫는 3인칭 대명사다. 그렇다면 김양수는 여기서 유학을 마치고 귀국한 조선 학생들을 '저희들'이라고 부른다. 미국 유학을 떠났다는 것 자체로 그들은 이미 어느 정도 유복한 가정 출신이라는 사실을 알 수 있다. 그들은 귀국해서도 "고등한 수입의 군난치 안한 생활"을 누리고 있다. 여기서 '군난'이란 '군난익덕(窘難益德)'이라고 할 때의 바로 그 군난으로 곤궁함과 어려움을 말한다. 17세기 초엽 스페인의 예수회 신부 디에고 데 판토하(중국명 龐迪我)는 『칠극대전(七克大全)』(1614)에서 고생과 어려움으로 덕을 드높이라고 말한다. 한마디로 미국에서 유학을 마치고 귀국한 사람들은 경제적 고통 없이 비교적 편안하게 살고 있다. 유학생 출신들이 이렇게 편안하게 살아가는 것을 탓할 수 없을지 모르지만, 일제 식민지 통치에서 고통 받는 동포 대부분을 염두에 둔다면 그들의 생활이 곱게 보이지는 않을 것이다.

더구나 김양수는 이렇게 생활의 안전을 얻은 유학생 출신들이 가정과 직업을 '소천지'로 삼는다고 밝힌다. 예로부터 대자연은 천지고 인간의 몸은 소천지라는 생각이 널리 퍼져 있었다. 그렇다면 소천지를 유일한 목적으로 삼는다는 것은 곧 오로지 일신의 안정과 영달만을 꾀한다는 말이다. 그러다 보니 그들은 조선이 놓인 사회와는 '초연한 지위'에 있고 '방관자적인 태도'를 취하기 일쑤다. 미국 문물에 익숙한 이러한 유학생 출신들은 고국의 낙후성을 개선할 생각은 하지 않고 길게 숨을 내쉬며 한탄만 할지도 모른다. 그들은 기꺼이 이런저런 '풍기 개량회' 같은 단체에 앞장서야 할 것이다.

김양수는 미국 유학생 출신의 또 다른 단점으로 미국과는 달리 조선에서는 '야회'나 '무도회'를 즐길 수 없으므로 답답한 마음을 다른 곳에서 푼다고 말한다. 여기서 야회란 흔히 밤에 열리는 모임, 특히 서양풍의 사교 회합을 일컫고, 무도회란 댄스파티를 말한다. 김양수가 '쑷타임'이라는 영어를 사용하는 것이 흥미롭다. 이 영어에는 시간을 잘 활용한다는 긍정적 의미보다는 지나치게 쾌락을 추구하거나 방탕하게 시간을 보낸다는 부정적인 함의가 짙다. 미국 유학생 출신들은 그 무료하고 우울한 감정을 조금이나마 '청년회 식당'이나 '바보구락부'에서 푼다는 것이다. 전자는 두말할 나위 없이 기독교청년회 회관에 있는 식당을 가리킨다. 그러나 후자가 과연 어느 단체를 가리키는지 지금으로서는 알 수 없다. 다만 손탁호텔 1층에 있던 사교클럽 정동구락부(貞洞俱樂部)나 초기 미국 유학생 출신 중 한 사람으로 조선기독교청년회 전국연합회 총무 신흥우가 1924년에 결성한 흥업구락부(興業俱樂部) 같은 단체일 것으로 미루어볼 수 있을 뿐이다. 이 두 단체는 신흥우와 윤치호를 비롯한 미국 유학생들이나 친미 인사들이 주로 드나들던 곳이다.

위에 언급한 김양수의 지적은 어떤 의미에서는 그 개인 한 사람의 생각이 아니라 이 무렵 일반 조선인의 생각을 반영한 것으로 볼 수 있다. 이 점과 관련하여 그는 "미국 유학생 출신이라고 하면 일반(一般)히 이화학당 출신의 씩시네들이나 짝을 지어 미국 선교회의 음조(蔭助)하에 회색적 문화주의의 보호색을 가지고 겨우 일신일가(一身一家)의 안온한 생활이나 윤득(倫得)하야 가는 사람들로 아는 이가 만다"[25]고 잘라 말한다. 여기서 김양수가 이화학당 출신의 신여성들을 '색시네들'이라고 부르는 것이 흥

25) 앞의 글, 13.

미롭다.

이러한 문제점에도 김양수는 미국 유학생들에게 거는 기대가 무척 크다. 그들이야말로 "새로운 조선을 장차 건설코자 함에 당(當)하야 다 각々 제일선의 선진에 활약할 바 여용여호(如龍如虎)의 용맹스러운 일군들이 아니냐!"[26]고 묻는다. 그러면서 그는 계속하여 "이 미국 유학 출신의 몟々선배 중에는 곳 우리 조선의 과거 유신 사업에 계명(啓明)의 효종(曉鐘)을 울이여질이 백세의 사표로 가히 추앙할 그러한 이들도 잇는 것을 우리는 안다"[27]고 밝힌다. 여기서 '유신 사업'이라는 구절을 주목해야 한다. 일본이 조선을 식민지로 삼을 수 있었던 것은 일찍이 메이지 시대에 서구 문물을 받아들여 근대화를 이룩했기 때문이다. 식민지 조선에서도 그러한 유신 사업은 얼마든지 가능하며, 그러한 일을 할 주역은 바로 미국을 비롯한 외국에서 공부를 마치고 귀국한 유학생들이라는 것이다.

교육과 관련하여 《우라키》 7호에 실린 조승학(趙承學)의 「교육제도 비판론」도 좀 더 찬찬히 살펴볼 만한 글이다. 그는 앞에서 언급한 장세운과 염광섭 등과 함께 시카고 지역의 한인 교회에서 목사로 활약하였다. 이 글에서 조승학은 목사답게 고대 그리스와 로마의 서양 교육을 조감한 뒤 서양 교육에 기독교가 끼친 영향이 무척 크다고 지적한다. 실제로 유럽의 여러 국가에서 교육 기관을 설립한 동기는 어린아이들에게 자국어를 가르쳐 성경을 읽게 하기 위해서였다. 또한 영국 식민지 미국에서 일찍이 라틴 문법 학교를 설립한 것도 5세기 초엽 성(聖) 예로니모가 헬라어 성경을 라틴어로 번역한 불가타 성경을 읽을 수 있도록 하기 위한 것이었다. 조승학

26) 앞의 글, 13.

27) 앞의 글, 13.

은 영국의 옥스퍼드대학교도 미국의 하버드대학교도 교역자를 양성하기 위한 목적으로 설립했다는 점을 상기시킨다. 그러나 시간이 흐르면서 신학과 종교는 점차 뒷전으로 밀리고 인문학과 자연과학이 전면에 나서게 되었다는 것이다. 또한 조승학은 미국의 교육제도란 유럽 여러 나라의 교육제도로부터 좋은 것만을 뽑아서 만들었다고 지적한다. 그가 미국 교육을 '훌륭한 잡채'라고 부르는 것은 바로 그 때문이다.

그러나 조승학의 글에서 무엇보다 관심을 끄는 것은 이러한 서양 교육의 역사와 발전이 아니라 한국을 비롯한 동아시아 국가의 교육제도를 비교한다는 점이다. 그는 중국이나 일본은 미국을 비롯한 서양의 교육제도를 거의 그대로 받아들이다시피 하면서도 이 두 나라의 방식은 전혀 다르다고 지적한다.

> 한 가지 문제꺼리는 중국도 등본(謄本)하고 일본도 등본했는데 결과 차이의 원인은 하처재(何處在)뇨? 하는 것이다. 그 답안은 쉽게 말하자면 중국서는 이 등본을 이태백(李太伯[白])의 일배주(一杯酒)처럼 그저 삼키기 때문에 소화불량이 되여서 음식 소화불량 되면 두통 하는 모양으로 외국 교육제도 소화 불량증에 두통이 난 것이고 일본서는 비록 등본 수입했으나 해풍에 산화작용 잘 시켜 가지고 먹었기 때문에 소화 잘된 것뿐이다.[28]

여기서 조승학이 중국과 일본이 구미의 교육제도를 받아들이는 태도를 음식 섭취와 소화 작용에 빗대는 것이 무척 흥미롭다. 같은 음식을 섭취하더라도 제대로 소화를 시키면 피와 살이 되지만 그렇지 못하면 몸에

28) 조승학, 「교육제도 비판론」, 《우라키》 7호(1936년 9월), 88.

오히려 독이 된다. 이 점에서는 다른 나라의 제도를 받아들이는 것도 마찬가지라는 것이다. 그렇다면 조선에서는 과연 어떠한가? 조승학은 직접 언급하지는 않지만 묵시적으로 한국은 중국보다는 일본을 따라야 한다고 말하는 듯하다. 물론 일본 제국주의 통치자들은 식민지 조선에 일본식 교육제도를 그대로 적용하다시피 해 왔으므로 조선이 독자적으로 교육정책을 시행할 수 없게 마련이다.

그런데도 조승학은 조선의 교육제도에 문제점이 한둘이 아니라고 비판한다. 첫째, 학생의 인격 완성보다는 외형적 성취에 교육의 목표를 둔다. 가령 영어나 일본 같은 외국어 구사력이 뛰어나고 운동을 잘하면 교육을 잘 받은 것으로 흔히 생각한다. 조승학은 이러한 현상은 오직 조선에서만 볼 수 있는 '기형'이라고 지적한다. 둘째, 시험 치를 때 흔히 볼 수 있듯이 교사들은 학생들을 범죄자나 죄인 취급하다시피 한다. 가령 교사는 색안경을 쓰고 학생들을 살피거나, 신문지에 구멍을 뚫고 신문을 읽는 척하면서 감독하거나, 책상 위에 의자를 올려놓고 앉아 감시한다는 것이다. 셋째, 교사들은 학생들에게 독서를 장려하여 비판적 사고를 기를 수 있도록 도와주는 대신 교과서 내용을 주입하는 것으로 만족한다. 그 교과서라는 것도 보편적인 이론에 기반을 두고 기술한 것이라기보다는 어떤 저자가 자기 의견에 따라 저술하여 도청 학무부로부터 '요시(ヨシ)' 판정을 받은 것일 뿐이다. 조승학은 교사가 이러한 교과서를 그대로 읽으면서 설명하는 교수 방법이야말로 "마치 노루[鹿] 때려잡은 몽둥이[棒] 우려먹는 격"이라고 신랄하게 비판한다.

마지막으로 창간호에 실린 손진실(孫眞實)의 글 「미국 여학생의 생활」도 관심을 끌 만하다. 기독교 여성 독립운동가인 손진실은 여러모로 관심을 끄는 인물이다. 감리교 목사 손정도(孫貞道)의 맏딸로 태어난 그녀는 1914년에 이화학당에 입학하였다. 민족운동가인 아버지의 영향을 받은 그녀는 이화학당 재학 중에는 유관순(柳寬順)과도 친밀한 관계를 맺었다. 여성 독립운동 단체 '대한애국부인회'에 가입하여 평양감리교 지회 서기를 맡아 군자금 모금 운동에 적극적으로 참여한 일이 일본 경찰에 탄로되어 실형을 받았다. 석방된 뒤 부친이 있는 중국 상하이로 망명하여 그곳에서 청신(淸心)여자고등학교에 입학하였다. 다시 미국에 건너가 오하이오주 코넬대학에서 수학한 손진실은 이 글을 쓸 무렵에는 아이오아주 더뷰크대학교에서 음악을 전공하고 있었다. 미국 유학 중에도 그녀는 안창호와 장이욱 등과 함께 독립운동에 적극적으로 가담하였다.

손진실은 「미국 여학생의 생활」에서 제목 그대로 1920년대 중엽 미국 대학에 다니는 여학생들이 어떻게 생활하는지 자세히 밝힌다. 한자어를 섞어 쓰지만 주로 순한글을 사용하는 그녀의 글은 평이하고 논리적이어서 쉽게 읽힌다는 장점이 있다. 글의 성격 때문이기도 하지만 그녀의 글은 남성 필자들이 쓴 글과는 여러모로 사뭇 다르다. 한자를 사용하는 빈도도 남성 필자보다 적을 뿐만 아니라 굳이 한자를 사용할 때에도 중요한 어휘에 국한하여 사용한다. 다만 기독교 계통의 대학에서 공부한 탓에 그녀가 기술하는 내용은 주로 크리스천에 한정되어 있다는 한계가 있다.

손진실은 글 첫머리에서 서양 여학생들을 자세히 관찰해 온 바에 따르면 "서양 여자들은 참 살앗고, 우리나 여자들은 시들엇다고 하는 결론이 왓습니다"[29]라고 말한다. '참 살앗다'는 말이 과연 무엇을 뜻하는지 선뜻 이해가 가지 않지만 그 반대말이라고 할 '시들엇다'는 말로 미루어보

29) 손진실, 「미국 여학생의 생활」, 《우라키》 창간호, 110.

면 아마 '싱싱하다'나 '살아 숨쉰다'는 뜻으로 이해하면 될 것 같다. 손진실이 이 글을 쓴 것은 조국의 동포 독자들에게 미국 여학생의 활동을 소개하여 "만일 거긔에 조흔 열매가 잇다고 하면 그것을 더브러 즐기고저" 하기 때문이다.

손진실은 머리말을 빼고 미국 여대생의 특징을 ① 체육의 숭상, ② 신입생의 대우, ③ 집에 편지 쓰는 일, ④ 학교 예절, ⑤ 친목 단체의 신입회원 예식, ⑥ 사교 생활 등 모두 여섯 항목으로 나누어 설명한다. 특히 그녀는 미국 여학생들의 신체가 동양 여학생들과 비교하여 건강하다는 점에 주목한다. 그녀의 말을 빌리면 "그 불근 피가 씽씽 도는, 튼튼한 허대조흔 몸을 볼 때에 저는 무엇보다도 부럽게 생각하엿습니다"[30]라고 밝힌다. 그러면서 "이러한 건전한 몸에 건전한 정신이 머믈러 잇슬 것은 물론이려니와……"라고 밝힌다. 두말할 나위 없이 손진실은 여기서 고대 로마시대의 시인 유베날리스가 한 "건강한 신체에 건강한 정신(Mens sana in corpore sano)"이라는 말을 인용한다. 무심코 지나쳐서 그러하지 글로벌 스포츠 브랜드 '아식스(ASICS)'도 창업자가 유베날리스의 이 말을 따서 이름을 붙였다. 아식스는 바로 "Anima Sana In Corpore Sano"의 머리글자다. 다만 'Mens'라는 라틴어 대신에 좀 더 역동적 의미가 강한 '생명'이라는 'Anima'로 살짝 바꾸어 놓았을 뿐이다.

더구나 손진실은 조선인들이 미국 여성에 대하여 흔히 생각하는 오해나 통념을 깨뜨린다. 가령 미국 여학생들은 건장하고 활력이 있으므로 무례할 것으로 생각하기 쉽지만 실제로는 그렇지 않다고 말한다. 오히려 상냥하고 깍듯하게 예의범절을 차린다는 것이다. 또한 학교에서 기숙사 생

30) 앞의 글, 110.

활을 하는 미국 여학생들은 적어도 일주일에 한 번씩은 부모에게 편지를 써서 안부를 묻는다는 점에서도 동양의 젊은 여성들과 크게 다르지 않다고 말한다. 손진실은 "우리 동양 예법에 자식이 부모를 잠시 떠남에 반다시 고(告)하고 도라옴에 반다시 고하야만 자식의 도리를 한다고 하지 안슴니가?"[31]라고 묻는다. 여기서 손진실은 유교 경전 『예기(禮記)』「곡례(曲禮)」 편의 "자식 된 자는 집 나갈 때 부모님께 반드시 고해 올리고, 돌아와서는 반드시 찾아뵈어야 한다(夫為人子者 出必告, 反必面)"라는 구절을 언급한다.

미국에서 유학 생활을 하면서 손진실에게 가장 깊은 인상을 준 것은 다름 아닌 남녀 학생들의 사교다. 이 문제에 대하여 손진실은 미국 여학생의 태도와 조선 여학생의 태도가 꽤 다르다고 지적한다. 미국 남녀 학생들은 자유롭고 자연스럽게 서로 교제하는 반면, 동양에서는 이러한 일을 금기시하다시피 한다. 이 점에 대하여 손진실은 "우리 여자들은 남자만 보면 무서워서 부쓰러워 다름질하야 숨지 안으면 고개를 숙이고 붉은 얼골노 외면함니다. 설혹 남녀간에 사교하는 일이 잇다고 하드래도 그들은 이를 큰 죄갓치 생각하야 할 수 잇는 대로 숨기려고 힘씀니다"[32]라고 밝힌다. 이것은 어디까지나 '남녀칠세부동석(男女七歲不同席)'이라는 유교의 가르침 때문일 것이다. 손진실은 이제는 시대에 맞지 않는 유교 질서에서 벗어날 때가 되었다고 지적한다.

31) 앞의 글, 112.

32) 앞의 글, 113.

종교와 철학에 관한 논문

《우라키》에서 교육에 이어 가장 눈길을 끄는 주제는 종교와 철학이다. 종교와 철학의 편집자를 따로 둘 만큼 이 주제는 북미조선학생총회 회원들에게 자못 중요하였다. 여기에는 여러 이유가 있을 터지만 그중에서도 조선에서 선교 활동하던 미국인 선교사와 무관하지 않다. 앞에서 언급한 「미국 유학생 출신을 엇더케 보는가」에서 김양수는 "과거의 우리의 선배들로 말하면 거개 조선에 와 잇는 미국 선교회의 파유한 쏘는 그의 반연(伴緣)으로 온 이들이 제일 다대수를 점하얏고 따라서 그 전공하는 학과도 얼쥬 동귀일철적(同歸一轍的)으로 신학이 아니면 미국 선교회의 경영하는 각종 사업에 필요할 만한 혹종의 문학 급(及) 의학 등의 학과를 습득함에 불과하얏든 것이다"[33]라고 밝힌다. 그러므로 초기 유학생들이 종교와 신학, 더 나아가 철학에 깊은 관심을 기울이는 것은 어찌 보면 당연하다고 할 수 있다.

《우라키》 창간호에는 종교에 관한 논문이 나란히 두 편 실려 있다. 장세운의 「과학의 일우에서 찰오한 종교의 일면」과 류형기의 「종교는 웨 고식되나?」가 그것이다. 전자는 종교철학의 관점에서 다룬 글이고, 후자는 수리학자의 관점에서 종교를 바라본 글이다. 같은 문제를 전공 분야에 따라 바라보는 관점이 서로 달라 무척 흥미롭다. 앞에서 이미 언급했듯이 이 잡지의 편집 총책임자는 오하이오주 코넬대학에서 교육학을 전공하던 오천석이었다. 자연과학 분야는 시카고대학교에서 수리학을 전공하던 장세운이 맡았고, 종교와 철학 분야는 보스턴대학교에서 종교철학을 전공하

33) 김양수, 「미국 유학생 출신을 엇더케 보는가」, 11.

던 류형기가 맡았다. 그러니까 창간호는 해당 분야 편집자가 다른 필자에게 원고를 의뢰하지 않고 직접 쓴 셈이다.

그러면 장세운의「과학의 일우에서 찰오한 종교의 일면」을 먼저 살펴보기로 하자. '일우'란 사물의 한쪽 구석이나 한 모퉁이를 뜻한다. 그러니까 그는 자신의 글이 어디까지나 과학도의 관점에서 종교를 관찰한 글에 지나지 않는다고 겸손하게 밝힌다. 장세운은 먼저 과학과 종교의 갈등이 인종이나 문명 또는 고금과 관계없이 인류 역사에서 지금까지 늘 있어 온 문제라고 지적한다. 그는 과학과 종교가 서로 대립하는 첫 번째 이유로 과학이 종교를 몰아내고 대신 그 자리를 차지한 데서 찾는다. 과학에서 생활의 편리와 안위를 얻은 현대인들은 과학을 종교 대신 숭배하는 대상으로 삼기에 이르렀다는 것이다. 장세운이 보는 두 번째 이유는 '종교의 과도한 수구적 태도'다. 이러한 수구적인 태도 때문에 현대인들은 종교에 반감을 품게 되면서 교리나 성경에서 조금이라도 과학적 사실에 어긋나는 것을 발견하면 종교 자체를 부인하려고 한다.

> 종교에서 중시하는 경문(經文) 교리(敎理) 중에 함유된 우주관과 인생관은 현대과학의 견지로는 차(此)를 시인키 난(難)한 자가 다수함에 자연히 차를 반항케 되엿나니리라. 엇더한 경문에 기재된 우주 개벽론은 현대과학 중에셔 시인하는 진화론과 모순됨이 기일(其一)이며 기외(其外) 현금 천문학자와 물리학자들이 시인키 난한 것 중에 일은 천체 운행 진정(進程) 중 엇던 특수한 기간 내의 권능을 현시키 위하여 기(其) 진행을 중지하엿셧다는 경구(經句) 등이라.[34]

34) 장세운,「과학의 일우에서 찰오한 종교의 일면」,《우라키》창간호, 56.

위 인용문에서도 볼 수 있듯이 찰스 다윈의 진화론이 기독교 교리 중 창조설과 대립한다는 것은 새삼 말할 필요가 없다. 진화론과 창조론의 대립은 지난 수 세기에 걸쳐 계속되었고, 그동안 그 대립을 극복하려는 시도도 적지 않았다. 가령 최근 들어 인간 게놈 지도 완성을 이끈 프랜시스 S. 콜린스는 진화론과 유신론이 지금처럼 대립할 필요가 없다고 주장하여 관심을 끌었다. 유신론적 진화론자라고 할 그는 『신의 언어』(2006)에서 인간이 과학으로 밝혀진 경이로운 진실을 통하여 신을 더욱 깊이 이해할 수 있다고 주장한다. 콜린스에 따르면 자연 선택이라는 진화론적 원리를 통하여 지구를 풍성한 생명의 별로 이끈 하느님을 찬양하지 못할 이유가 없다. 한마디로 진화론을 거부감 없이 받아들이면서도 얼마든지 독실한 기독교인이 될 수 있다는 논리다.

한편 성경에 기록된 내용 가운데에서 천문학자와 물리학자들이 천체 운행과 관련하여 인정하기 어려운 것 중 하나란 두말할 나위 없이 구약성서 「여호수아」 10장 12~13절의 내용을 말한다. "주님께서 아모리 사람들을 이스라엘 자손에게 넘겨주신 날에, 여호수아가 주님께 아뢰었다. 이스라엘 백성이 보는 앞에서 그가 외쳤다. '태양아, 기브온 위에 머물러라! 달아, 아얄론 골짜기에 머물러라!' 백성이 그 원수를 정복할 때까지 태양이 멈추고, 달이 멈추어 섰다. '야살의 책'에 해가 중천에 머물러 종일토록 지지 않았다고 한 말이, 바로 이것을 두고 한 말이다." 현대과학의 관점에 본다면 여호수아가 아무리 능력이 뛰어나다고 하더라도 해와 달의 운행을 멈추게 한다는 것은 도저히 있을 수 없는 일일 것이다.

그러나 장세운은 종교와 과학이 겉으로 보이는 것처럼 그렇게 큰 차이가 없다고 지적한다. 그는 비록 수리학을 전공하는 과학자이면서도 과학과 종교 사이에서 화해와 조화를 찾으려고 시도한다. 장세운은 과학이 신앙에서 시작하여 신앙에서 끝난다고 주장한다. 과학자들이 그토록 소중하게 생각하는 귀납적 방법도 따지고 보면 신앙의 일종이라고 지적한다. 그러면서 그는 "소위 종교와 과학적 충돌이 협소한 부분의 경험과 편견을 고집하고 타(他)를 선(善)히 이해치 못하는 소위 종교와 과학자의 의견의 상반이오, 결코 종교와 과학 기(其) 양자의 불가대립(不可對立)할 만한 형편은 아니다"[35]고 잘라 말한다.

한편 장세운은 과학이 발달하지 않은 시기에 나온 문학 작품에는 때로 과학에 어긋나는 내용이 묘사되거나 진술되어 있다고 지적한다. 그는 "과학이 발달되지 안은 기(其) 시기의 산물인 문학의 잘 발달된 시기에셔 반과학적 문구가 다수할 것은 사실일 것이라. 차(此)를 불구하고 기(其) 문구대로 해석하려 함은 기(其) 정(正)을 실하엿다 아닐 수 없는 것은 기(其) 경문 저자의 본목적인 윤리적 문제를 제2문제로 시(視)하고, 단지 기(其) 기계적인 기(其) 문구에만 구애됨이라"[36]고 밝힌다. 장세운도 언급하듯이 프톨레마이오스의 천동설과 니콜라우스 코페르니쿠스의 지동설은 아마 이러한 경우를 보여주는 가장 좋은 예가 될 것이다. 1610년에 갈릴레오 갈릴레이는 개량한 망원경을 이용하여 코페르니쿠스 지동설이 정당함을 입증하였다. 우주의 중심에 지구가 있고 태양과 행성, 별 등의 모든 천체가 지구의 둘레를 돈다는 천동설은 16세기까지 약 1,400년 동안 과학적 진리로 받아들여 왔다.

그러나 코페르니쿠스는 우주의 중심이 지구가 아니라 태양이며, 지구

35) 앞의 글, 65.

36) 앞의 글, 56~57.

를 비롯한 모든 행성이 태양의 둘레를 돈다고 주장하였다. 지동설이 확고한 과학적 진리로 받아들여지기 전에 쓰인 문학 작품에서는 천동설에 기반을 둔 내용이 나올 수밖에 없다. 예를 들어 흔히 대표적인 형이상학파 시인으로 일컫는 17세기 영국 시인 존 던은 「떠오르는 태양」이라는 작품에서 여전히 지구중심적인 사고에서 벗어나지 않는다.

> 분주한 늙은 바보요 고집불통인 태양이여
> 왜 이렇게 너는 창문과 커튼 사이로 우리를 찾아오느냐?
> 연인들의 계절도 네 운행에 맞춰 달려가야 하느냐?
> 건방지고 잘난체하는 심통, 가서 꾸짖어라
> 지각하는 학생들이나, 시무룩해 있는 도제들이나
> 궁전의 사냥꾼들에게 가서 왕이 행차하신다고 일러라.
> 시골 농사꾼들을 추수하도록 부르거라.
> 사랑은 한결같아서 계절도 모르고, 나라도 모르고,
> 시간, 날, 달도 모르노니
> 그런 것들은 한낱 시간의 넝마 조각일 뿐.

코페르니쿠스가 천동설에 의문을 제기한 것은 존 던이 태어나기 거의 30년 전이었다. 당시 그의 지동설은 별다른 충격을 주지 못했지만 그 뒤 갈릴레오가 그의 이론이 옳다고 입증하자 사정은 전혀 달라졌다. 로마 교황청은 마침내 1616년에 지동설을 "허위이고 성경에 반한다"는 이유로 공식적으로 금지하였다. 존 던이 이러한 일련의 사실을 모를 리 없었다. 다만 그는 영국 성공회 목사인 만큼 교회의 권위에 정면으로 맞설 수 없었을 뿐이다. 그러나 첫 행 "분주한 늙은 바보요 고집불통인 태양이여"를 보면 비록 에둘러서나마 로마 교황청에 맞서는 지동설을 언급하는 듯하다. 어찌 되었든 '분주한', '찾아온다', '운행', '달려간다' 같은 어휘를 보면 존 던은 여전히 지구중심설의 관점에서 이 작품을 썼음이 틀림없다.

정세운과는 달리 류형기는 「종교는 웨 고식되나?」에서 먼저 다른 민족과 비교하여 한민족이 유교, 불교, 선교, 단군교, 천도교, 기독교 등 여러 종교를 믿는 종교심이 강한 민족이라고 지적한다. 류형기는 배재학당을 거쳐 평양의 숭실학교를 졸업하고, 일본에 유학하여 아오야마학원에서 수학한 뒤 다시 미국으로 유학을 떠나 1923년에 오하이오주 웨슬리언대학 문학부를 졸업하고 1926년과 1927년에는 보스턴대학교 대학원과 하버드대학교 대학원을 각각 졸업하였다. 미국 유학 중에는 이화학당 출신의 신여성 신준려(申俊勵, 신줄리아)를 만나 결혼하였다. 뒷날 류형기는 귀국하여 감리교 총리원 교육국 청년부 간사를 시작으로 주로 종교교육 사업에서 활약하였다.

류형기는 이 글에서 무엇보다도 먼저 한반도에는 여러 종교가 혼재한다고 밝힌다. 그러나 그는 19세기 말엽에서 20세기 초엽 조선에서 가장 큰 영향력을 행사하는 종교는 뭐니 뭐니 하여도 그가 '야소교(耶蘇教)' 또는 '예수교'라고 일컫는 기독교라고 말한다. 그러면서 류형기는 "예수교회는 신문화에 중심이엿스며 신진파의 활동 무대엿슴니다"[37]라고 잘라 말한다. 그의 말대로 이 무렵 기독교는 종교는 말할 것도 없고 교육과 의료 등 거의 모든 분야에 걸쳐 조선 근대화를 이룩하는 원동력이었다. 또한 기독교는 신진파 또는 개화파 대부분이 믿는 종교이기도 하였다. 그러나

37) 류형기, 「종교는 과학에 고식되나」, 《우라키》 창간호, 67.

기독교를 비롯한 종교는 시간이 흐르면서 점차 동력을 잃기 시작하였다. 류형기는 종교가 실제 생활과 점차 동떨어지기 시작했다는 점에서 그 원인을 찾는다.

> 나의 천견(淺見)으로는 기(其) 시대 인생의 정신상 요구를 대응치 못하고 뒤써러저 그들의 실생활에 아모 영향을 못준 까닭인가 합니다. 무능한 종교는 십중팔구는 업서저 버리며, 또 소멸됨이 맛당할 것입니다. 진정한 종교의 목적은 사후를 염려함보다도 현세에서 사람다운 생활을 할 만한 원동력과 인생의 가치를 가르침이겟습니다. 고상한 종교는 인생의 가치, 인류의 인격을 존숭하며 기(其) 귀중한 인격을 성장 발휘함에 진력하는 것이 아닙니까? (…중략…) 종교는 인류의 향상과 인생 행복을 위하야의 종교요 인격을 무시하는 종교를 위하야의 종교가 아닙니다.[38]

류형기는 실제 생활에 아무런 영향을 주지 못하는 종교는 '무능한' 종교로서 존재할 이유가 없다고 잘라 말한다. 종교는 천상에 눈을 돌리는 대신 질펀한 대지에 굳건히 뿌리를 박고 인류의 삶을 향상시키고 인류를 행복으로 이끄는 원동력으로서의 힘을 발휘할 때 비로소 종교로서의 존재 이유가 있다고 밝힌다. "우리는 협력하야 제종교의 내막에 드러가 근본적인 진리를 발견하야, 이지적이오 정신적이며 동시에 우리 사회와 인생의게 원동력이 될 종교를 유지할 필요를 부르지지려 함입니다"[39]라고 말한다. 한마디로 인간 '사회'와 '인생'을 떠난 종교는 종교로서의 아무런 가

38) 앞의 글, 67~68.

39) 앞의 글, 68.

치가 없다는 것이다.

어떤 의미에서 류형기는 이 무렵 조선 기독교를 비판한다고 볼 수 있다. 그는 조선에서 종교란 한낱 "한가하고 무식한 남녀의 도락"에 지나지 않고 있다고 개탄한다. 잘 알려진 것처럼 기독교가 조선에 토착화하는 과정에서 한편으로는 샤머니즘과 결합하여 기복신앙을 낳았고, 다른 한편으로는 각박하고 고달픈 현세를 잊도록 내세의 구원에 지나치게 무게를 두는 도피 신앙을 낳았다. 류형기는 기독교가 조선 사회에 끼친 영향이 무척 크지만 그 폐해도 적지 않다고 비판한다. 종교의 참다운 목적은 "사후를 염려함보다도 현세에서 사람다운 생활을 할 만한 원동력과 인생의 가치를 가르침"에 있다는 구절은 이 점을 뒷받침한다.

류형기는 기독교를 비롯한 종교가 내세의 구원보다는 현세의 삶, 즉 '지금 그리고 여기(hic et nunc)'에 좀 더 관심을 기울이기를 바란다. 이렇게 내세보다 현세에 무게를 두어야 한다는 그의 신학 이론에서는 1960년대 말엽 라틴아메리카를 중심으로 대두된 해방신학이 떠오른다. 어떤 의미에서 일제 강점기에 조선인의 삶은 소수 자본가들의 착취와 억압으로 고통 받는 라틴아메리카 민중의 삶과 비슷한 점이 없지 않기 때문이다. 물론 류형기의 주장은 현세를 강조할 뿐 경제, 정치, 사회, 사상의 해방에서 기독교인의 구원을 찾지는 않았다는 점에서 해방신학과는 적잖이 다르다.

창간호에 이어 《우라키》 2호에도 종교와 과학의 관계를 다루는 논문이 나란히 두 편 실려 있다. 시카고대학교 대학원에서 신학과 종교철학을 전공하던 염광섭이 쓴 「종교와 인생과의 관계」와 캐나다에서 학사와 석사학위를 받고 시카고대학교 대학원에서 신학과 사회학을 전공하던 조희염이 쓴 「진화론을 시인하여야 할가」가 바로 그것이다. 두 사람은 북미조

KOREA REVIEW

THE FIRST KOREAN METHODIST CHURCH IN CHICAGO, ILL.

The Congregation of the First Korean M. E. Church in Chicago

The First Korean Church of the Middle West was dedicated in the middle of September, in Chicago, Ill., and Rev. N. Y. Choy was appointed pastor. This church is under the care of Rev. Dr. Tittle, pastor of the First Methodist Church of Evanston, Ill. The dedication service was conducted by Dr. Tittle, assisted by Mr. Choy under the most auspicious circumstances, with a membership of about 40 Koreans. Mr. Choy intends to establish other churches in the Middle West wherever there are a sufficient number of Koreans to justify a separate church.

《코리아 리뷰》에 실린 시카고 제일한인교회 사진과 관련 기사. 북미조선학생총회 회원 중에는 이 교회와 관련 있는 사람이 많았다.

선학생총회에서 핵심적 역할을 했을 뿐만 아니라 시카고 한인교회를 설립하는 데도 주도적인 역할을 하였다. 같은 대학교에서 같은 분야를 전공하는 필자들이 같은 주제를 다루므로 더더욱 관심을 끌 만하다.

염광섭이 '특히 반기독교 운동에 대하야'라는 부제를 붙인 「종교와 인생과의 관계」는 여러모로 장세운의 글과 비슷하다. 염광섭은 장세운과 마찬가지로 과학은 종교가 겉으로 보이는 것처럼 그렇게 상반되지 않는다고 주장한다. 염광섭은 종교와 과학이 대척 관계에 있다고 간주하려는 사람들을 '정저와(井底蛙)', 즉 우물 안의 개구리에 빗댄다. 개구리가 다른 우물로 자리를 옮긴다고 우물에서 바라보는 외부 세계의 모습이 달라지지는 않는다는 논리다. 장세운은 종교와 과학이 서로 어긋나는 실례로 여호수아가 태양을 정지한 것을 들었지만, 염광섭은 여호수아 말고도 요나에게서도 그러한 예를 찾는다. 「요나」에 따르면 이스라엘 예언자 요나는 하느님의 명령을 거부하여 깊은 바다 속에서 고래에게 잡아먹혔고, 그는 사흘 낮과 사흘 밤을 그 물고기 배 속에 있었다. 그가 물고기 배 속에서 감사기도와 함께 "서원한 것은 무엇이든지 지키겠습니다. 구원은 오직 주님에게서만 옵니다"(2장 9절)라고 기도하자, 하느님은 비로소 물고기에게 요나를 육지에 도로 뱉어 내게 한다.

그 밖에도 염광섭은 구약성서에 이어 신약성서에서도 그 예를 찾는다. 사복음서에 기록된 오병이어(五餠二魚)의 기적을 비롯하여 다른 '기적과 이사(異事)'도 같은 맥락에서 이해한다. 예수 그리스도는 앉은뱅이를 일어서게 하고 눈 먼 사람을 눈 뜨게 한 이적은 말할 것도 없고 심지어 사망한 사람마저 다시 살려낸다. 그런데 염광섭이 예수를 때로 '야소(耶蘇) 씨'로 부르는 것이 이채롭다. '야소'란 중국에서 '예수'라는 어휘를 음차(音借) 또는 음역(音譯)한 것이다. 1920년대까지만 하여도 조선에서 '야소 씨'와 '예수 씨'가 함께 쓰였다.

염광섭은 그가 말하는 '수구적 신본가(神本家)와 근세 과학가 간에 상호 충돌' 문제로 이 글을 시작하지만 그가 말하려는 것은 다윈의 진화론 같은 자연과학과 기독교의 충돌이 아니다. 염광섭은 여기서 '과학'을 좀 더 넓은 의미로 사용한다. 다시 말해서 그는 자연과학뿐 아니라 사회과학까지 이 범주에 포함시킨다. 실제로 그가 문제 삼는 것은 사회과학 중에서도 사회주의 이론이다. 그는 사회주의에도 무정부주의, 재산평분론(財產平分論), 사회공산론(社會公產論) 등이 있다고 지적한다. 염광섭은 사회주의자들이 흔히 주장하듯이 사회 구성원 모두가 경제적으로 평등하다면 오히려 사회 발전에 장애가 된다고 지적한다. 그는 "만일 우리 사회의 인류가 일반으로 동액(同額)의 재산을 가지고 타인보다 비교적 다액(多額)의 재산을 득(得)할 여지가 무(無)케 된다 하면 그 사회의 진보가 무할 것은 불문가지(不問可知)요 더욱이 그 사회는 타락 나타방일(懶惰放逸)하야 일일의 유지를 부득(不得)할 것이다"[40]라고 잘라 말한다. 1991년 소련의 붕괴에서 볼 수 있듯이 사회주의 경제는 노동자의 근로 의욕의 부족과 경쟁의 부재로 생산성이 낮을 수밖에 없다. 이렇게 자유주의 시장 경제를 창조적 혁신의 동력이요, 수많은 상품의 수요와 공급이 균형을 이루는 기제며, 개인이 최적으로 생활하려고 자유롭게 노력할 수 있는 제도로 간주한다는 점에서 염광섭은 자본주의 신봉자로 볼 수 있다.

이렇듯 자본주의를 굳게 믿으며 조선의 사회주의자를 크게 두 부류로 나누는 염광섭은 "제1은 심오한 연구가 업시 타인을 다만 모방하야 행동하는 자요, 제2는 수양도 업고 노동하기 실코 경쟁할 능력 업고 근면하기 곤란하야 (…중략…) 주의니 운동이니 하고 말로만 써드는 무장지졸(無將之卒) 갓흔 청년들"[41]이라고 말한다. 염광섭의 관점에서 보면 이 둘 중 어느 쪽에 해당하든 사회주의자들은 한낱 이렇다 할 노력을 기울이지도 않고 남이 이룩해 놓은 것을 빼앗으려는 사람에 지나지 않는다. 그는 사회주의자들이 해방을 부르짖지만 막상 그 해방은 개인의 자유를 쟁취하는 것과

40) 염광섭, 「종교와 인생과의 관계」, 《우라키》 2호, 32. 그는 개신교 신학 전공자답게 자본주의가 장 칼뱅의 개신교 윤리에 뿌리를 두고 있다고 본 것 같다. 잘 알려진 것처럼 막스 베버는 『프로테스탄트 윤리와 자본주의 정신』(1905)에서 자본주의 발생이 철저히 종교개혁, 특히 칼뱅주의의 산물이었다고 역설한다. 베버는 종교개혁으로 등장한 프로테스탄티즘이 근검절약과 성실한 노동을 구원의 조건으로 내세웠고, 이것이 자본의 논리와 정확하게 맞아떨어졌다고 주장한다. 베버에 따르면 "프로테스탄트 금욕주의는 목적으로서 부(富)의 추구는 비난받아야 할 죄악이라고 보면서도 직업 노동을 통한 부의 획득은 신의 축복이라고 보았다. 또한 지속적인 직업 노동을 금욕을 위한 최고의 수단이요, 신앙의 진실성을 보여주는 증표로 평가하였다." Max Weber, *The Protestant Ethic and the Spirit of Capitalism*, trans. Talcott Parsons (London: Routledge, 2001), 116.

41) 염광섭, 「종교와 인생과의 관계」, 31.

는 사뭇 다르다고 지적한다.

> 만일 인간의 해방이라는 말이 개인의 자유를 칭함이면 누구가 차(此)를 반대할가. 타인의 자유를 방해하지 안는 범위 내에셔 개인의 자유가 有할 것이 필요라는[하다는] 것은 현시에 누구나 도모하고 20세기의 문명이 차(此)를 중요한 인류사업의 일(一)로 긍정하는 바이다. 그러나 타인의 노력으로 집합한 재산을 약탈코자 하며 타인의 수양 노력 경쟁 근면으로 엇은 행복적 생활을 침해코자 하고 일반 인생의 안녕질서를 방애코자 하는 해방운동은 피등(彼等)의 말과 갓치 만인의 공동(共働)하야 행복적 생활을 구득(求得)하는 법칙상에셔 절대 불허할 것이다.[42]

염광섭은 사회주의자들이 입버릇처럼 부르짖는 해방이나 자유는 진정한 해방이나 자유가 아니며 오히려 개인의 행복한 삶을 위협하는 힘일 뿐이라고 밝힌다. 그렇다면 그는 왜 좁게는 기독교, 더 넓게는 종교를 끌어들이는 것일까? 사회주의에서 말하는 인간 해방은 기독교와 일반 종교에서 말하는 해방과는 근본적으로 다르다고 말하기 위해서다. "우리 민족을 혈성(血誠)으로 사랑하는" 염광섭을 비롯한 젊은 지식인들에게 사회주의자들이란 "허황한 행동과 타인의 덕으로 안전한 생활을 득하랴는 비루한 사상"을 품은 사람들에 지나지 않는다. 그는 이러한 사상으로써는 일본 제국주의의 굴레에 갇혀 신음하는 식민지 조선의 노동자들을 행복한 나라로 이끌 수 없다고 결론짓는다.

그런데 염광섭이 이렇게 사회주의를 날카롭게 비판하는 것은 이 무렵

42) 앞의 글, 32.

조선에 사회주의가 널리 퍼져 있었기 때문이다. 일본의 영향을 받은 조선의 지식인 중에는 사회주의에 경도되어 있는 사람이 적지 않았다. 조선에서 사회주의 운동은 1925년 조선공산당이 창당되면서 본격적으로 시작되었다. 사회주의나 공산주의 운동은 조선공산당이 코민테른에 의하여 지부 승인이 취소된 1928년 말엽까지 큰 힘을 발휘하였다. 기미년 독립운동의 실패에 좌절하던 일부 지식인들이 러시아 혁명의 성공에서 새로운 가능성을 찾아내면서 사회주의나 공산주의는 젊은이들 사이에서 들불처럼 번져나갔다. 그리하여 일제 강점기의 독립운동가 겸 교육자, 사회운동가였던 나경석(羅景錫)의 말대로 이 무렵 "입으로 사회주의를 말하지 않으면 시대에 뒤진 청년"[43]이라는 낙인이 찍힐 정도였다.

염광섭이 사회주의를 날카롭게 비판하는 데는 또 다른 이유가 있다. '특히 반기독교 운동에 대하야'라는 부제에서도 엿볼 수 있듯이 그는 사회주의가 기독교 교리를 부정하고 반대하기 때문에 사회주의를 비판한다. 자유, 평등, 정의, 복지, 분배, 기회균등, 형평성, 약자 배려 같은 가치는 기독교가 지향하는 가치기도 하지만 사회주의가 내세우는 이념이기도 하다. 그러나 이러한 이념적 가치의 껍데기를 한풀 벗기고 좀 더 안쪽으로 들여다보면 기독교와 사회주의는 공존하기 어렵다는 사실을 알 수 있다. 무엇보다도 공유사상의 사회주의와 사유사상의 기독교는 마치 물과 기름처럼 공존할 수 없는 태생적인 한계가 있다. 오죽하면 카를 마르크스가 『헤겔 법철학 비판』(1843) 서문에서 "종교는 억압된 피조물의 탄식이며, 심장 없는 세상의 심장이고, 영혼 없는 현실의 영혼이다. 이것은 인민의

43) 나경석, 「공경횡사(空京橫事)」, 《조선지광(朝鮮之光)》, 1927년 5월호, 76.

아편이다"[44]라고 했을까?

염광섭이 유학하던 미국은 어느 국가보다도 기독교와 자본주의가 떼려야 뗄 수 없을 만큼 불가분의 관계를 맺고 있었다. 물론 사회주의에는 19세기 중엽 영국 성공회 사제들이 주창하면서 시작한 '기독교 사회주의'도 있지만 기독교와 사회주의는 아무래도 걸맞아 보이지 않는다. 이 무렵 기독교 사회주의의 한 갈래라고 할 해방신학과 사회복음주의는 아직 뿌리를 내리지 못하였다.

이 무렵 사회주의 공산주의가 비록 조선 사회에서 크게 유행했지만 염광섭의 사회주의 비판은 조금 지나친 데가 없지 않다. 모르긴 몰라도 사회주의자들로부터는 아마 '보수 반동적'이라는 낙인이 찍히고도 남을 것이다. 그래서 그런지 《우라키》 2호 편집자는 염광섭의 글 끝에 "염(廉) 군의 논조가 다소 과격한 듯하나, 우리 사회가 금일 가진[갖은] 경박한 자칭 사회 운동자들을 향하야는 적절한 반동이라고 할 수 잇다. 군의 우리 사회의 장래를 위ᄒᆞ는 충정은 더구나 의심할 바이 업다"[45]고 밝힌다. 편집자로서는 자칫 문제가 될 수도 있을 법한 이 글에 대한 입장을 미리 밝혀 두는 쪽이 좋다고 생각한 것 같다. 편집자는 염광섭이 오직 '경박한' 사회주의자들을 비판한 것일 뿐 온건한 사회주의자들을 비판한 것은 아니라고 필자를 두둔한다. 그러면서 편집자는 사회주의자들이나 염광섭이나 조국을 사랑하는 마음은 같다고 양시론적(兩是論)인 태도를 보인다. 어느 쪽의 주장이 맞는지 판단은 오직 독자에게 맡기겠다는 태도다.

44) Karl Marx, *Introduction to a Contribution to a Critique of Hegel's Philosophy of Right*, trans. Joseph O'Malley (Oxford: Oxford University Press, 1970).

45) 염광섭, 「종교와 인생과의 관계」, 33.

진화론과 종교

장세운의 글에서도 볼 수 있듯이 1920년대와 1930년대에 걸쳐 미국에 유학 중인 조선 학생들이 큰 관심을 기울이던 문제 중 하나는 진화론과 그 이론이 영향을 끼친 학계의 반응이었다. 조희염이 「진화론을 시인하여야 할가」 첫머리에서 "금일은 여하한 과학을 물론하고 진화론의 진리를 무시하거나 기(其) 범위 외에 재(在)하고셔는 기(其) 과학의 과거 급(及) 현재의 역사이든 쏘 장래에 여하히 발전될 것을 합리하게 설명하기가 불능하다고 일반 과학계에셔 시인한다"[46]고 말하는 까닭이 바로 여기에 있다. 이 무렵 조희염은 캐나다 동부에 있는 댈후지대학교와 핼리팩스대학교에서 공부한 뒤 토론토대학교에서 신학으로 석사학위를 받고서 미국으로 옮겨와 시카고대학교에서 신학과 사회학을 전공하였다. 그러므로 그는 누구보다도 과학과 종교의 관계를 다루기에 안성맞춤인 필자였다. 또한 이 무렵 그는 시카고대학교 국제학생회 회장과 북미조선학생총회 회장직을 맡고 있었다.

조희염은 진화론의 개념을 찰스 다윈의 학설에 가두어 두지 않고 좀 더 넓게 이해하려고 한다. 그는 서양 학계에서 일반적으로 통용되는 진화론의 정의를 받아들여 "제종(諸種) 사변은 기(其) 역사를 유(有)하고 기(其) 사변은 기(其) 역사에 감(鑑)하야 이해케 된다. 이것은 하사물(何事物)에셔 하사물로 생성케 되는 모든 것의 역사이다"[47]라고 말한다. 그러면서 그는 이 정의를 영문으로 그대로 인용한다. 조희염이 이렇게 원문을 인용하면

46) 조희염, 「진화론을 시인하여야 할가」, 《우라키》 2호, 34.

47) 앞의 글, 34.

서까지 진화론을 정의하는 것은, 1920년대 중엽 현대 진화론이 다윈의 생물학적 진화론이나 허버트 스펜서의 사회학적 진화론의 범위를 훨씬 벗어나 우주 전체와 관련되어 있었기 때문이다. 카를 마르크스나 프리드리히 엥겔스의 유물론직 변증법도 엄밀히 따지고 보면 진화론을 역사나 사회에 적용한 것에 지나지 않는다.

조희염은 진화론이 '돌연변이'로 생겨난 것이 아니라 15세기 말엽에서 16세기 초엽 서양에서 일어난 세 과학적 발견에서 '진화'했다고 지적한다. 그가 말하는 세 발견이란 코페르니쿠스의 지동설, 그의 이론을 좀 더 정교하게 뒷받침한 이탈리아의 천문학자 갈릴레오 갈릴레이의 이론, 그리고 지구가 타원형의 궤도로 태양을 회전한다는 독일 수학자 요하네스 케플러의 이론을 말한다. 조희염은 만약 이 세 이론이 없었더라면 진화론은 어쩌면 생겨나지 않았을지도 모른다고 말한다.

이렇게 조희염이 천문학과 진화론의 관계를 자세히 설명하는 데는 그럴 만한 까닭이 있다. 그가 궁극적으로 말하고 싶은 주제는 우주 진화다. '우주 진화의 목적'이라는 마지막 항목에서 그는 이 문제를 다룬다.

우주 진화의 목적에 대하여셔도 다수의 의견이 有하다. 물질주의의 과학자 급(及) 철학자 중 혹자들은 우주가 목적 업시 그져 진화의 방법을 통하여 자연히 진행 변천하되 기(其) 진정(進程)이 무궁하리라 인(認)한다. 차(此)에 반하여 정신주의의 과학자 철학자 급 종교가들 중에 혹자들은 우주의 진화의 목적은 최령(最靈)한 인류를 산출하는 데 재(在)하다 하여 기중(其中) 혹자는 그것뿐만 아니라 인류가 임의[이미] 하등동물에셔 진화한 바와 갓치 현재 인류의 장래 진화는 이 육적(肉的)에서브터 영적(靈的)으로 진화하야 신성한 세계를 구성함에 잇스리라고 한다.[48]

조희염은 신학도답게 우주 진화의 목적과 관련한 두 태도 중에서 전자보다는 후자에 손을 들어준다. 위 인용문에서 키워드는 '최령한'과 '신성한'이라는 두 형용사다. 서양의 기독교에서나 동양의 유교나 유가에서나 인간을 최고의 존재자로 자리매김한다는 점에서는 서로 크게 다르지 않다. 기독교에서 하느님은 인간에게 "생육하고 번성하여 땅에 충만하여라. 땅을 정복하여라. 바다의 고기와 공중의 새와 땅 위에서 살아 움직이는 모든 생물을 다스려라"(「창세기」 1장 28절)고 명한다. 한편 맹자(孟子)는 군자와 소인을 짐승과 인간을 구별할 줄 아는 능력에서 찾는다. 또한 『동몽선습(童蒙先習)』에서는 "천지만물의 무리 가운데에서 오로지 인간만이 가장 신령하다"(天地之間 萬物中 最靈者)"고 가르친다.

조희염은 우주가 맹목적으로 진화한다고 생각하는 대신 오히려 인류가 가장 영적인 존재로 만들어지는 과정에 있다고 생각한다. 이렇게 영적으로 진화한 인류는 마침내 '신성한 세계'를 만들어낸다는 것이다. 이러한 과정에서 신은 방관자가 아니라 창조자로서 여전히 큰 힘을 발휘한다. 이와 관련하여 조희염은 "여차한 우주에는 독일무이(獨一無二)하고 진화의 법칙이오 우주 외에 존재치 안코 즉 우주 내에 편재한 신이 존재하여 우주의 진화를 통할 지배한다"[49]고 말한다.

진화론에 관한 조희염의 주장은 프랑스 철학자 앙리 베르그송이 『창

48) 앞의 글, 39.

49) 앞의 글, 39.

조적 진화』(1907)에서 말하는 '엘랑 비탈(élan vital)'의 개념에 가깝다. '삶의 약동' 또는 '생(生)의 도약'으로 옮길 수 있는 이 용어는 모든 생명이 지니는 역동적이고 근원적인 힘을 일컫는 용어다. 베르그송은 생명을 주어진 조건에서 능동적으로 변화하고 본래부터 가지고 있던 에너지로 진화하는 것으로 파악하였다. 그에 따르면 외부의 강제적인 힘으로 변화하는 물질과는 달리 생명은 그 자체로 끊임없이 변화한다. 창조란 생명이 이렇게 진화하는 과정에서 발생하는 질적 비약을 뜻한다. 위 인용문에서 조희염이 "현재 인류의 장래 진화는 이 육적에서부터 영적으로 진화하여 신성한 세계를 구성함에 있으리라"고 말하는 점을 다시 한 번 주목해 볼 필요가 있다. 여기서 '육적'은 '물질적'으로, '영적'은 '생명적'으로 바꾸어 놓으면 창조적 진화와 거의 비슷한 개념이 된다. 한마디로 베르그송의 창조적 진화는 다윈의 적자생존이나 자연도태의 개념이나 스펜서의 사회진화론과는 크게 다르다.

한편 조희염의 태도는 여러모로 '유신적 진화론'과도 맞닿아 있다. 유신적 진화론은 얼핏 진화론의 한 갈래처럼 보일지 모르지만 실제로는 창조론의 한 종류요 신학의 한 흐름이다. 명칭이 자칫 오해를 불러올 수 있으므로 '진화적 유신론' 또는 '진화 창조론'으로 일컫는 학자들도 있다. 이 새로운 신학 이론에서는 진화론이 과학적 사실이라는 것을 인정하면서 동시에 유신론적 관점을 유지하려고 한다. 다시 말해서 창조신이 만물을 창조할 때 자연계의 생명체에 진화할 수 있는 능력을 부여하여 지금의 다양한 생명체가 생겨났다고 파악하는 이론이다. 기독교의 창조설과 진화론의 충돌을 피하려는 이 이론은 그동안 진화론을 명백한 사실로 인정함으로써 기독교인 과학자들에게 지지를 받아 왔다. 그러므로 이 이론을 주창하는 사람들은 넓게는 과학과 종교, 좁게는 진화론과 기독교의 이분법을 좀처럼 인정하려고 하지 않는다.

영국의 신학자요 영문학자인 C. S. 루이스, 프랑스의 예수회 수사 피에르 테야르 드 샤르댕이 유신적 진화론의 토대를 닦았다. 비교적 최근 들어서는 분자생물학자요 옥스퍼드대학교의 조직신학 교수인 앨리스터 맥그래스, 하버드대학교의 생물학 교수로 현대 진화생물학의 선구자인 테오도시우스 도브잔스키는 유신적 진화론의 열렬한 지지자였다. 이 밖에도 앞에서 언급한 프랜시스 콜린스를 비롯하여 조지타운대학교 신학교 교수 존 호트, 캘빈대학의 하워드 반 틸 등도 하나같이 유신론적 진화론자들로 보아 크게 틀리지 않는다.

조희염이 창조론적 진화론을 받아들인 것은 아마 미국에 유학을 떠나기 전후 그가 미국 선교사들로부터 받은 영향과 깊은 관련이 있는 듯하다. 함경남도 함흥에서 태어난 그는 스무 살쯤에 캐나다 선교사의 전도로 기독교를 믿었고, 그 선교사의 도움으로 서울의 경신학교를 졸업한 뒤 캐나다 여선교사의 도움으로 캐나다 핼리팩스에 있는 장로교 계통의 대학으로 유학을 떠났다. 이 무렵 평양신학교에서 강의하던 미국 선교사 월터 어드먼(한국명 魚涂萬)과 윌리엄 레널즈(한국명 李訥瑞)는 유신론적 진화론을 주장하였다. 특히 과학과 종교의 관계에 깊은 관심을 기울이던 어드먼은 1920년에 평양신학교에서 발행하던 신학 논문집《신학지남(神學指南)》에서 유신론적 진화론을 처음 소개하였다.

한국인 신학자 중에서는 박형룡(朴亨龍)과 한경직(韓景職)이 가장 대표적인 유신론적 진화론자로 꼽힌다. 선천의 신성중학교를 마치고 평양 숭실대학을 거쳐 미국 프린스턴 신학교과 켄터키주 루이빌에 있는 남침례교 신학교에서 기독교 변증학으로 박사학위를 받고 귀국한 박형룡은 한국의 대표적인 개혁주의 장로교 신학자로 활약했지만 적어도 초기에는 유신론적 진화론에 기울어 있었다. 한편 한경직도 과학적 진술인 진화론과 기독교 신앙을 합리적으로 종합하려 한다는 점에서 유신적 진화론자로 볼 수 있다. 함석헌(咸錫憲)의 '씨알사상'도 따지고 보면 신학적 진화론과 그렇게 동떨어져 있지 않다. '씨알사상'에 따르면 진화는 생명의 질적 발전, 의식의 상승, 정신적 진보 과정을 포함하고 그 동력은 다름 아닌 자유와 사랑이다. 다만 함석헌은 생명 발전의 중심에 '씨알', 즉 일반 민중이 존재한다고 본다는 점에서 다른 유신적 진화론자들과 조금 다를 뿐이다.

조희염이 신학의 관점에서 진화론을 비롯한 과학을 다룬다면 한치관은 「과학과 이상계」에서 과학의 관점에서 종교와 철학 문제를 다룬다. 남캘리포니아대학교에서 수공학(水工學)을 전공한 뒤 연희전문학교 교수로 근무한 한치관은 '과학으로 엇은 금일의 인생관'이라는 부제를 붙인 이 글에서 종교와 과학의 상관관계를 밝힌다. 한치관은 프리드리히 니체의 '세(勢)의 욕망'과 아르투르 쇼펜하우어의 '생의 욕망'을 모두 거부하고 새로운 '이상의 기계'를 부르짖는다. 그는 "인생은 생뿐으로 세뿐으로 활동하지 안이하고 한층 진(進)하여 '생의 미'를 위하여 활동한다"[50] 고 잘라 말한다. 인간은 이 '생의 미'의 도구로 종교, 철학, 과학이라는 '이상의 기계'를 창안하기에 이르렀다. 여기서 과학이 '형이하(形而下)'라면 종교와 철학은 '형이상(形而上)'이다. 전자가 형체를 갖추고 있는 사물을 연구하는 학문을 말한다면, 후자는 형체가 없거나 그것을 초월하는 영역에 관한

50) 한치관, 「과학과 이상계」, 《우라키》 2호, 41. 여기서 한치관이 말하는 '세의 욕망'은 '권력 의지', '생의 욕망'은 '삶의 의지'와 같은 개념이다.

학문을 말한다. 형이상학은 사물의 근본을 직감이나 사유로써 알아내는 것인 반면, 형이하학은 우리가 느끼고 경험할 수 있는 실체가 있는 사물을 알아내는 것을 말한다. 그런데 한치관은 형이하(과학)가 아무리 발달하여도 형이상(종교와 철학)을 넘어서지 못할 것이라고 지적한다.

> 종교는 초자연에 의착(依着)한 철학이라 할 것이니 인생이 자연을 철저히 정벌하기 전싸지 종교난 유(有)할 것이다. 노골적으로 말하면 인생은 종교를 이(離)치 못할 것이다. 인생의 지(知)로 무극(無極)의 자연을 정벌한다 하여도 무극의 초자연이 有함으로써다. 그러나 인생은 자연계를 지해(知解)하면서 초자연계를 제한하고 잇다. 昔日에난 초목의 발육과 우뢰 등을 초자연에 귀(歸)하엿지만은 금일은 이것이 자연계에 속하엿다.[51]

한치관은 초목과 성장이나 천둥벼락에서 볼 수 있듯이 과학이 발달하면서 초자연적인 현상이 점차 자연적인 현상으로 바뀐다고 지적한다. 그렇다고 하여 과학으로써 모든 현상을 설명할 수 있는 것은 아니라고 밝힌다. 현대 기독교에서 그 증거를 찾는 그는 과학과 기독교가 충돌한다고 보지 않는다. 이 점과 관련하여 한치관은 "종교난 과학상으로써 비비(鄙卑)에서 이(離)하여 고상케 되며 속공(涑恐)에서 자유에, 구복(口腹)에셔 정신에 달(達)케 되어 금일의 신은 시내 선상(山上)의 유대족만 위한 신이 안이고 무궁한 공간과 시간에 통관한 신이다"[52]라고 밝힌다. 보잘것없는 것에서 고상한 것으로, 구속과 두려움에서 자유로, 물질에서 정신으로 지향한

51) 앞의 글, 41.

52) 앞의 글, 43.

다는 점에서 한치관의 종교관은 창조적 진화론이나 유신적 진화론과도 맞닿아 있다. 그는 이렇게 좀 더 나은 상태로 발전하고 향상하며 움직이는 것을 '삶의 아름다움'이라고 부른다. 한치관은 이 글 마지막에서 "'인생의 미'는 내가 가지고 잇는 종자를 철저히 발현하는 그것뿐이다. 발현하는 방법은 이상인데 과학에 귀(歸)하여 구체적 조직을 득하여야 될 것이다"[53] 라고 결론짓는다.

한편《우라키》편집자들은 종교교육 문제에도 깊은 관심을 기울였다. 앞에서 교육과 관련한 문제를 다루었지만 그들은 교육에서 종교의 역할과 임무에도 큰 무게를 두었다. 가령 1929년에 미국으로 건너가 뉴욕대학교에서 사회학을 전공하던 정일형은「종교교육 운동의 전망」이라는 글을 5호에 기고하였다. 1935년에 뉴저지주의 드루대학교에서 철학박사 학위를 받고 귀국한 그는 연희전문학교 등에서 교수로 재직하다가 1945년 광복 후 미 군정청 인사행정처장과 물자행정처장을 역임하였다. 정일형은 이 글을 기고하기 2년 전에도 월간잡지《청년(青年)》에「종교교육의 역사적 의의」라는 글을 기고한 적도 있어 이 분야에 관심이 많았다는 것을 알 수 있다.

정일형은「종교교육 운동의 전망」에서 구약시대의 유대민족부터 일본의 제정일치(祭政一致) 시대에 이르기까지 종교와 교육은 떼려야 뗄 수 없을 만큼 서로 깊이 얽혀 있다고 말한다. 그러다가 문예 부흥기를 맞아 교육은 마침내 종교의 굴레에서 벗어나 유지주의(唯智主義)나 숭문(崇文) 사상을 강조하게 되었다. 그러나 불행하게도 이렇게 지식을 강조하다 보니 그 부작용도 만만치 않아서 '인간의 도의심 양성'과 '도덕적 정조(情

53) 앞의 글, 48.

操)의 함양'을 도외시하는 결과를 낳았다고 밝힌다.

> 이 교육과 철학은 제국주의 국가와 근대 비합리적 자본주의 사회의 형성을 촉진하게 되엿으며 고등한 학부(學府)의 출신일스록 지식수준이 낫은 이를 대하는 우월감과 비인격적 대우란 형용에 절(絶)한 바 잇섯으니 병권(兵權)과 병력을 빌어 살륙을 일삼으며 착취를 자행함이 그들의 도덕적 양심에 하등의 가책은커녕 당연 이상의 당연한 도덕적 정(正)이라는 것이 신조이엿으며 어찌타 오늘의 사회의 비절처절(悲絶悽絶)한 인간의 불행과 비극이 이 교육철학의 소산이요 고맙지 안은 은전이 아니라고 하랴! 이 교육 제도의 참담한 희생과 남다른 제물이 된 우리로써는 이에 어떠한 교육적 태도를 취하여야 할까가 또한 뜻잇는 젊은이들의 당면한 문제가 아니랄 수도 없을 것입니다.[54)]

물론 여기서 정일형은 부국강병의 교육을 역설하는 근대의 교육철학을 신랄하게 비판한다. 그러나 행간을 좀 더 면밀히 읽어 보면 막강한 군사력을 빌려 약소국가를 침략하여 살육과 착취를 일삼으면서도 눈곱만큼의 양심의 가책도 느끼지 않는 일본 제국주의에 대한 비판으로 읽힌다. "참담한 희생과 남다른 제물이 된 우리로써는"이라는 구절은 이 점을 더욱 뒷받침한다. 여기서 '우리'란 일본의 황국 신민으로 전락한 식민지 조선의 주민을 말한다. 이 글이 조선총독부의 검열에 걸리지 않고 활자화된 것이 의아할 정도다.

정일형은 세계 대전을 겪으면서 교육가들을 중심으로 종교교육에 대한 비판적 반성이 일어났다고 지적한다. 그의 표현을 빌리자면 그들은

---

54) 정일형, 「종교교육 운동의 전망」, 《우라키》 5호, 45.

'종교교육의 신교육 운동'을 전개하면서 '도의심의 배양', '도덕적 정조의 함양', '덕성의 온축(蘊蓄)' 등의 깃발을 높이 치켜들었다. 정일형은 이러한 신교육 운동의 구체적인 실례를 미국 대학에서 찾는다. 하버드대학교과 윌리엄앤드메리대학을 비롯한 사립 명문학교의 설립에서도 볼 수 있듯이 미국에서는 기독교 교역자를 양성하기 위하여 대학을 처음 창설하였다. 그 뒤 주 정부에서 주립대학교를 설립하면서 군사교육과 사범교육을 중시하였고, 종교교육은 주로 사범교육이 맡았다. 그러나 1차 세계대전 이후 사범대학 대부분이 주립대학에서 보스턴대학교 같은 교회계통의 사립대학으로 이관되었다.

한편 기독교의 토착화를 둘러싼 문제도《우라키》편집자들에게 큰 관심거리 중 하나였다. 이미 앞에서 언급했듯이 이 잡지 제5호에는 '고국 사회에 대한 비판과 충언'이라는 특집이 실려 있다. 이 특집 중 하나로 임정구(任正九)는 「조선 종교계(기독교계)에」라는 글을 기고한다. 평양에서 태어난 그는 미국 선교사 윌리엄 노블에게서 세례를 받고 처음 서양문물에 눈을 떴다. 배움에 대한 열정으로 1905년에 어머니와 함께 하와이에 도착하여 1년 동안 어학을 공부한 뒤 임정구는 캘리포니아주로 이주하였다. 포모나대학과 버클리 소재 캘리포니아대학교에서 수학하였고, 다시 안젤모에 있는 샌프란시스코 신학교에서 신학을 전공하였다. 그 뒤 임정구는 오클랜드교회 담임목사로 시무하였다. 다른 특집 논문과 비교하여 한쪽밖에 되지 않는 짧은 글이지만 그는 기독교의 한국 토착화라는 중요한 문제를 다룬다. 학술논문이라기보다는 차라리 25년 동안 미국에서 기독교와 신학을 공부해 온 사람으로서 조선 기독교인들에 주는 우정 어린 충고로 읽을 수 있다. 임정구는 이 토착화 문제를 다음과 같이 세 가지 항목으로 나누어 말한다.

> 1. 예수교는 비록 서양인의 통하여 들어왔슬지라도 우리는 잘 소화하여 조선 사람의 종교를 만들어야 되겟습니다. 마치 본래 동양의 예수교를 서양사람들이 서양에 갓다가 자기네 문화에 적용하고 융합식혀서 자긔네 종교를 만듣[만든] 것처럼 해야 되겟습니다. 이왕에 불교나 공맹교(孔孟敎)를 맹목적으로 숭상하든 것처럼 하지 말고 우리 민족의 감정과 심리와 생활에 잘 적용을 해서 우리 민족성과 도덕을 항상식히도록 해야 되겟습니다.
> 2. 조선 교인들은 '교회'와 교파에 대한 충성보다 예수교의 참진리와 정신에 대한 충성이 더 만코 커야 되겟슴니다.
> 3. 후세의 생활을 중심 삼고 그것만을 역설하고 현세 생활을 경시하는 경향이 잇는 듯합니다. 이것을 변하야 우리 개인의 생활이나 사회생활을 낫게 하고 완전케 하야 조선 강산 안에 천국을 건설하도록 힘쓰시기를 바람니다.[55]

임정구는 비록 기독교가 서양에서 들어온 것이지만 조선의 종교로 만들어야 한다고 역설한다. 기독교의 토착화와 관련하여 그가 사용하는 '소화'라는 어휘에 주목해야 한다. 우리가 음식을 섭취하면 제대로 소화하여야 비로소 영양분을 만들어 피와 살이 될 수 있다. 만약 섭취한 음식을 제대로 소화하지 못하면 식중독에 걸려 몸이 상하거나 심하면 죽음에 이를 수도 있다. 임정구는 기독교의 수용도 음식 섭취와 크게 다르지 않다고 지적한다. 잘못 섭취한 음식이 육체를 상하게 하듯이 기독교를 잘못 받아들이면 자칫 조선인의 영혼이나 정신에 큰 해독을 끼칠 수도 있다. 그는 기

55) 임정구, 「조선 종교계(기독교계)에」, 《우라키》 5호, 32.

독교를 조선의 종교로 받아들이되 예로부터 불교나 유교를 '맹목적으로 숭상하던' 방식으로 받아들여서는 안 된다고 경고한다. 다시 말해서 조선인의 감정과 심리와 생활에 잘 적용하여 민족성과 도덕을 향상하는 방향으로 받아들여야 한다는 것이다.

기독교 토착화와 관련하여 여기에서 잠깐 기독교가 조선에 처음 전파될 때 샤머니즘이 끼친 영향을 살펴보는 것이 좋을 것 같다. 한국에서 기독교가 경이적으로 성장하고 발전할 수 있었던 이유 중의 하나는 하비 콕스를 비롯한 신학자들이 지적하듯이 기독교 교회 의식이 샤머니즘 전통과 일치하는 점이 적지 않았기 때문이다.[56] 가령 예로부터 다신교적이었던 한국의 샤머니즘에서는 여러 신을 믿었지만 그러한 신에도 엄연히 서열이 존재하였다. 그중에서도 '하늘'이라는 말에서 비롯한 '하느님(하늘님)'은 우주를 관장하고 인간의 삶을 주관하는 최고의 신을 가리키는 말이었다. 이러한 상황에서 최고신으로서의 하느님 또는 하늘님은 기독교의 유일신인 하나님과 잘 맞아떨어졌으므로 한민족은 별다른 거부감 없이 하느님의 개념을 받아들일 수 있었다.

둘째, 임정구는 조선 교인들이 교회와 교파에 충실하기보다는 오히려 진리와 영혼 같은 기독교의 본질에 충실하기를 권한다. 그가 따옴표를 붙여 '교회'라는 어휘를 강조하는 것은 그만큼 조선에서는 제도로서의 교회가 여러 부작용을 낳기 때문이다. 이렇게 외형적 교회 제도에 지나치게 충

56) Harvey Cox, *Fire from Heaven: The Rise of Pentecostal Spirituality and the Reshaping of Religion in the Twenty-First Century* (Reading, MA: Addison-Wesley, 1995). 하느님이 '하나(일)'에 접미사 '님'이 붙어 이루어졌다는 주장은 한낱 민간어원설에 지나지 않는다. 개신교의 '하나님'처럼 가톨릭의 '천주'나 동학의 '한울님'도 다 같이 하늘에서 뿌리를 둔다. Wook-DongKim, *Translations in Korea: Theory and Practice* (London: Palgrave Macmillan, 2019), 54~59 참고.

실하다 보면 기독교의 사명과 본질적 가치를 잊게 마련이다. 임정구는 조선의 기독교가 내용보다는 형식에 치우치는 경향을 경고한다. 또한 그는 조선 기독교인들에게 자신들이 속한 교파만 옳다고 생각하지 말고 좀 더 넉넉한 안목으로 다른 교파를 받아들일 것을 주문한다. 1920년 이후 조선에서는 신학적 문제를 두고 교파 사이에 갈등이 무척 심하였다. 여기에는 그동안 조선 시대부터 있었던 지역 갈등도 한몫 하였다. 이 밖에도 선교사와 한국인의 갈등, 같은 교파 안에서도 지역과 지역 사이의 갈등, 선교지 분할 문제를 두고 일어난 갈등 등도 여간 심각하지 않았다.

셋째, 임정구는 조선 기독교가 현세의 삶을 개선하기보다는 내세의 구원을 중요하게 생각하는 현상에 쐐기를 박는다. 그는 기독교가 현세의 삶에 눈을 돌려 좁게는 개인의 삶, 더 넓게는 사회와 국가를 발전시키는 데 이바지해야 한다고 생각한다. 임정구가 "조선 강산 안에 천국을 건설하도록 힘쓰시기를" 바라는 까닭이 바로 여기에 있다. 구약성경 「창세기」에는 노아의 홍수 이전에 살았던 에녹이라는 사람이 있다. 그는 이 땅에서 300년 동안 하나님과 동행하면서 살았다고 전해진다. 하나님과 동행하며 살았다는 것은 곧 그가 천국의 삶을 살았다는 뜻이다. 그렇다면 구원은 오직 죽어서 가는 낙원에서 얻는 것만은 아니고 현세에서도 얼마든지 얻을 수 있다. 현세의 구원은 구약성서만이 아니라 신약성경에서도 마찬가지다. 개신교 찬송가에도 "내 영혼이 은총 입어 중한 죄 짐 벗고 보니 / 슬픔 많은 이 세상도 천국으로 화(化)하도다"라는 구절이 나온다. 현세를 단순히 '눈물의 골짜기'로 보지 말고 얼마든지 현세 속에서 천국을 발견할 수 있다는 가능성을 가르치는 가사다.

임정구의 지적대로 서양의 선교사들이 조선에 기독교를 처음 전파할 무렵 내세의 구원을 강조하는 경향이 무척 강하였다. 초기 선교사들은 영적인 것과 개인의 영혼 구원에만 지나치게 시선을 돌리게 함으로써 식민지 조선의 현실을 제대로 보지 못하게 했다는 비판을 가끔 받는다. 내세를 강조하는 이러한 경향은 1919년의 기미년 독립운동이 실패로 끝나자 패배주의와 허무주의가 팽배하면서 더욱 두드러졌다. 초월적 경건주의 신앙을 중시하는 김익두(金益斗), 길선주(吉善宙), 이용도(李龍道) 같은 부흥사들의 영향을 받은 많은 교인이 이러한 신앙에 경도되었다. 이 신앙은 1930년대와 1940년대에 이르러서는 내세 중심의 재림과 종말론적 신앙 전통으로 발전하였다.

이러한 내세 중심의 현실 도피적인 신앙 반대쪽에는 계몽주의적 신앙과 저항 신앙이 자리 잡고 있었다. 이 신앙에서는 민중의 계몽운동이나 적극적인 항일투쟁을 통하여 동포들에게 민족의식을 고취하여 일본 제국주의에 맞서려고 하였다. 기독교청년회 같은 청년 학생 단체와 기독교 계통 중고등학교와 전문대학이 그 주축이 되었다. 윤치호를 비롯하여 신흥우, 이상재, 김활란 같은 유학파들이 이러한 신앙을 대표하는 인물들이다. 이와 더불어 만주 등지에서 좀 더 적극적으로 일제에 맞서 독립을 꾀하던 투사들도 있었다. 임정구는 공립협회와 대한인국민회를 통하여 평생 독립운동을 한 안창호 계열의 독립 운동가였다. 미국에서 늘 독립운동 현장에 있던 그는 이 두 번째 계열의 목회자였다.

임정구가 이렇게 조선 기독교에 새로운 제안을 하는 것은 이 무렵 그만큼 조선 기독교에 대한 비판이 적지 않았다는 반증이기도 하다. 이러한 오해를 불식하려고 쓴 글이 김송은(金松隱)의 「기독교에 대한 오해」다. 박영희(朴英熙)가 '회월(懷月)'이라는 필명과 함께 '송은'이라는 필명을 사용한

적이 있어 '송은'을 사회주의 문학평론가, 시인, 소설가, 언론인과 혼동하기도 하지만 실제 사실과는 전혀 다르다. 김송은은 미국 테네시주의 밴더빌트대학교에서 영문학과 신학을 전공하고 귀국하여 이화여자전문학교에서 교수를 역임한 김영희(金永羲)다. 《우라키》 4호에 기고한 글에서 김송은은 '장수산인(長壽山人)'이라는 필명을 사용하는 한 필자가 《조선지광(朝鮮之光)》에 기고한 「반추(反芻)」를 반박하는 글을 싣는다. 장수산인은 '조선 작가의 삼란(三亂)'에 이은 '시면(時眠)에 비최인 기독교'라는 항목에서 기독교를 신랄하게 비판한다. 장수산인이 문제 삼는 것은 크게 두 가지로 요약할 수 있다. 첫 번째 주장은 조선 기독교가 일본 식민 지배에 협력한다는 것이고, 두 번째 주장은 기독교가 지나치게 내세의 구원만을 강조한다는 것이다.

장수산인은 최근 평양에서 열린 주일학교 대회에 무려 5천여 명의 대표가 참석한 데다 평안남도 도지사와 평양 부윤까지 참석하여 축사를 읽었다는 사실을 언급하며 기독교와 일본 제국주의가 공모관계에 있다는 점을 암시한다. 이러한 일이 일어날 수 있는 것은 "조선인의 ××운동과 생활 운동에 아모 교섭이 업는 평범하고 무모한 운동이란 것"이 점차 판명되었기 때문이라고 주장한다. 여기서 삭제된 어휘는 다름 아닌 '독립'이라는 것을 쉽게 미루어볼 수 있다. 다시 말해서 기독교는 독립운동을 통하여 일본 제국주의에 저항하지 않기 때문에 일제와 상부상조한다. 더구나 몇몇 교회 지도자들은 최근 대두하는 새로운 급진 사상에 맞설 방패로서 기독교를 이용하고 있다. 그러므로 장수산인은 기독교란 조선인의 삶에서 아무런 역할도 할 수 없다고 결론짓는다.[57]

57) 장수산인, 「반추」, 《조선지광》 1929년 11월호. 김송은, 「기독교에 대한 오해」, 《우라키》 4호, 24에서

첫 번째 비판과 같은 연장선상에서 장수산인은 조선 기독교가 현세의 삶보다는 내세의 삶에 무게를 둔다고 비판한다. 일제 식민주의에 맞서지 못하고 타협을 꾀하는 것도 결국은 현세의 삶을 그렇게 중요하게 생각하지 않기 때문이라는 것이다.

> 기독교인은 지상의 생활은 일종 공허한 것으로 본다. 구극 목적은 천국에 잇다. 지상에서는 아무런 불만이 잇서도 은인(隱忍)해라. 잘 적응하는 자는 천국에서 복을 밧는다는 데 도취되여 버렷다. 종차(從此)로 현실에 불만이란 것은 문제가 안이고 오히려 엇지 못할 시련을 격는 세음(細音)이 된다. 이에 현실에 잇서서는 아모 운동도 이르킬 필요를 인정치 안케 된다.[58]

위 인용문에서 "시련을 격는 세음이 된다"에서 '세음'이란 무슨 뜻인가. '셈'을 한자를 빌려서 쓴 말일 것이다. 아무리 현실에 불만이 많아도 천국에 이른 시련으로 계산한다는 뜻이다. 마지막 문장에서 말하는 '운동'은 두말할 나위 없이 일본 제국주의 지배와 통치에 저항하는 독립운동을 가리킨다. 1919년 기미독립운동이 실패로 돌아간 뒤 10년이 지났건만 일제의 온갖 식민지 정책에 호도되어 아직도 독립의 길은 요원하다. 여러 정황으로 미루어보아 장수산인은 기독교인들뿐 아니라 모든 조선인이 좀 더 적극적으로 일제에 항거하기를 바라마지 않는다.

김송은은 장수산인의 이러한 주장에 대하여 기독교의 진수에 너무 무

재인용. 「반추」를 쓴 필자도 자신의 주장이 너무 과격했다고 판단했는지 본명을 밝히지 않고 '장수산인'이라는 필명을 사용한다.

58) 김송은, 「기독교에 대한 오해」, 24~25에서 뒷날 송은 김영희는 다른 논문이나 문학 작품과 함께 이 글을 저서 『송은 소논문집』(경성: 한성도서주식회사, 1931)에 수록한다.

지하다고 말하면서 조목조목 반박하고 나선다. 첫째, 김송은은 장수산인이 '기독교인'이라는 어휘를 너무 지나치게 광범위하게 포괄적 개념으로 사용한다고 지적한다. 시대와 지역에 따라 기독교인이 의미하는 바가 서로 다르기 때문이다. 둘째, 현세보다 내세를 중시하는 태도도 시대에 따라 달라질 수밖에 없다. 김송은은 "2천년의 긴 역사에 잇서서 현실의 삶을 죄악시하고 별천지의 천국을 몽상하는 교도나 지상의 육적 생활을 저주하고 인적 삶을 초월하려는 신학적 태도가 잇섯슴도 사실이다"[59]라고 말한다. 일제 식민지 지배를 받는 조선의 현실에서는 더더욱 그러할지도 모른다.

김송은은 장수산인의 주장과는 달리 기독교가 현실 도피적인 종교이기는커녕 오히려 인간의 현실적 삶을 개선하는 데 목표를 두는 종교라고 지적한다. 그러면서 지난 2천 년 동안 기독교가 서구 역사에 직접 간접 끼친 영향을 하나하나 열거한다. 그 범위를 현재 미국으로 좁혀보아도 기독교는 교도소를 개량하여 죄수의 삶의 개선하고, 노동자 생활을 개선하였으며, 생산과 분배 제도를 고쳤다. 김송은은 이렇듯 기독교가 내세 못지않게 현세에도 무게를 두었다고 주장한다.

> 기독교 자체가 천국을 바라는 공허한 환몽이 아니고 현실에서 은인(隱忍)하는 자의 위로라 앙(仰)[하는 신앙]도 아니고 이 쌤 저 쌤 둘너대는 불활동자의 교가 아님 신(信)[니]다. 즉 실생활 선상에서 진과 선을 위하야는 죽엄의 고통니지[까지] 인내할 현실을 좀더 선화 미화 민중화할 대중의 생활을 좀더 안락하게 좀 더 유복하게 할 용기를 주는 원동력입니다.[60]

59) 앞의 글, 「기독교에 대한 오해」, 25.

60) 앞의 글, 29.

위 인용문에서 김송은이 이 빰 저 빰을 언급하는 것은 장수산인이 「반추」에서 "왼편 뺨을 치는 자가 잇거든 발은 뺨까지 내여밀어라"니 "이스라엘 백성들아 너희들의 창과 검을 거두라"니 하는 성경 구절을 인용하기 때문이다. 김송은은 장수산인에게 기독교인들을 평화주의라고 책망하기 위한 것인가, 아니면 기독교인들이 노예처럼 비겁한 논리를 주장한다고 조소하는 것인가? 하고 따져 묻는다. 김송은은 이 말을 축어적으로 해석할 것이 아니라 은유적으로 해석해야 한다고 지적한다. 기독교는 위력을 사용하는 것이 옳지 않고 다만 선으로써 상대방을 설득하려고 하는 자비와 무저항주의의 종교라는 것이다.

《우라키》 편집자들은 비단 조선의 기독교에만 관심이 있지 않고 더 나아가 미국의 기독교에도 관심이 깊었다. 송창근(宋昌根)은 4호에 실린 「미국의 종교계」의 첫머리에서 이 잡지 편집자로부터 현재 미국의 교회 현실에 대하여 글을 써 달라는 청탁을 받았으며, 조선 기독교의 장래를 걱정하는 친구들에게 사사로운 편지를 쓰는 대신 이 글을 쓴다고 말문을 연다. 그래서 그런지 그는 친구에게 보내는 편지 형식으로 이 글을 쓴다. 임정구처럼 송창근도 조선과 미국의 종교계를 다루는 글을 쓰기에 적임자였다. 함경북도 경흥에서 태어난 송창근은 일찍이 개화사상과 기독교를 받아들인 집안에 태어나 자연스럽게 기독교 신자가 되었다. 경성의 피어선기념성경학원을 졸업한 뒤 일본에 유학하여 1926년 아오야마 학원 신학부를 졸업하고 곧 미국으로 유학을 떠났다. 프린스턴대학교에서 한경직, 김재준(金在俊) 등과 함께 공부하였고, 펜실베이니아주의 웨스턴신학교에서 신학석사를, 콜로라도주의 덴버대학교에서 신학박사 학위를 받았다.

송창근은 「미국의 종교계」에서 크게 세 가지 문제를 지적한다. 첫 번째 문제는 근대파와 보수파 사이의 긴장과 갈등이고, 두 번째 문제는 미국의 신학 사상과 그에 따른 교파며, 세 번째 문제는 선교사의 해외 파견과 관련한 것이다. 이 세 가지 문제는 특히 방금 앞에서 다룬 임정구의 「조선 종교계(기독교계)에」와 서로 깊이 관련되어 있다. 미국 종교계를 다루면서 왜 그가 고국 기독교의 장래를 걱정하는 동료 신학자들이나 목회자들에게 편지 형식으로 이 글을 쓰는지 알 만하다. 이 글을 쓸 무렵 송창근은 웨스턴신학교에서 신학을 전공하고 있었다.

송창근이 말하는 근대주의와 보수주의 또는 근대파와 보수파는 진보주의와 보수주의 또는 진보주의자들과 보수주의자들과 같은 개념이다. 그는 이러한 갈등이 유럽보다도 미국에서 훨씬 더 첨예하게 드러난다고 밝히면서 이보다 더 '괴이한 일'이 없을 것이라고 말한다.

> 근대주의를 말하는 사람덜은 예수를 밋더래도 생활 중심을 하고 밋자는 말갓해. 실제 생활을 써나서 종교가 업다[는] 것[이]다. 좀더 순순(順々)한 말노 하면 생활을 아모죠록은 종교화하자는 뜻이겟지. 그리고 보수파에 부튼 사람덜은 소위 기독교 신학이 절대한 가치를 선정(先定)해 노코 전통 사상을 고집하는 게것다.[61]

실제 생활과 관련 없는 종교는 무의미하다고 주장하는 것이 진보주의 신학자들이라면, 실제 생활과는 무관하게 기독교의 근본 원리에 충실히 따라야 한다고 주창하는 것이 보수주의 신학자들이다. 임정구가 앞에서 조선 기독교를 진단하여 "후세의 생활을 중심 삼고 그것만을 역설하고

61) 송창근, 「미국의 종교계」, 《우라키》 4호, 46.

현세 생활을 경시하는 경향이 잇는 듯 합니다"라고 말할 때 그가 의미하는 바가 바로 진보주의 신학자들의 태도다. 진보주의 신학자들은 내세가 아니라 현세에서도, 천국이 아니라 지상에서도 얼마든지 천국을 건설할 수 있다고 굳게 믿는다. 한편 보수주의자들은 기독교 신학이 예로부터 불변의 절대적인 원칙과 가치가 있으며 어떠한 일이 있어도 그 전통 신학을 훼손하지 않고 지켜내려고 한다.

송창근은 미국에서 진보주의 신학자들과 보수주의 신학자들의 갈등이 극도에 이르러 마침내 "서로 괴와 맴갓치 녁여 원수을[를] 짓는 현상"이라고 지적한다. 여기서 '괴'는 고양이의 옛말이지만 '맴'이 무엇을 뜻하는지 분명하지 않다. 문맥으로 미루어보면 '개'처럼 고양이와 사이가 나쁜 짐승을 가리키는 말일 테지만 아무리 사전을 찾아보아도 그러한 뜻을 찾을 수 없다. 어찌 되었든 '견원지간(犬猿之間)'과 비슷한 말일 것이다. 송창근은 이러한 미국의 진보주의 신학자들과 보수주의 신학자들을 싸잡아 참다운 신학자로 간주하지 않는다. "참학자요 참으로 진리를 사랑하는 사람 갓흐면 피차에 쌔홀 만한 자료를 발견하기보다 그 가운데서 위대한 조화의 가치를 차저 오로지 그 진리의 충성하는 것으로써 의무로 삼는 착한 사도가 될 것"이라고 지적한다. 그러면서 그는 그들은 "근대파·보수파라는 간판을 거러노코 지위, 명예, 세력 부식(扶植)의 투쟁"을 벌이는 것에 지나지 않는다고 신랄하게 비판한다.[62] 여기서 '쌔홀 만한'이라는 형용사의 뜻을 정확히 알 수는 없지만 상대방에게 상처를 준다는 의미로 받아들여도 무방할 것이다.

그렇다면 송창근은 이렇게 첨예하게 대립하는 이 두 주장 중에서 과

62) 앞의 글, 46~47.

연 어떠한 태도를 견지하는가? 진보주의 신학과 보수주의 신학 중 어느 쪽에 손을 들어주는가? 한마디로 그는 양시론적 태도를 보인다. 종교가 생활을 무시할 수 없는 것도 사실이고, 과학이 아무리 발달하여도 기독교의 본질적 가치는 변하지 않는다는 것도 사실이기 때문이다. 이 점과 관련하여 송창근은 "본래 예수교란 녯적부터 근대주의를 선전하는 종교임으로 우리가 예수교는 항상 새종교요 창작의 종교요 생명의 종교라 하지 안으오. 그러나 또 한편으로 착실히 살펴보면 예수교의 선전이라니 새것이 업서 늘 갓흔 녯날 이야기 그 이야기야"[63]라고 말한다.

송창근이 다루는 두 번째 문제는 미국의 기독교 교파를 둘러싼 문제다. 교인 수를 기준으로 삼으면 미국에서는 침례교파, 장로교파, 감리교파 순서로 교회의 세력이 크다고 말한다. 이 중심적인 세 교파 말고도 루터교파, 조합교회파, 성공회파 등이 있으며 모든 교파를 합하면 아마 100여 개에 이를 것이라고 밝힌다. 각 교파마다 신학교가 있는데 그중에도 진보주의 신학교와 보수주의 신학교, 그리고 중립적인 신학교로 나뉘어 있다. 송창근이 이 글을 쓰던 1930년쯤에 이르러서는 진보와 보수의 극단적인 두 파는 점차 쇠퇴하고 중립파가 세력을 잡고 있다고 지적한다. 그는 이렇게 중립파가 점차 세력을 얻으면서 교파들도 단결하고 합동하는 움직임이 있다고 전한다. 이미 캐나다에서는 교회 합동이 이루어지기 시작하였고, 미국에서도 머지않아 그렇게 될 것이라고 내다본다.

송창근은 조선에서도 교회가 합동하는 날이 곧 오기를 바라마지 않는다. 이 합동 문제와 관련하여 조선의 어느 교계 인사가 "감리교회는 인의(人意)를 주장하고 장로회는 신의(神意)를 따르는데 엇지 장감(長監)이 합

63) 앞의 글, 46.

하리오"라고 말했다고 전하면서 "저런 인생은 하늘이 어서 아십샤"라고 덧붙인다. '아십샤'라는 말은 '앗으소서' 또는 '앗아가소서'라는 기원의 뜻일 것이다. 비록 자신과 생각이 다르다고 그 사람이 어서 죽기를 바라는 것은 신학도로서 조금 과격한 발언이 아닐 수 없다.

송창근이 미국 교회와 관련하여 다루는 세 번째 문제는 외국에 선교사를 파견하는 사업이다. 이 문제를 다루기 전에 그는 먼저 자신이 미국에 가기 전 조선에서 미국 선교사들을 그다지 좋게 생각하지 않았다고 먼저 운을 뗀다. 그러나 막상 미국에 가 보고 나서야 비로소 선교사나 선교 사업이 조선에서 생각했던 것과는 많이 다르다는 사실을 깨달았다고 털어놓는다. 첫째, 선교 사업을 위하여 돈을 기부하는 교인들은 부유한 사람들이 아니라 대부분 가난한 사람들이다. 둘째, 선교 사업은 자선행위로 하는 것이 아니라 기독교 신자라면 반드시 해야 할 의무로 생각한다. 물론 선교사 중에는 선교지를 식민지로 간주하거나 선교 행위를 허영심을 충족하는 일로 생각하는 사람들도 없지 않다. 그러나 송창근은 선교사 중에는 "참으로 자기 일생을 희생에 공(供)하야 하나님 압헤 충성할 목적으로 가는 사람이 더 만소"[64]라고 밝힌다. 특히 조선에 파송된 선교사들은 온갖 시련과 역경을 견뎌내고 포교 활동을 해 왔다.

> 조선은 지금은 고인이 된 원두우드 목사와 아편셀나 목사와 갓흔 선교사를 가졋든 것은 우리의 큰 자랑거리오. 그런 큰 사람덜이야 소소한 사람덜 백을 주어도 빗싸게 홍정할 사람덜이지. (…중략…) 우리는 몬저 선교의 근본정신부터 이해를 하고 선교사는 우리의 가장 조흔 친구로 알고 사랑해야 하오. 세

64) 앞의 글, 49.

상에 불상한 사람 가운데 한 가지 사람은 제가 나서 자란 향토를 떠나 멀니 남의 나라 하늘 아래를 단이는 사람이라오.[65]

송창근이 말하는 두 선교사는 호러스 그랜트 언더우드와 헨리 거하드 아펜젤러다. 미국 장로교 선교사인 언더우드는 '언더우드 선교사'라는 이름으로 잘 알려져 있으며 한국 이름은 원두우(元杜尤)다. 송창근이 그의 이름을 '원두우드'라고 언급하는 것은 한국 이름과 영어 이름을 혼동하여 뒤섞어 썼거나 두 이름을 친근하게 하나로 합하여 불렀기 때문일 것이다. 1885년 감리교 선교사 아펜젤러와 함께 인천에 입국한 언더우드는 아직 조선 정부에서 선교 활동을 허락하지 않자 제중원(濟衆院)에서 물리와 화학을 가르치는 교사로 근무하였다. 그는 조선어 문법을 영어로 집필했을 뿐 아니라 번역위원회 초대 위원장으로 성서를 한글로 번역하는 일에 크게 이바지하였다. 특히 언더우드 선교사는 교육 선교에 주력하여 예수교학당, 서울 구세학당, 연희전문학교를 설립하였다. 건강 악화로 고국으로 돌아간 그는 1916년에 뉴저지주 애틀랜틱시티의 병원에서 사망하였고, 시신은 조선으로 옮겨져 양화진 외국인 묘지에 안장되었다.

한국 이름이 '아편설라(亞篇薛羅)'인 아펜젤러 선교사는 언더우드 선교사와 함께 조선에 입국하여 활동한 미국 북감리교 선교사다. 아펜젤러는 정동제일교회를 설립하고 인천의 내리교회를 창립하는 데도 크게 이바지하였다. 조선에 성서 번역부가 생기자 언더우드 선교사와 캐나다 선교사 제임스 게일 등과 성서의 한글 번역에 참여하였다. 아펜젤러는 조선 최초의 근대 사학으로 흔히 일컫는 배재학당을 세웠다. 그의 딸 앨리스 아

65) 앞의 글, 49.

1904년 평양에서 찍은 신약성서 번역위원회 회원 기념 사진. 앞쪽 오른쪽부터 윌리엄 레널즈, 호러스 언더우드, 제임스 게일. 뒤에 한국인 조사들이 서 있다.

펜젤러도 역시 이화학당을 발전시키는 데 큰 업적을 남겼다.

그러고 보니 언더우드 선교사와 아펜젤러 선교사를 두고 송창근이 왜 다른 선교사 백 사람과 바꾸기 아깝다고 말하는지 그 이유를 알 만하다. 송창근은 조선 동료 교역자들에게 미국 선교 사업의 근본정신을 이해하고 선교사들을 '우리의 가장 좋은 친구'로 사랑해야 한다고 말한다. 자신이 태어나 자라난 고향을 떠나 모든 것이 낯선 이국땅에서 기독교를 전파하려고 온갖 고생을 겪는 선교사들이야말로 참다운 의미에서 예수의 사도기 때문이다. 송창근은 이러한 모든 상황으로 미루어볼 때 미국교회가 앞으로 전 세계에 새로운 어떤 것을 보여줄 것이라고 단언한다.

지금까지 다른 종교와 관련한 논문이나 글이 주로 이론적이고 추상적인 성격이 강하다면, 《우라키》에는 피부에 와 닿을 만큼 좀 더 구체적이고 실제적인 글도 있다. 가령 제3호에 실린 장이욱의 「유미 우리 학생들의 신앙생활 경로」는 그러한 경우를 보여주는 대표적인 예다. 이 글을 쓸 무렵 장이욱은 컬럼비아대학교에서 교육학을 전공하고 있었다. 그는 조선에서 활동하는 미국 선교사들이 조선의 젊은이들이 미국으로 유학을 떠나는 것을 그다지 탐탁하게 생각하지 않았다는 말로 시작한다. 낯선 땅에서 실망하고 신앙심을 잃을까 봐 걱정되었기 때문이다. 선교사들의 충고를 염두에 두고 장이욱은 "너의 유학생들의 신앙생활의 경로는 엇더하드냐?"라고 질문을 던진 뒤 이 물음에 답하는 형식을 취한다. 그는 자신이 경험하고 관찰한 내용과 다른 유학생들과 토론한 내용을 바탕으로 이 글을 썼다.

장이욱은 조선인 유학생 모두가 기독교인은 아니지만 대다수가 기독교 신자라고 말하여도 크게 틀리지 않는다고 밝힌다. 그러면서 그는 1924년도 미국 기독교청년회 외국인학생 조사표를 제시한다. 이 조사표에 따르면 조선인 유학생 90%가 기독교인으로 나타났다. 이는 일본인 유학생 35%, 중국인 유학생 30%가 기독교인 것과 비교하면 참으로 엄청난 수치다. 조선인 유학생의 신앙과 관련하여 장이욱은 크게 '행사의 관습'과 '사상의 관습' 두 가지로 나누어 설명한다. 그는 행사의 관습으로 일요일에 예배에 참석하는 일, 성경을 열심히 읽는 일, 기도하는 일을 꼽는다. 그는 이 밖에도 전도하는 일, 교인들이 한데 모여 성경을 공부하는 모임인 사경회에 참석하는 일, 아픈 사람을 심방하는 일 등이 포함된다고 말한다.

한편 장이욱은 사상의 관습으로 신앙인으로서 평소에 견지하는 생각과 행동을 꼽는다. 조선인 유학생들은 하나밖에 없는 유일신과 인간에게 절대적인 힘을 행사하는 절대신을 믿는다. 또한 그들은 전통적인 기독적인 우주관을 받아들인다. 즉 그들이 생각하는 우주는 "혼돈무법(混沌無法)

해서 아모케나 굴너가는 우주가 아니다. 한 주재의 신 아래 일정한 방향과 일관한 목적을 가지고 끗침업시 향상 전진하는 우주"[66]다. 성서에 대한 태도도 마찬가지여서 조선인 유학생들은 성서를 한 글자 한 글자 축어적(逐語的)으로 받아들였나. 다시 말해서 자구적 또는 문자적 해석이 그들이 성경을 읽고 해석하는 방법이었다.

그런데 장이욱은 조선인 유학생들이 미국에서 공부하는 동안 지금까지 조선에서 생각하던 것과 미국에서 느끼는 것 사이에 큰 차이가 있음을 깨닫게 되었다고 밝힌다. 그는 이러한 차이를 '부조(不調)' 또는 '불이(不一)한 조화'라고 부른다. 요즈음 심리학에서 자주 사용하는 용어로 바꾼다면 아마 '인지부조화'와 비슷한 개념이다. 조선인 유학생들이 이러한 인지부조화를 느낀 데는 식민지 조선과 미국 사회가 여러 면에서 너무 다르기 때문이다. 노동을 통한 고학 문제만 하더라도 1924년 인구조사를 기준으로 미국 이민자를 2% 이내로 제한하는 '존슨-리드 법'이 통과되면서 유학생들이 미국에서 노동으로 유학하는 길도 막혔다. 1차 세계 대전 이후 급격하게 달라진 국제정세도 미국 유학생들에게 적잖이 영향을 끼쳤다. 장이욱은 이 시기를 "불안정, 불통일의 만코 모순과 당착이 가시덤불 갓흔 때"로 규정 짓는다. 그러면서 그는 "우리들은 각々 분일(分一)한 정도 또는 기간의 번민고통을 지나서 역시 각(各) 부동한 조화를 짓게 되엿다"고 말한다.[67]

장이욱은 조선인 유학생들이 이렇게 인지부조화를 겪으면서 신앙생활과 관련하여 세 가지 유형으로 구분된다고 지적한다. 첫 번째 유형은

66) 장이욱, 「유미 우리 학생들의 신앙생활 경로」, 《우라키》 3호, 20.

67) 앞의 글, 24.

그 수는 적지만 이전의 신앙생활과 극단적으로 달라진 집단이다. 장이욱은 "간단한 칭사(稱辭)로 그네들을 지명하자면 그들은 무신론자 혹 유론자들"[68]이라고 규정 짓는다. 여기서 '유론자'는 아마 '유물론자'에서 '물(物)' 자가 빠진 것으로 필자나 식자공의 실수인 듯하다. 한마디로 그들은 미국에 와서 생활하는 과정에서 조선에서 얻은 기독교 신앙을 버리게 되었다. 두 번째 유형은 유학 생활과 신앙 생활을 차별화하는 집단이다. 장이욱은 그들은 "유물유심(唯物唯心) 혹 유신무신(有神無神)의 병행 논자들"로 규정 짓는다. 그들은 이것도 아니고 저것도 아닌 어정쩡한 상태에서 관망하는 중이다. 세 번째 유형은 기존의 궤도를 바꾸어 신앙 생활을 계속하는 집단이다. 그들은 "과학과 종교는 구수(仇讐)가 아니다. 도로혀 형제다 친구다. 서로 허는 것이 아니고 서로 안전을 향하고 돕는 것이다"[69]라고 생각한다. 장이욱의 표현을 빌리자면 그들은 "기왕의 저기 야비스럽고 미신스럽든 신앙 생활을 변하여 가쟝 이성에 갓가운 새 신조를 세운" 사람들이다.[70] 그는 이 세 번째 유형이야말로 가장 바람직한 집단으로 간주한다.

마지막으로 종교나 철학과 관련하여 《우라키》에 실린 글 중에서 백성욱(白性郁)의 「솨기야모니」는 여러모로 관심을 끌기에 충분하다. 백성욱은 미국에서 유학한 사람이 아니라는 점에서도 그러하고, 그가 다루는 주제가 기독교가 아닌 불교라는 점에서도 그러하다. 무엇보다도 다른 유학생들과 비교하여 그의 이력이 특이하다. 1897년 서울에서 태어난 백성욱은 일찍 부모를 여의고 열세 살 때 정릉 봉국사(奉國寺)로 출가하여 경성

68) 앞의 글, 24.

69) 앞의 글, 26.

70) 앞의 글, 26.

중앙학림을 졸업한 뒤 상하이에서 독립운동에 참여하다가 유럽에 유학하였다. 프랑스에서 고등학교 과정을 거친 뒤 다시 남독일 뷔르츠부르크대학교에서 철학을 전공하여 1925년 불교 순전철학 연구로 한국 최초로 독일 철학박사 학위를 취득하였다. 귀국한 백성욱은 1928년 금강산에 입산하여 10년 동안 수도 생활을 하였다. 조국이 광복을 맞이한 뒤에는 승려로서는 보기 드물게 건국 운동에 참여하여 내무부 장관, 한국광업진흥주식회사 사장, 동국대학교 총장 등 여러 분야에서 활약하였다.

백성욱은 「쇠기야모니」에서 불교의 기본 관념을 『화엄경(華嚴經)』의 "약인욕요지 삼세일체불 응관법계성 일체유심조(若人欲了知 三世一切佛 應觀法界性 一切有心造)"라는 구절에서 찾는다. 만약 사람들이 과거·현재·미래의 모든 부처를 알고 싶거든 마땅히 법계의 성품을 비추어 볼 것이니 모든 것이 마음으로 지어졌기 때문이라는 것이다. 여기서 '부처'를 다른 말로 옮기면 '진리'가 된다. 백성욱이 불교를 언급하는 것은 우주 창조의 두 이론, 즉 내적 창조설과 외적 창조설을 설명하기 위해서다. 외적 창조설에 의존하는 유대교·기독교와 인도 힌두교와는 달리, 불교는 내적 창조설을 뒷받침하는 더할 나위 없이 좋은 종교라고 본다.

불교의 기본 관념을 설명한 뒤 백성욱은 이번에는 석가모니의 생애와 불교 창시 과정을 자세히 설명한다. 예를 들어 석가모니는 상기야 학파의 근거지인 북인도 카피라 성주(城主)인 수도다나 왕의 아들로 태어났고, 태어난 지 이레 만에 부모를 잃고 이모의 양육을 받았으며, 출가 이전의 이름은 '실다타'였다. 실다타는 한자어 '구담실달다(瞿曇悉達多)'를 줄인 말로 산스크리트어 '고타마 싯다르타'를 음역한 말이라는 것이다.

백성욱은 불교가 비록 인도에서 시작했지만 기독교 못지않게 전 세계에 널리 퍼져 있다고 지적한다. 특히 곤륜산(崑崙山) 동쪽과 인도양을 중심으로 무려 9억에 가까운 대중에게 정신적 위안을 주는 종교로 발전했다고 말한다. 그러면서 한국에도 무려 1,500여 전에 전파되어 민중의 삶 속에 깊이 스며들었다고 했는데, 특히 불교 전파와 관련하여 특히 눈여겨 볼 것은 백성욱이 불교가 한반도에 앞서 유럽에 먼저 전파되었고 불교가 기독교에 영향을 끼쳤다고 언급한다는 점이다. 기원전 4세기 초엽 알렉산드로스 대왕이 동방을 원정할 때 불교가 그리스에 전파되어 그리스 학자들에게 영향을 준 흔적이 있다는 것이다. 다만 불교가 교단을 갖출 만큼 발전하지 못한 것은 이 무렵 그리스는 이집트의 영향을 많이 받았기 때문이라는 것이다.

> 얼마 후 로마 황제 시대에 페트루쓰(Petrus)가 예수의 성전(聖典)을 가지고 로마에 드러온 후 로마 민중은, 예수를 신봉하게 되엿다. 이 예수 성전 중에는 루카복음(Luca evanguillium)의 使命인즉 만흔 예수 이전의 성신(聖神)과 성인(聖人)들을 선전하여서 예수의 복음이 참된 것을 증명하고져 하엿나니 그중에 유명한 성신 요사팔은 왕태자로써 부귀와 영화를 버리고 산중에 드러가서 단독히 수양하야 정과(正果)를 일우엇다는 기록이 잇나니 이것이야 불교의 교주인 솨기야무니의 행적과 무엇이 달으지 안치만은 그의 일홈 요사팔에 대하여서는 근거를 엇고져 하엿다.[71]

백성욱은 그동안 많은 학자가 '요사팔'의 정체를 밝혀내는 데 온 힘을 쏟아 마침내 성공했다고 밝힌다. 요사팔은 산스크리트어 '보디살트바'가

71) 백성욱, 「솨기야모니」, 《우라키》 2호, 24~25.

와전된 말이고, 보디살트바는 곧 석가모니가 출가하는 전에 사용하던 불교적 존칭으로 밝혀졌다. 한자로 '보제살타(菩提薩陀)' 또는 줄여서 '보살(菩薩)'이라는 보디살트바는 지인(智人), 즉 지혜로운 사람이라는 뜻이다. 백성욱의 글은 비교종교학을 비롯하여 종교사, 종교철학, 민족심리학 등에서 자못 큰 의미가 있다. 특히 《우라키》에는 기독교에 관한 논문이 주류를 이루던 상황에서 백성욱의 불교에 관한 글은 관심을 끌기에 충분하였다.

젠더를 둘러싼 문제

젠더 문제가 아직 학문의 핵심 의제로 떠오르기 전이지만 몇몇 여성 유학생을 중심으로 《우라키》에는 이 문제를 다루는 글이 몇 편 실려 있어 관심을 끈다. 1920년대 중엽에서 1930년대 중엽 사이 미국에 유학 중인 조선인 여학생의 수는 남학생보다 훨씬 적었지만 그들의 역할은 결코 작지 않았다. 가령 앞에서 언급한 김혜련, 손진실, 송복신(宋福信), 고황경(高凰京), 박인덕(朴仁德), 김마리아 등이 북미조선학생총회와 그 기관지에서 활약하였다. 그중에서도 박인덕의 「조선여자와 직업 문제」와 '극성(極星)'의 「'김활란 씨 박사논문 촌철'과 '박인덕 여사 이혼에 대한 사회비평'을 읽고」는 주목해 볼 만하다.

흔히 '조선의 노라'로 잘 알려진 박인덕은 가족과 친지의 만류에도 김운호(金雲鎬)와 결혼하고 그 결혼에 실패한 뒤 미국 선교사의 도움으로 미국으로 유학을 떠났다. 조지아주 메이컨 소재 웨슬리언대학교에서 사회학을 전공하여 학사학위와 석사학위를 받은 그녀는 해외 선교를 위한 미국의 학생자원운동(SVM)에 가담하여 미국와 캐나다를 순회하며 강연하는 한편, 뉴욕의 컬럼비아대학교 사범대학에서 교육학 석사학위를 받았다. 박인덕은 헨리크 입센의 『인형의집』(1879)의 여주인공처럼 결혼생활을 겪으며 몸소 가부장제의 모순을 깊이 깨달았다. 유교 질서가 뿌리 깊게 자리 잡은 조선에서 박인덕이 여성으로서 받은 차별은 노르웨이 여성 노라보다도 훨씬 더 컸을 것이다.

박인덕은 「조선 여자와 직업 문제」에서 "과거 4천여 년이란 유구한 세월을 지내오면서 우리 조선 여자는 조선 남자의 장중(掌中)에서 길니여 놀니여 살어 왓다"[72]고 잘라 말한다. 여기서 그녀는 '조선 여자'와 '조선 남자'를 이항대립적으로 다룬다. 후자가 동일자라면 전자는 어디까지나 타자에 해당하는 셈이다. 지난 4천여 년 동안 조선에서 여성은 남성에게 '길니여' 살아 왔을 뿐 아니라 '놀니여' 살아 왔을 뿐이다. 여성이 '길니여' 왔다는 것은 남성 중심의 유교 질서에 순응하도록 자라고 훈육 받아 왔다는 뜻이다. 여성이 그동안 '놀니여' 왔다는 것은 개성을 지닌 인간보다는 한낱 남성의 노리개에 지나지 않았다는 뜻이다. 박인덕은 이렇게 능동형 동사가 아닌 수동형 동사를 구사함으로써 여성의 수동적 위치를 지적한다.

그렇다면 여성이 이렇게 남성의 손아귀에서 벗어나지 못한 까닭이 과연 어디 있을까? 박인덕은 한마디로 경제적 힘이 남성에게만 있고 여성에게는 없기 때문이라고 말한다. 여성은 경제적으로 남성에 예속된 상태에 있기 때문에 남성의 '전유물'이고 남성의 '노예'로 전락할 수밖에 없다고 지적한다. 다시 말해서 여성 해방은 곧 여성에게 직업의 기회를 마련해 줌

72) 박인덕, 「조선 여자와 직업 문제」, 《우라키》 3호, 46. 박인덕의 결혼 생활과 여성관에 대해서는 김욱동, 『한국계 미국 이민 자서전 작가』(서울: 소명출판, 2012), 105~145 참고.

으로써 경제적으로 독립할 수 있도록 해 주는 데 있다.

> 몬저 남자의 지배를 버서나서, 즉 그의 부속물이 되지 안코 완전한 자립적 개성이 되려면 경제의 실권을 어더야만 하겟다. 재래의 여자는 남자의 노예물이엿스나 현대 여자로서는 자체가 땀 흘니는 노동을 천시하여서는 아니 되겟다. 현대 여자로 일하기 슬여하는 자는 자체의 개성을 부정하느니보담 한층 더자아 파멸을 자기(自企)하는 것이다. (…중략…) 과거에는 여하하엿던지 물론하고 지금부터는 우리의 운명이 우리 장중의 잇슴으로 확적(確的)히 알어야겟다. 이 운명을 해결하랴면 현대의 신여성들이 각자의 천재와 취미를 짜라 적어도 한 가지는 실지로 배화 내 일생의 직업을 철저히 준비하여야 결혼 여부 간에 이 바다를 무사히 건느겟다.[73]

박인덕은 여성이 운명을 남성의 손아귀에서 자신의 손아귀로 옮겨 놓기 위해서는 무엇보다도 먼저 경제적으로 자립하는 것이 급선무라고 지적한다. 물론 그녀는 오랫동안 유교 질서에 길들여 온 탓에 직업 전선에 뛰어드는 것이 생각처럼 그렇게 쉽지 않다는 사실도 잘 알고 있다. 그런데도 기혼 여성이든 미혼 여성이든 평생 직업을 한 가지 가지지 않고서는 전통적인 가부장제의 험난한 '바다'를 무사히 건너갈 수 없다고 진단한다. 박인덕에 따르면 신여성과 구여성이 서로 다른 점은 바로 이 점을 분명하게 자각하고 몸소 실천에 옮기는 데 있다.

여성이 택해야 할 직업으로 박인덕은 한 직종에만 관심을 기울이지 말고 여러 방면에서 폭넓게 능력을 발휘할 것을 주문한다. 이 무렵 식민지

73) 박인덕, 「조선 여자와 직업 문제」, 46~47.

조선에서 직장 여성이 별로 없었지만 여성의 직업은 대부분 교사였다. 그러나 박인덕은 여성이 교사 직 말고도 문예 분야를 비롯하여 실업 분야에도 관심을 두라고 조언한다. 그러면서 박인덕은 《우라키》 2호에 실린 윤치호의 「우견(愚見)으로 드리는 한 말슴」을 언급한다. 이 글에서 윤치호는 식민지 조선에서 실업의 중요성을 강조했던 것이다. 실제로 박인덕은 뒷날 미국 유학을 마치고 귀국하여 실업 교육에 온힘을 기울였다. 자신의 재산과 저서 인세와 강연료, 기금 등을 모아 인덕대학의 전신인 인덕실업학교(뒤에 인덕공업전문대학으로 개명)를 설립하였다.

《우라키》 6호에 실린 '극성'의 「'김활란 씨 박사논문 촌살'과 '박인덕 여사 이혼에 대한 사회 비평'을 읽고」는 방금 다룬 박인덕의 글과 서로 연관되어 있다. 이 글을 기고한 필자와 관련하여 편집자는 "필자 김양은 경성 이전(梨專)을 졸업하고 현재 미슈간대학 음악과에서 피아노를 전공하며 빛나는 조선 악단(樂壇)의 장래를 위해 새로운 수양과 준비를 온축 중"[74]이라고 밝힌다. 극성은 《우리키》 7호에도 '해외 여류 수필' 난에 「짹손 감옥을 방문하고」라는 기행문을 기고한 필자다. 여러 정황으로 미루어 보아 극성은 「학교종」이라는 동요를 작사하고 작곡한 김메리임이

극성'이라는 필명으로 《우라키》에 글을 기고한 김메리. 그녀는 앤아버 소재 미시건대학교에서 음악을 전공하였다.

74) 《우라키》 6호, 58.

틀림없다. 이화여자전문학교를 졸업한 뒤 그녀는 1927년 앤아버 소재 미시간대학교에 유학하여 음악을 전공하여 1935년 석사 과정을 마친 뒤 귀국하여 이화여전 음악과 교수로 근무하였다.

극성의 「'김활란 씨 박사논문 촌살'과 '박인덕 여사 이혼에 대한 사회 비평'을 읽고」는 학술 논문이라기보다는 논문이나 신문기사에 대한 논평이다. 이 글에서 필자는 같은 여성으로서 조선에서 비판받는 이 두 여성을 적극 두둔하고 나선다. 극성은 공교롭게도 김활란과 박인덕과 함께 이화여자전문학교 출신이지만, 그들을 두둔하는 것은 그들과의 친분 관계 때문이 아니라 어디까지나 그들이 여성으로서 조선 사회에서 부당하게 취급받기 때문이라고 분명하게 못 박아 말한다. 박인덕과 마찬가지로 극성은 조선 여성이 지난 수백 년 동안 암흑 속에서 질곡의 삶을 살아 왔다고 말한다.

> 그러한 장면을 깨치고 첫 번으로 용감히 떨처나온 여성들은 얼마나 위대한가. 남성들은 모르리라. 그러나 우리 여성들로서는 그들을 앙모하지 아니할 수 없는 것이다. 만일 여성 사회를 일 국가로 간주한다면 그들은 혁명가요 모험가들이다. 나폴레온이나 레닌이나 무엇이 다를 것인가. 그러면 그들은 그만큼 싸우고 나오는 도정에 얼마나 한 고경(苦境)과 풍파가 잇엇을 것이다. 이제 조선 사회여! 나는 뭇노라 웨 그대들은 온 겨울 혹한에 무치엇다가 새봄이 되여 겨우 살어날려는 조선 여성들을 악착히도 짓밟으려고 애쓰는가.[75]

75) 극성, 「'김활란 씨 박사논문 촌살'과 '박인덕 여사 이혼에 대한 사회 비평'을 읽고」, 《우라키》 6호, 58.

여기서 극성이 조선 사회의 '혁명가'와 '모험가'로 높이 평가하는 두 여성은 다름 아닌 김활란과 박인덕이다. 흔히 한국 여성 교육의 선구자로 일컫는 김활란은 1918년 이화학당 대학부를 1회로 졸업하고 이화학당 고등보통과의 영어 교사로 활동하였다. 그녀는 조선 감리교 감독이었던 허버트 웰취(한국명 越就) 선교사의 추천을 받아 미국으로 유학하여 1922년 오아이오주 웨슬리언대학교 2학년에 편입하여 학사학위를 받았다. 그 뒤 김활란은 1926년 보스턴대학교 대학원 철학과에서 철학석사 학위를, 1931년에는 컬럼비아대학교에서 「한국의 부흥을 위한 농촌교육」이라는 논문으로 철학박사 학위를 받았다. 조선 여성으로 미국에서 박사학위를 받은 것은 그녀가 처음이어서 이 당시 여간 화제가 되지 않았다.

미국 보스턴대학교 박사학위 논문으로 한국 문제를 다뤘다고 하여 국내에서 구설수에 올랐던 김활란. 그녀는 귀국하여 이화전문대학과 이화여자대학교 총장이 되었다.

그런데 호사다마라고 조선에서는 김활란의 박사학위 논문을 두고 논란이 있었다. 특히 '무언생(無言生)'이라는 필자는 잡지 《비판》에서 좌익의 입장에서 그녀의 학위 논문을 날카롭게 비판하였다. 가령 굳이 미국 대학에 유학하여 한국 문제를 다루는 논문을 쓸 필요가 어디 있느냐니, 그런 식이라면 미국에서는 영어만 잘하면 『춘향전』을 주제로 학위 논문을 써도 박사학위를 받을 수 있다느니, 한국의 문헌자료를 제대로 사용하지 않았다느니 하고 비판한다. 이렇게 김활란의 논문을 높이 평가하는 우파 진영과는 달리 주로 좌파 진영에서는 이 논문을 폄하하였다.

김활란의 학위 논문에 대한 이러한 비판에 대하여 극성은 논평할 가치조차 없다고 잘라 말한다. 극성은 조선 유학생들이 미국을 비롯한 서양 대학에서 한국 관계를 주제로 논문을 쓰는 것을 그렇게 부정적으로 볼 수만은 없다고 지적한다. 어떤 의미에서는 그러한 논문이야말로 국제 학계에 좀 더 기여할 수 있기 때문이라는 것이다. 예를 들어 백낙준은 1927년 예일대학교 대학원에서 한국 종교사 연구를 전공하여 「조선 신교사(朝鮮新教史)」라는 논문으로 철학박사 학위를 받았다. 이러한 논문은 어떤 의미에서는 한국인 학자가 아니고서는 도저히 쓸 수 없다고 하여도 크게 틀리지 않을 것이다.

극성은 이번에는 박인덕에 대한 이런저런 비판을 다룬다. 그녀는 "박인덕 여사! 조선 사회는 그를 익숙히 잘 안다. 그의 과거 역사는 모든 잡지에 경쟁을 하여 가며 기재하엿다"[76]고 말한다. 두말할 나위 없이 박인덕의 우열곡절 많은 결혼과 실패한 결혼을 두고 이르는 말이다. 극성은 박인덕이 미국 유학을 성공적으로 마치고 귀국을 앞두고 있는 마당에 그녀를 비판만 할 것이 아니라 좀 더 너그럽게 대해 줄 것을 권한다. 극성은 자못 웅변적으로 "조선 사회여, 조선의 딸들을 앗기자! 당신의 딸들을 잘 인도하여 보자! 서로 짓밟지 말고 붓들어 일으키자!"[77]라고 부르짖는다.

일제 강점기에 무엇보다도 시급한 문제는 일본 제국주의의 굴레로부터 식민지 조국을 해방하는 일이었다. 그러기 위해서 식민지 종주국 일본

76) 앞의 글, 58.

77) 앞의 글, 59.

처럼 부국강병에 온 힘을 쏟아야 하였다. 그래서 미국에 유학 중인 조선 학생들은 사회과학이나 자연과학 같은 실용적인 학문과 기술 분야에 깊은 관심을 기울였다. 그런데도 그들이 인문학 같은 분야도 게을리 하지 않았다는 것이 여간 놀랍지 않다.《우라키》편집자들은 사회과학과 자연과학 논문을 많이 실었지만 인문학 관련 논문에도 적지 않은 지면을 할애하였다. 한마디로 이 무렵 미국에서 공부하던 조선 유학생들은 물질적 해방 못지않게 정신적 해방에도 깊은 관심을 기울였다. '우라키 주장'에서 부르짖은 그대로 그들은 '건전한 조선적 인격'을 함양하는 데 중요한 목표를 두었던 것이다.

4

《우라키》와 사회과학 및 자연과학 논문

북미조선학생총회의 기관지 《우라키》에는 교육을 비롯하여 종교와 철학, 젠더와 관련한 인문학 논문이 많이 실려 있지만 그 못지않게 사회과학과 자연과학 그리고 의학과 건강과 관련한 글도 자못 중요한 위치를 차지한다. 1920년대 중엽부터 1930년대 중엽 미국에서 유학하던 조선인 학생들은 정신적인 면뿐 아니라 물질적인 면에도 깊은 관심을 기울였다는 것을 알 수 있다. 조국이 일본 제국주의의 식민지 지배를 받게 된 데는 여러 이유가 있을 터이지만, 그중에서 서구 문물을 받아들이는 데 일본에 뒤졌다는 것도 한몫을 하였다. 그래서 이 잡지의 편집자들은 동료 유학생들은 말할 것도 없고 조국에 있는 젊은이들에게 아마 이 점을 상기시키고 싶었을 것이다.

물론 조선에서 근대 계몽기에 과학과 기술을 전혀 수용하지 않은 것은 아니다. 17세기 이후 실학자들에 힘입어 정치 관료 사이에서도 과학기술에 관심이 싹트기 시작하였다. 예를 들어 대원군(大院君)은 한편으로는 쇄국정책을 펼치면서도 다른 한편에서는 서양의 과학과 기술을 수용하여 수뢰포와 증기선을 제조하려고 시도했다는 것은 잘 알려진 사실이다. 1880년대 초엽 김윤식(金允植)과 신기선(申箕善) 등이 주창한 동도서기론(東道西器論)은 전통적인 제도와 사상을 지키면서도 근대 서구적인 기술을 받아들이자는 양면적 태도였다. 조선 말기에 급변하는 세계 질서 속에서 동도서기론은 중국의 양무운동(洋務運動)의 깃발로 내세운 중체서용론(中體西用論)이나 일본의 화혼양재론(和魂洋才論)과 맥락을 같이하는 것이었다. 그러나 일본에서는 구호에 그치지 않고 조선이나 중국과 비교하여 훨씬 조직적이고 적극적으로 서구 문물을 받아들였다.

《우라키》 7권에 실린 글 중에서 사회와 실업에 관한 글이 무려 30여 편으로 가장 큰 비중을 차지한다. 자연과학과 산업에 관한 글이 16편, 그리고 건강과 위생에 관한 글이 8편으로 그 다음을 차지하고 있었다. 사회과학과 산업, 자연과학과 공업, 그리고 의학과 건강에 관한 중요한 논문은 다음과 같다.

1. 사회과학과 산업

(1) 김혜련, 「사회와 교육」(창간호)

(2) 김도연, 「산업의 과학적 경영에 대한 고찰」(창간호)

(3) 황창하, 「미국연합 준비은행 제도 약술」(2호)

(4) 백낙준, 「사료 유별(史料類別)」(3호)

(5) 이훈구, 「생산 사업상 비준보수(比準報酬) 2법칙의 연쇄작용」(3호)

(6) 이경화, 「세계의 면화 종류와 산출 급(及) 조선」(2호)

(7) 조희염, 「인류 사회가 엇더케 발전되엿는가」(3호)

(8) 최경식, 「쇠퇴하는 미국의 농촌」(3호)

(9) 송복신, 「인종 차이와 성장」(4호)

(10) 염광섭, 「사회심리상에서 관찰한 '나'」(4호)

(11) 이동제, 「미국의 정치계」(4호)

(12) 한승인, 「미국의 실업계」(4호)

(13) 최경식, 「미국의 사회계」(4호)

(14) 김상돈, 「우리의 사활 문제」(4호)

(15) 최황, 「조선을 산업화하자」(4호)

(16) 갈홍기, 「민족주의의 해부」(5호)

(17) 문장욱, 「딸나 정책의 전개」(5호)

(18) 한승인, 「자본주의의 실업 대책」(5호)

(19) 우양생, 「농촌 사회 조직에 대한 요소와 방법」(5호)

(20) 김호철, 「최근 미국 사회주의 운동」(5호)

(21) '가을', 「미국의 부(富)와 빈(貧)」(5호)

(22) 장기영, 「미국의 부호의 본질」(5호)

(23) '평원학인', 「미국의 신문왕 윌리암 헐스트」(5호)

(24) 최경식, 「미국 부인계의 거두 쩬 아탐스」(5호)

(25) 고황경, 「미국 이민 역사와 장래의 정책」(6호)

(26) 리묘묵, 「국제연맹의 과거 현재 급(及) 미래」(6호)

(27) 한승인, 「실업 정책론」(6호)

(28) 남궁탁, 「북미 토인 인디안종 연구」(6호)

(29) 문장욱, 「국제 경제적 위기와 전망」(7호)

(30) 김훈, 「토지 경제와 조선 현상 약론」(7호)

(31) 고황경, 「소비 경제의 중대성」(7호)

(32) 한세광, 「미국 신문의 판매 정책론」(7호)

2. 자연과학과 공업

(1) 백일규, 「조선 공업의 역사적 연구」(창간호)

(2) 이병두, 「과학의 가치」(창간호)

(3) 조희염, 「진화론을 시인하여 할가」(2호)

(4) 한치관, 「과학과 이상계」(2호)

(5) 허규, 「수은을 금으로 변질케 홈이 가능한가」(2호)

(6) 장세운, 「대여류 수학자 카발네브스키전」(2호)

(7) 김형남, 「고무 공업과 인조고무의 발달」(2호)

(8) 장세운, 「수리학(數理學)의 기초적 개념의 혁명」(3호)

(9) 김진억, 「과학적 연구의 기초」(3호)

(10) 조응천, 「무전선(無線電)의 원론」(4호)

(11) 장세운, 「물질을 구성하는 원자에 대한 이야기」(5호)

(12) 홍성삼, 「인생과 전기과학」(5호)

(13) 최규남, 「카스믹 레이(Cosmic Rays)의 신학설」(6호)

(14) 장세운, 「수학의 유래와 기(其) 임무에 대한 일고」(6호)

(15) 조응천, 「전시(電視, Television)」(6호)

(16) 이계원, 「빽테리오 페—지의 성상(性狀)」(7호)

3. 의학과 건강

(1) 윤치형, 「결핵병」(2호)

(2) 신기준, 「미국의 체육계」(2호)

(3) 이용설, 「의학과 민중」(2호)

(3) 송복신, 「아동 영양 부족과 그 원인」(3호)

(4) 최선행, 「음식과 건강」(5호)

(5) 최제창, 「미국 의학교 제도와 그 내용」(6호)

(6) 문장욱, 「올림픽 대회」(6호)

(7) 김창수, 「미국 의학계의 현상」(7호)

사회주의 담론과 민족주의 담론

《우라키》에는 정치, 경제, 사회, 산업 등 넓은 의미에서의 사회과학과 관련한 글이 무척 많다. 그렇다면 편집자들은 도대체 무엇 때문에 이 분야에 그렇게도 많은 지면을 할애했을까? 이 물음에 대한 답은 이 무렵 식민지 조선이 놓인 역사적 상황에서 찾을 수밖에 없다. 조선이 일본 제국주의의 식민지 지배를 받는 상황에서 정치와 사회 문제에 가장 큰 관심을 기울이는 것은 어찌 보면 아주 당연하다고 할 수 있다. 이 무렵 식민지 젊은 지식인들에게 정치와 사회 문제만큼 그렇게 민감하면서도 절실한 것도 없었기 때문이다. 19세기 말엽에서 20세기 초엽에 걸쳐 동아시아에서 허버트 스펜서의 사회진화론이 일부 지식인들의 관심을 끈 것은 결코 우연한 일이 아니다.

일본에서 유학하고 갓 돌아온 유길준이 「경쟁론」이라는 글에서 "무릇 인생의 만사가 경쟁에 의하지 않은 것이 없으니, 크게는 천하 국가의 일로부터 작게는 일신일가(一身一家)의 일에 이르기까지 모두 경쟁으로 말미암아 비로소 능히 진보할 수 있는 것이다. 만일 인생에 경쟁하는 바가 없으면 무엇으로써 그 지덕과 행복을 숭진(崇進)함을 얻을 수 있으며, 국가가 경쟁하는 바가 없으면 무엇으로써 그 광위(光威)와 부강을 증진할 수 있으리오"[1]라고 수사적 질문을 던진다. 누가 보더라도 스펜서의 사회진화론을 염두에 둔 발언이다.

미국 유학을 마치고 귀국한 윤치호도 서구 문명국은 곧 강자이자 도덕적 선인 반면, 비서구 국가는 약자요 도덕적인 악이라는 이분법적 등식을 도출하기에 이른다. 당시의 국제사회를 약육강식과 적자생존의 경쟁사회로 인식하던 그는 이처럼 힘이 지배하는 냉엄한 현실에서 한 민족이 독립 국가로 존속하기 위해서는 무엇보다 먼저 힘을 길러 강자, 즉 적자가 되는 길밖에 없다고 주장하였다. 윤치호는 조선도 스스로 문명화하여 강자가 되지 못하면 다른 국가의 지배를 받을 수밖에 없을 것이라고 내다보고 조국이 힘을 길러 적자가 되도록 노력하는 데 자신의 사명이 있다고 생각하였다.[2]

사회진화론에 이어 일부 조선 지식인들을 사로잡은 사상은 다름 아닌 사회주의였다. 러시아 혁명 이후 사회주의는 동아시아 국가에서 부쩍 관심을 끌기 시작하였다. 한국에서 사회주의가 처음으로 소개가 된 것은 19세기 말엽과 20세기 초엽으로 신문에서 유럽의 사회주의 정당이 개괄적으로 소개되면서부터다. 그 뒤 사회주의는 카를 마르크스와 프리드리히 엥겔스의 사상뿐 아니라 그 사상과 직접 또는 간접으로 관련이 있는 아나

1) 유길준, 『유길준 전서』 4권(서울: 일조각, 1995).

2) 윤치호, 『윤치호 일기 1916~1943』, 김상태 편역(서울: 역사비평사, 2001), 312.

키즘, 길드사회주의, 페이비어니즘 등의 형태로 소개되었다. 그러다가 기미년 독립만세운동 이후 사회주의 사상은 좀 더 본격적으로 수용되면서 조선 지식인 사이에 뿌리를 내리기 시작하였다. 특히 일제의 가혹한 식민 통치에 따른 민족적·계급적 모순이 첨예하게 드러나면서 사회주의는 민족 독립운동의 일환으로 자리 잡았다.

미국에 유학 중인 조선인 학생들은 고국에서 이루어지고 있는 이러한 사회 이론에 무관심할 수 없었다. 그중 일부 학생들은 고국의 언론 매체나 일본 유학을 통하여 미국에 유학하기 전에 이미 이러한 사상이나 이론에 노출되어 있었다. 1차 세계 대전 이후 미국이 경제적 풍요를 구가하던 1920년대가 저물어가면서 경제 대공황을 향하여 점점 치닫고 있던 미국에서도 사회진화론과 사회주의 이론은 점차 설득력을 얻기 시작하였다. 더구나 다양한 사회 이론은 민족주의나 그것의 극단적 형태라고 할 제국주의, 그리고 자본주의와도 적잖이 서로 연관되어 있었다.

갈홍기(葛弘基)는 《우라키》 2호에 기고한 「민족주의의 해부」에서 민족주의 문제를 전면에 드러내 놓고 다룬다. 이렇게 드러내 놓고 이 문제를 다룬다는 점에서 에둘러 이 문제를 다루는 다른 글들과는 성격이 조금 다르다. 시카고의 개렛신학교와 시카고대학교에서 신학을 전공한 갈홍기는 신학뿐 아니라 정치학에도 관심이 많았다. 뒷날 그에게는 감리교 목사라는 칭호 못지않게 흔히 '정치인'과 '외교관'이라는 꼬리표가 붙어 다녔다. 이 글에서 갈홍기는 국민, 민족, 종족을 구분 지을 뿐 아니라 더 나아가 민족주의와 애국심을 구분 짓는다. '국민'의 개념에 대하여 그는 17세기 이후 "입법자의 손에서 일 국가의 시민"을 지칭했지만 20세기에 이르러서는 미국이나 인도에서 볼 수 있듯이 혈족 관계를 완전히 무시한 정치적 개념으로 쓰인다고 지적한다. 한편 정치적 함의가 비교적 없는 '민족'은 18~19세기 유럽에서 민족주의가 대두되면서 널리 쓰인 개념이다. 갈홍기에 따르면 민족은 동일한 문화적 배경, 특히 언어적 공동체에 기반을 둔 집단이다. 그런가 하면 인류학적 용어라고 할 '종족'은 혈족 관계를 강조하는 개념으로 유전과 혈연관계를 지닌 집단을 뜻한다. 이번에는 갈홍기는 민족주의와 애국심을 구분 짓는다. 전자는 어느 민족이 자기의 역사와 문화를 존경하고 보존 유지하려는 욕망을 의미한다. 후자는 지리적 의미에서 향토애, 즉 자신이 태어난 땅을 사랑하는 것을 뜻한다.

그러나 갈홍기가 「민족주의의 해부」를 쓴 것은 단순히 혼란스러운 용어 문제를 해결하기 위해서가 아니다. 이 문제는 어디까지나 본론을 말하기 위한 서론에 지나지 않는다. 그가 말하려는 진정한 의도는 제목 중 '해부'라는 말에 들어 있다. 이 '해부'라는 말에서는 환자의 환부를 도려내는 외과의사의 날카로운 메스가 떠오른다. 갈홍기는 제목에서부터 일반인이 흔히 알고 있는 상식 수준의 민족주의가 아닌, 좀 더 본질적인 의미의 민족주의를 천착하겠다는 의도를 분명하게 천명한다. 그는 민족주의가 근대로 오면서 점차 변질하기 시작했다고 밝힌다. 특히 프랑스 대혁명과 영국의 산업혁명이 민족주의에 끼친 영향은 무척 크다.

> 여기에 특수한 일(一) 현상은 이러한 민족주의적 경제 관계가 국제화할 때에 민족주의는 제국주의의 탈을 쓰게 되엿고 민중은 애국심이란 애매한 국민 도덕률에 맹종을 감행햇든 것이다. 이러한 민족중심 사상은 정치 이론가의 출현과 함께 이론적 근거를 가지게 되고 동시에 일종의 철학을 형성하게 되엿

으며 현대의 일개 독립한 사상적 형태를 가지고 잇다.[3]

위 인용문에서 무엇보다도 눈길을 끄는 대목은 민족주의가 경제와 손을 잡으면서 제국주의의 탈을 쓰게 되었다고 지적하는 점이다. 갈홍기는 이러한 상황에서 제국주의가 정치적 용어인지, 경제적 용어인지 구분 짓기 어렵게 되었다고 말한다. 이러한 민족주의적 제국주의는 정치 이론가들로부터 이론적·철학적 뒷받침을 받는다. 지배계급의 조력자인 지식인들은 국민교육, 신문과 잡지, 연설 같은 수단을 빌려 민중을 세뇌한다. 갈홍기는 이러한 과정을 거치면서 민족주의는 마침내 종교의 반열에 오르게 된다고 지적한다.

갈홍기는 그가 말하는 '종교화된 민족주의' 또는 '민족주의 종교'를 두고 "개인이 자기의 국가 급(及) 민족의 개념을 실재화해서 숭배의 대상으로 믿으며 그 외의 인격적 연락을 늑기고 게서 가치의 표준을 찾게 됨을 가르침이다"[4]라고 말한다. 그에 따르면 이타심이나 몰아주의적 도덕률을 지니는 일반 종교와는 달리, 종교적 민족주의에는 자부심, 교만, 배타주의, 침략 등의 특성이 있다. 갈홍기는 종교철학 전공자답게 개인의 종교적 태도를 임마누엘 칸트의 '무상명령(無上命令)', 프리드리히 슐라이어마허의 '절대의뢰(絶對依賴)', 장 칼뱅의 '절대복종(絶對服從)'에 빗댄다.

그러면서 갈홍기는 메이지 말년에 활약한 노기 마레스케(乃木希典) 대장의 순사(殉死)를 이러한 경우를 보여주는 가장 대표적인 예로 꼽는다. 잘 알려진 것처럼 노기는 러일전쟁 중 제3군 사령관으로 뤼순(旅順)을 공

3) 갈홍기, 「민족주의의 해부」, 《우라키》 2호, 12.

4) 앞의 글, 14.

격하여 승리를 이끌었고, 자신을 신임하던 메이지 천황이 사망하자 장례날에 도쿄의 자택에서 부인과 함께 자결하였다. 노고는 당시 해군의 도고 헤이하치로(東鄕平八郎)와 함께 일본군의 최고 군사 지도자로 존경받는 인물이다. 또한 갈홍기는 고대 로마시대 초기 기독교인들이 보인 순교도 종교화된 민족주의의 표현으로 간주한다.

갈홍기는 일본의 종교적 민족주의가 비단 메이지 시대에 그치지 않고 현재 쇼와 시대에 이르러서도 마찬가지로 나타난다고 지적한다. 경제가 발달하고 점점 국제화되면서 종교적 민족주의는 더더욱 극단으로 흐를 수밖에 없기 때문이다.

> 특히 기업의 발달과 함께 경제 문제가 국제화되면서부터 민족주의는 다시 경제적 제국주의의 주구(走狗) 노릇을 하게 되고 한거름 나아가 정치 문제는 경제 문제에서 분열할 수 없을 만치 되고 말엇다. 일본의 만주 문제, 영국의 인도 문제, 미국의 비도(比島) 문제 등이 그 조흔 예다. 다시 말하면 뿔조아지는 일면에 타국에 투자를 하고 일방으로는 군함을 정부의 일홈으로 파유(派遺)해서 시장 쟁탈전에 기세를 도읍는다. 이러한 경제적 경쟁은 맞음내 전쟁을 야기하게 된다.[5]

갈홍기가 경제가 발전하면서 민족주의가 제국주의의 탈을 쓰게 된 것처럼 민족주의는 다시 '경제적 제국주의의 주구' 노릇을 하게 되었다고 말하는 점을 눈여겨보아야 한다. 강대국들은 이제 민족주의라는 그럴듯한 이름으로 약소국들을 침략하여 식민지로 삼고 식민지의 자원을 찬탈

5) 앞의 글, 15.

하는 앞잡이 노릇을 한다는 것이다. 지배계층을 이념적으로 뒷받침하던 부르주아 계급은 이제 식민지 국가에 자본을 투자하여 막대한 이익을 얻는다. 이러한 부르주아 계급을 안전하게 보장해 주기 위하여 국가는 '정부의 이름으로' 군함을 비롯한 군사력을 파견하여 시장 쟁탈전을 돕는다. 갈홍기는 이러한 경제 침탈의 대표적인 실례로 일본의 만주 침략, 영국의 인도 침략, 미국의 필리핀 침략을 든다.

그런데 여기서 한 가지 주목할 것은 갈홍기가 일본의 조선 침탈을 드러내놓고 직접 언급하지는 않는다는 점이다. 다만 그는 조선총독부의 검열을 피하려고 두루뭉술하게 말하거나 에둘러 일본 제국주의를 비판할 따름이다. 가령 "이렇게 민족주의는 경제적 제국주의와 결합을 감행했으며 대중은 그들의 이용물이 되고 말엇으니 이것이 현 세계상의 일면이다"[6)]라는 문장이 이러한 경우를 보여주는 좋은 예다. '현세계상의 일면' 중에 일본이 선두에 있음은 두말할 나위가 없다. 한마디로 갈홍기가 이 글을 쓴 궁극적 목적은 조선의 일본 식민지화와 그 침탈을 고발하는 데 있다고 하여도 크게 틀리지 않는다. 이 글의 마지막 단락을 보면 더더욱 그러한 생각이 든다. 그는 "해군 회의, 국제연맹의 선과(善果)를 우리는 바란다. 그러나 바란다고 될 일이 아니어든 찰아리 단념함이 낳지 안을가. 요컨대 이 모든 조건은 현대 오류된 민족주의 급(及) 제국주의의 신음을 의미함이 아니고 무엇이랴!"라고 자못 영탄적으로 말한다. 그러나 이러한 영탄에는 전쟁을 향하여 치닫고 있는 민족주의로 위장한 경제적 제국주의에 대한 절망감이 짙게 배어 있다. 그러고 보니 갈홍기가 이 글을 쓴 것은 식민지 조국에서 신간회(新幹會)가 일제에 강제로 해산되었다는 소식

6) 앞의 글, 15.

을 듣고 나서다. 이 글 끝에 그는 "신간회 해소(解消) 문제를 듯고"라고 적는다.

갈홍기는 「민족주의의 해부」에서 일본 제국주의를 날카롭게 비판하지만 뒷날 그에게는 친일파라는 달갑지 않은 꼬리표가 늘 붙어 다닌다. 친일파 대부분이 흔히 그러하듯이 갈홍기도 처음에는 반일 운동에 투신했다가 뒤에 가서 일본 제국주의에 협조하였다. 1938년 인천 지역에서 조직된 인천기독교연합회 서무를 담당한 것을 시작으로 그는 여러 종교가 연합하여 조직한 조선전시종교보국회에 감리교 대표로 지방 순회강연을 벌이며 황도(皇道) 기독교의 수립과 전쟁 지원을 역설하였다. 태평양 전쟁이 막바지에 접어든 1943년에 갈홍기는 일본기독교조선감리교단의 연성국장을 맡아 교단의 지도자급 인물이 되었다. 이렇듯 그는 기독교 교단의 대표적인 친일 목회자로 꼽힌다.

시기적으로 조금 뒤늦은 느낌이 없지 않지만《우라키》4호에는 이동제(李東濟)의 「미국의 정치계」라는 글이 실려 있다. 이 글은 '미국의 문명개관'이라는 특집의 일부로 필자 이동제는 이 무렵 컬럼비아대학교에서 정치학을 전공하고 있었다. 이보다 앞서 이동제는 미국 교민사회가 파쟁으로 분열되어 침체상태에 빠져 있을 1920년대 말엽 뉴욕에 있던 유학생 허정(許政)·홍득수(洪得洙)·김양수 등이 발기하여 교민의 사회운동을 고취하기 위하여 창간한 신문《삼일신문》의 편집에 관여하기도 하였다.

이동제는 「미국의 정치계」에서 미국의 정치 제도를 비교적 간략하게 다룬다. 그는 이 글 첫머리에서 이렇게 미국의 정치 제도를 다루는 것은 식민지 고국의 독자들과 해외 독자들에게 상식의 수준을 넘어 실제 생활에 도움을 주기 위해서라고 밝힌다. 그가 말하는 '실제 생활'이란 1930년대의 생활보다는 앞으로 고국이 일본 제국주의의 식민지 지배에서 해방되어 신생국가를 설립할 미래의 생활을 염두에 두고 있다고 하여도 크게 틀리지 않는다. 그는 이 글에서 ① 미국 헌법, ② 통치권과 국무, ③ 각 성(省)의 장관(주지사), ④ 국회, ⑤ 정당 등의 문제를 다룬다.

그런데 이동제의 글에서 특히 주목해 볼 것은 미국 민주주의의 특징을 다루는 부분이다. 그는 현대 입헌국 가운데 군주 입헌국의 대표적인 국가로는 영국을 꼽는 반면, 민주 입헌국의 대표적인 국가로는 미국을 꼽는다. 이동제는 미국 민주주의의 특징으로 연방정부의 사법관은 대통령이 임명하지만 각 주의 사법관은 각 주의 주민이 직접 선거를 통하여 뽑는다는 점에 주목한다. 미국 민주주의의 두 번째 특징으로 그는 국민 발의권(initiative), 국민 투표(referendum), 해임권(recall) 제도를 든다. 이동제는 처음에는 연방정부의 헌법보다 각 주의 주법이 우세했지만 최근 들어 중앙집권적 성격이 점차 강해졌다고 밝힌다. 이러한 경향은 특히 국제 통상법을 비롯하여 국제 철도법, 국경 쟁의법, 이민법 등에서 볼 수 있다. 이동제는 "미국은 그 기원과 연혁상 관계는 민중적 기분이 그 제도에는 물론이오 일반 개인의 일상생활에ᄭᅡ지 영향(影向)하엿스니 미국인의 풍부한 자유사상과 평등 관념을 당대 생활의 행복의 원동력이 되며 ᄯᅩ 아동의 교육에 공헌함이 만습니다"[7]라고 말한다. 그는 자유사상이 사회생활을 전제로 하므로 사회적 책임이 뒤따를 수밖에 없다고 결론 짓는다.

그러나 《우라키》에 실린 글 모두가 미국 자본주의를 긍정적으로 평가하는 것은 아니다. 이 잡지에 실린 글 중에서 미국 민주주의를 신랄하게 비판하는 글도 더러 있다. 비록 본격적인 논문은 아니지만 시카고대학교

7) 이동제, 「미국의 정치계」, 《우라키》 4호, 45.

에서 정치학을 전공하던 한승인(韓昇寅)은 "돈과 힘을 재세하며 제국주의적 정책을 쓴 데는 괴수가 되여 가지고도 것흐로는 평화이니 사랑이니 써드는 미국인의 거즛 행동을 듯고 보고 닑을 째에 나의 약하고 가난한 것이 하도 쓰게 생각되더이다"[8]라고 밝힌다. 여기서 '재세하다'라는 말은 어떤 힘이나 세력 따위를 믿고 교만하게 군다는 뜻의 북한어다. 한마디로 한승인은 미국이 아무리 겉으로 평화와 사랑을 부르짖어도 실제로는 한낱 제국주의 국가일 뿐이라고 못 박아 말한다.

미국은 자유민주주의와 시장자본주의의 두 바퀴로 굴러가는 마차와 같다. 그래서 《우라키》에는 자유민주주의를 소개하는 글 못지않게 시장자본주의의 가능성과 한계를 다루는 글도 적지 않다. 방금 앞에서 다룬 갈홍기의 글과 함께 창간호에 실린 김도연의 「산업의 과학적 경영에 관한 고찰」은 경영 못지않게 자본주의 비판을 다루는 글이다. 김도연은 일본 게이오기주쿠(慶應義塾)대학에서 이재학(理財學)을 공부하고 미국에 건너가 오하이오주 웨슬리언대학교와 위스콘신대학교 경제학부를 거쳐 컬럼비아대학교 대학원에서 경제학을 전공하였다. 일본 유학 시절에는 1919년 2·8 독립선언 당시 11명의 대표 중 한 사람으로 활약하였다. 광복 직후 한민당(韓民黨) 창설에 참여하고 우익 정치인으로 활동하다가 대한민국 정부 수립 이후 제1대 재무부 장관을 역임하기도 하였다. 김도연은 이 글 첫머리에서 "종래 산업계의 폐해와, 자본주의의 횡포를 제거하고 영구한 평화와, 평등적 기초 상에서 산업을 개발하며 부를 증식하며 일반사회의 행복을 도모하려 함이 어느 사회에던지, 큰 문제가 되는 줄 안다"[9]고

8) 「미국에서 맛본 달고 쓴 경험」, 《우라키》 4호, 143.

9) 김도연, 「산업의 과학적 경영에 대한 고찰」, 《우라키》 창간호, 97.

말한다. 이 문장에서도 엿볼 수 있듯이 그는 지나치게 경쟁을 부추기는 자본주의 제도에 적잖이 회의를 품는다.

> 오늘날 미국 산업계의 상태를 보건댄 자본주의적 제도에서, 산업이 개발됨이 사실이다. (…중략…) 오늘 어느 사회를 물론하고 개인 자유 방임주의을[를] 제한하고 사회 연대적으로 공존공영을 주장하는 이때 미국이 아직까지 종래의 자본주의적 제도를 그대로 유지한다 함이 너무도 보수적이 안이가 하는 감상이 업지 안이하다.[10)]

김도연의 지적대로 미국의 경제 체제는 자본주의 시장 경제의 토대 위에서 견실하게 발전해 왔다. 풍부한 천연자원과 잘 갖추어진 기반 시설에 노동을 신성하게 생각하고 부를 하느님의 축복이라고 생각하는 개신교 윤리가 결합하여 미국은 세계 국가보다도 자본주의의 꽃을 활짝 피웠다. 그런데도 김도연이 시대적 분위기에 역행하여 미국이 여전히 자본주의를 유지하는 것이 '너무나 보수적'이라고 지적하는 것이 흥미롭다. 물론 그는 적어도 미국의 자본가들이 사리사욕을 채우기보다는 사회적 책무에 힘쓴다는 점에서 다른 국가의 자본들과는 다르다고 밝힌다. 그러나 그는 이러한 유보에도 자본주의에는 근본적인 한계가 있다는 점에는 조금도 의심이 없다.

김도연은 산업 경영 분야에서 이러한 자본주의의 한계를 극복하고 경제적 효율성, 특히 노동 생산성을 향상하기 위한 시도 중 하나로 20세기 초엽부터 관심을 받기 시작한 테일러 이론을 주목한다. '과학적 관리' 또

10) 앞의 글, 97.

는 '과학적 경영'으로 일컫는 이 이론은 창안자 프레더릭 W. 테일러의 이름을 따라서 흔히 '테일러리즘(Taylorism)'이라고 부른다. 이 과학적 경영 방법을 두고 "미국 산업계에 신복음" 또는 "산업계의 영원 존재할 복음"이라고 부를 만큼 김도연은 테일러주의에 자못 깊은 관심을 보인다. 이 방법과 관련하여 김도연은 테일러의 저서 『과학적 관리의 원리』(1909)에서 직접 인용한다.

> 과학적 경영 방법이라 하는 것은 양계급의 이익이 동일이 되는 견고한 신념 우에, 기초를 세운 것이다. 다시 말하면 고주(雇主) 되는 자본을 가진 사람이나 고용이 되는 노동을 가진 사람이 한가지로 최대의 번영을 동일히 도모하는 것이다. 이 경영 방법 하에, 노동자가 원하는 고임금을 지불할 수가 능하고 고주가 원하는 저렴한 생산비로 그 산업을 경영하는 방법이라.[11]

자본가와 노동자 두 계급의 이해관계는 서로 충돌하게 마련인데 두 쪽 모두에게 이익이 된다는 것은 언뜻 보면 모순인 것 같다. 그러나 테일러는 낭비는 최대한으로 줄이고 인간과 기계의 노동력을 최대한으로 늘려 생산성을 높임으로써 모순처럼 보이는 문제를 해결할 수 있다고 생각하였다. 물론 테일러의 과학적 관리 방법이 전문적인 지식과 역량을 요구하는 작업에는 적합하지 않고, 노동자의 자율성과 창의성을 무시한 채 지나치게 효율성의 논리만을 강조한다는 비판을 받아 왔다. 그러나 이전의 자의적이고 전통적인 방식을 탈피하여 과학적 관리와 공평한 이익 배분을 통하여 생산성과 효율성을 향상하는 것이 기업과 노동자 모두가 성장

11) 앞의 글, 98.

할 수 있는 길이라는 테일러의 사상은 현대 경영학의 기초가 되었음은 두말할 나위가 없다. 김도연은 테일러주의가 그동안 첨예하게 대립해 온 자본가와 노동자의 대립과 분배 문제를 해결하는 데 새로운 이정표가 될 수 있다고 낙관적으로 내다본다.

《우라키》 필자 대부분이 그러하듯이 김도연도 단순히 테일러의 과학적 경영 방법을 소개하는 것에 그치지 않고 한 걸음 더 나아가 어떻게 하면 그것을 식민지 조국의 현실에 적용할 수 있을지 고심한다. 물론 그는 일제의 식민지 상황에서 조국의 현실이 암담하다는 사실을 깨닫고 있다. 일본 상인들에게 상권을 박탈당하면서 점점 파산을 겪는 동포들의 수가 늘어나 심지어 조국을 떠나 만주 같은 외지로 이주하는 사람들도 적지 않다. 그러나 이러한 악조건 속에서도 산업을 개발하고 발전시키는 것이야말로 민족의 자유와 행복을 얻는 지름길이라고 굳게 믿는다. 그렇다면 테일러주의는 식민지 조선의 산업과 어떠한 관련이 있는가?

> 다만 우리 산업을 개발함에는 개인의 이익을 주안 삼지 말고 사회적으로 부를 증식하며 민족 공통의 행복을 위하야 기본적 기초를 삼지 안이한 방법이면 이는 효과 업는 노력일 줄 안다. 이에 잇서 근일 미국 산업계에 다대한 공적을 공헌한 과학적 경영 방법이 우리나라 산업계를 계발함에 취할 만한 경로가 되며 목탁이 될가 한다.[12]

김도연의 이러한 결론은 이 글 첫머리에서 미국 자본주의를 비판한 것과 궤를 같이한다. 그는 오늘날 산업을 일으킬 때 영국 산업혁명의 폐해

12) 앞의 글, 102.

를 거울삼아야 하듯이, 조선도 산업을 발전할 때도 미국 자본주의의 부정적 측면을 거울삼아야 한다고 지적한다. 다시 말해서 부를 증식시키되 어디까지나 개인적 부가 아닌 '사회적 부'를 증식할 것이며, 행복을 추구하되 어디까지나 개인의 행복이 아닌 '민족 공통의 행복'을 추구해야 한다는 것이다. 유학 시절부터 이렇게 김도연은 누구보다도 일찍이 미국 자본주의의 한계를 깨닫고 그 해결책을 모색하였다.

김도연의 글이 과학적 경영 방법을 다룬다면 《우라키》 2호에 실린 황창하의 「미국 연합준비은행제도 약술」은 미국 연방준비제도(FRS)를 다룬다. 이 무렵 대다수 유학생과는 달리 황창하는 미국에서 중고등학교 과정을 거치고 난 뒤 미국 대학에 입학한 경우다. 시카고의 하이드파크 중고등학교를 졸업한 그는 시카고대학교에서 경제학을 전공하였다. 그만큼 황창하는 다른 조선인 유학생들과는 달리 비교적 유리한 조건에서 학업을 시작할 수 있었다. 이 글은 조선을 비롯한 동아시아 국가에서는 아직 낯선 제도라서 더더욱 관심을 끈다.

황창하는 먼저 국가의 경제 상태에 심한 변동이 일어나는 여러 원인 중 하나로 어빙 피셔의 금리 학설을 든다. 이 학설에 따르면 경제 변동은 자본금의 이자율과 영업 이익이 병행하지 못하기 때문에 생긴다. 그러고 난 뒤 황창하는 미국에서 연방준비제도가 생겨난 배경과 역사를 기술한다. 미국의 중앙은행제도인 이 연방준비제도는 1913년 12월 미 의회를 통과한 연방준비법에 따라 설립되었다. 그러나 황창하는 이 무렵 그 제도가 설립된 이유를 1907년의 미국의 '재계 대공황'에서 찾는다. 그가 말하는 재계 대공황이란 흔히 '1907년 공황', '1907년 은행 패닉', 또는 '니커보커 위기'로 일컫는 경제 공황을 말한다. 니커보커 신탁회사의 부실로 증권거래소 주가가 전년도 최고치에 비교하여 무려 50%까지 폭락하자 많은 은행과 신탁 회사에 대량예금인출 사태가 발생하였다. 뉴욕에서 시작된 위기는 곧 미국 전역에 퍼져 많은 주법 은행, 증권 회사 또한 국내 은행이나 기업이 파산하고 실업자 수는 300만 명에서 400만 명에 이르렀다. 이렇게 대량예금인출 사태가 일어난 가장 큰 이유는 뉴욕의 금융 기관에 유동성이 부족하고, 예금자 사이에 불신이 커졌기 때문이지만, 암거래업자들의 주식 뒷거래도 사태를 악화시켰다.

이러한 금융 위기를 목격한 정치가들과 금융계 인사들은 미국의 은행과 통화제도의 결점을 깊이 깨닫고 그것을 수정하고 보완하려고 노력하였다. 유럽 각국의 은행제도를 자세히 연구하는 한편 미국의 지리적 특성에 맞는 새로운 제도를 수립하기에 이르렀다. 황창하는 미국의 남북 전쟁 이전의 국민은행 제도가 ① 지방 분권의 폐해, ② 신용 신축성의 어려움, ③ 수형 교환(手形交換)의 어려움, ④ 국고 조직의 어려움 등 크게 네 가지 면에서 문제가 있었다고 지적한다. 여기서 '수형'이란 '약속수형(約束手形)'이나 '수형할인(手形割引)'처럼 어음을 뜻하는 일본어다. 1913년 미국 의회를 통과한 연방준비법은 그러한 결과의 산물이었다. 미 의회는 1917년 다시 이 법안의 수정안을 통과시켜 오늘날의 연방준비제도가 탄생하였다. 황창하가 이 글을 기고한 지 몇 년 뒤 1930년에 발생한 경제 대공황으로 이 제도는 다시 한 번 궤도를 수정할 수밖에 없었다.

1920년대 중반 황창하가 기술하는 연방준비은행은 1백 년 가까운 지금에 이르러서는 크게 달라지지 않았다. 이 은행제도의 조직과 관련하여 그는 "지리와 경제상 형편을 싸라 미국을 12구역으로 분획하고 매 구역에 연합준비은행을 1개식을 치(置)하였다. 12연합준비은행 소재는 쌘스톤

유욕(紐育) 시가고(市俄古) 상항(桑港) 등 대도시 처(處)이다"[13]라고 말한다. 연방준비제도는 대통령이 의장을 임명하고 상원이 승인한 이사 7명으로 이루어진 연방준비제도이사회(FRB)가 운영한다든지, 본부는 미국 수도 워싱턴에 둔다든지, 정부로부터 철저한 독립성을 보장받는다든지 등에서도 지금과 큰 차이가 없다. 또한 달라 화의 발행을 비롯하여 지급 준비율 변경, 주식 거래에 대한 신용 규제, 가맹 은행의 정기 예금 금리 규제, 연방준비은행의 재할인율을 결정한다는 점에서 크게 다르지 않다. 물론 달러화가 세계 기축통화로 쓰이면서 미국은 물론이고 세계 경제 전반에 큰 영향을 미치므로 연방준비은행의 역할과 비중은 1920년대 중엽과는 비교되지 않을 만큼 무척 크다.

황창하는 이렇게 민주적이고 조직적으로 시행되는 미국의 연방준비은행제도도 때로 국민의 불평을 사는데 하물며 일제 식민 지배를 받는 조선에서 중앙은행이 어떠할지는 미루어보고도 남는다고 말한다.

> 미국 금융계와 비할 수도 업는 본국 형편이 얼마나 한심할 것은 잘 알 수가 잇다. 본국에셔 조선은행이 금융계에 얼마나한 세력을 가진 것은 여기셔 새삼스럽게 말하지 아니하여도 다 아는 사실인 바 조선은행이 조선인 사업 장려를 본위로 삼고 조선인의 관리下에 잇다고 가정하여도 조선인 사업을 원만히 장려식힐는지 의문이거든 현일 현재 경우로 잇는 조선은행으로서 조선인에게 얼마나 등한하게 될 것은 명약관화한 사실이라고 한다.[14]

---

13) 황창하, 「미국 연합준비은행제도 약술」, 황창하, 《우라키》 2호, 98. '紐育 市俄古 桑港'은 각각 뉴욕, 시카고, 샌프란시스코를 말한다.

14) 앞의 글, 102.

위 인용문에서 황창하가 세 번에 걸쳐 언급하는 '조선은행'은 일본이 강제로 조선을 합병하고 난 뒤 조선과 대륙의 경제를 수탈할 목적으로 식민지 조선의 중앙은행으로 설립한 은행을 말한다. 개항 직후 조선에는 이미 일본의 일반은행이었던 제일은행이 들어와 있었다. 그런데 1905년 을사늑약을 전후하여 발권과 국고 관리를 위하여 이 은행의 조선 지점이 중앙은행의 역할을 맡았다. 그러다가 1909년 7월 통감부는 '한국은행조례'를 공포하고 대한제국 정부가 30%, 일본인이 70% 정도를 출자하여 자본금 1,000만 원의 주식회사 한국은행을 출범시키면서 제일은행 조선 지점의 권리와 의무, 업무 일체를 승계하도록 하였다. 조선 합병 이후 총독부는 1911년 3월 '조선은행법'을 공포하고, 한국은행을 조선총독부 산하의 조선은행으로 이름을 바꾸어 새롭게 출범시켰다. 조선은행은 1920년 조선에 10개, 만주에 17개, 일본에 4개, 시베리아에 4개의 지점을 둔 은행으로 성장하였다. 이렇게 성장한 조선은행은 일본 금융의 대륙 진출에 교두보 역할을 하였다.

이러한 상황에서 조선은행은 중앙은행의 역할을 제대로 수행하기가 무척 힘들었다. 황창하가 조선의 금융계가 미국의 금융계와는 비교할 수도 없을 만큼 '한심'하다고 말하는 것은 바로 그 때문이다. 그는 조선 정부 지분이 겨우 30%밖에 되지 않는 조선은행이 조선인의 사업을 장려하고 지원해 주기에는 턱없이 부족하다고 지적한다. 설령 조선은행이 조선인의 관리에 있다 하여도 장담하기 어려울 터인데 당시처럼 일본인이 장악하고 있는 현실에서는 더더욱 어려울 수밖에 없을 것이다. 조선은행 여러 지점 중에서도 군산 지점은 특히 악명이 높았다. 금강 하구에 있는 군산은 수륙교통의 요충지로 쌀을 비롯한 곡물 운송의 중심지였다. 한마디로 조선은행은 조선인의 사업에 별로 도움이 되지 않는, 한낱 빛 좋은 개살구에 지나지 않는다는 것은 마치 불을 보듯 뻔하다는 것이다.

미국의 경제 대공황

미국의 연방준비은행과 관련하여 1930년대의 경제 대공황을 잠깐 언급했지만《우라키》편집자들에게 경제 대공황은 자못 중요한 의미가 있었다. 식민지 조선을 떠나 미국에서 유학 생활을 하는 만큼 그들은 어떤 식으로든지 대공황의 영향을 받지 않을 수 없기 때문이다. 미국 사회의 주류를 형성하는 백인들도 경제 대공황의 태풍을 피하기 어려운데 하물며 동양에서 온 유학생의 경우는 두말할 나위가 없을 것이다.

1929년 10월 미국 뉴욕시의 월스트리트의 증권시장 붕괴가 촉발한 경제 대공황은 시장 자본주의를 반성하고 비판하는 더할 나위 없이 좋은 계기가 되었다. 이러한 현상을 반영이라도 하듯이《우라키》5호부터는 미국 자본주의를 비판하는 한편 사회주의를 긍정적으로 평가하는 글들이 눈에 띄게 많이 실리기 시작하였다. 경제 대공황의 피부를 느끼기 시작한 것은 1930년부터로 5호에 실린 글들은 대부분 이즈음에 쓴 것이다. 제5호에는 김호철(金浩哲)의「최근 미국 사회주의 운동」, '가을'이라는 필명의 필자가 쓴「미국의 부와 빈」, 장기영(張基榮)의「미국 부호의 본질」등이 바로 그것이다.

김호철의「미국 사회주의 운동」은 여러모로 관심을 끈다. 김호철은 함경남도 홍남 출신으로 숭실전문학교 문과를 수료하고 미국에 건너가 시

재미조선인사회과학연구회 회원들이 많이 다니던 루이스학원의 후신 일리노이 공과대학교. 이 연구회 회원 중에는 북미조선학생총회 회원이 몇 명 있었다.

카고의 무디 성서학원에서 잠깐 적을 둔 뒤 일리노이공과대학교(IIT)의 전신인 루이스학원에서 영문학을 전공하다가 중퇴하였다. 김호철은 미국 공산당(CPUSA) 지도로 미국혁명작가동맹과 반제국주의동맹 같은 단체에 가입하였다. 특히 그는 조선인으로서는 보기 드물게 스코츠버러 사건에 연루되어 체포되어 감옥을 살다가 추방되었다.[15] 1932~1933년에 베를

15) 김호철은 루이스대학에서 4년 가까이 영문학을 전공했지만 그의 정치 활동이 문제가 되어 미국 이민국으로부터 추방 명령을 받은 탓에 학업을 중도에 포기할 수밖에 없었다. 흥미롭게도 그는 프랑스어 과목에서는 A와 B 학점을 받았지만 영어 과목에서는 C, D, 심지어 F 학점을 받았다. 이 무렵 '미국혁명작가동맹'이라는 공식 단체는 없었고, 다만 미국의 소설가·시인·극작가·문학비평가·저널리스트들이 1935년에 결성한 '미국작가동맹'이거나 그 전신 단체가 아닌지 미루어볼 수 있을 뿐이다. 한국계 미국 역사학자 수지 김은 한 저서에서 사회주의자/공산주의자로서의 김호철의 삶을 심도 있게 다룬다.

《우라키》 편집에 관여하면서 영문학 작품을 번역하여 기고한 김태선. 그는 뒷날 귀국하여 경찰 관료와 서울 시장 등을 역임하였다.

린과 모스크바를 거쳐 조선으로 귀국한 김호철은 1933~1938년에 검거되어 징역을 살았다. 1945년 해방 이후에는 함경남도 인민위원회 교육과장, 1947년에 함흥시 당 부간부 야간학교, 1948~1949년에 북한 외무성 서구부(西歐部) 부원을 지냈다.

김호철이 「미국의 사회주의 운동」을 쓸 무렵인 1930년 10월 미국 시카고에 거류하던 진보적인 한인 학생들과 청년들은 '재미조선인사회과학연구회(在美朝鮮人社會科學研究會)'를 조직하였다. 이 연구회의 발기인으로 참여한 사람은 김호철을 비롯하여 한세광(韓世光, 필명 黑鷗, 검은 갈매기), 강고주(姜孤舟), 고병남(高炳南), 김고려(金高麗), 김태선, 변민평(卞民平), 이승철(李承澈), 이재백(李在白), 이태초(李太初), 남궁탁(南宮卓) 등 모두

Suzy Kim, *Everyday Life in the North Korean Revolution, 1945~1950* (Ithaca: Cornell University Press, 2013), 140~173, 286.

10명이었다. 그중에서 김호철, 한세광, 김태선, 남궁탁은《우라키》의 편집과 집필에 깊숙이 관여한 인물이다.

재미조선인사회과학연구회 회원들은 창립 취지문에서 "우리는 사회과학을 연구하는 동무들이 모인 모임이다. 과학과 사상에 남보다 뒤떨어진 우리는 기관이 있어야 할 것을 느끼고 단체적으로 사회과학을 연구하며 사상문제를 뜻을 같이하여 연구하기로 맹약하고 이에 재미조선인사회과학연구회를 조직하는 바이다"라고 천명한다. 이어서 그들은 "우리는 세계 무산계급의 부르짖음에 보조를 같이하며 약소민족의 설움을 위하여 투쟁 전선에 나아갈 것이다"라고 선언한다.[16] 이 연구회에서 말하는 '사회과학'이란 흔히 사회주의나 공산주의 국가에서 볼 수 있듯이 좁은 의미에서는 러시아의 볼셰비키 혁명을 성공시킨 마르크스-레닌주의를, 좀 더 넓은 의미에서는 사회주의적 이론과 실천을 뜻한다.

이 재미조선인사회과학연구회는 창립대회에서 ① 우리는 사회학을 연구함, ② 우리는 내외 사회사상 문제를 연구·비판·선전함, ③ 우리는 조선 대중운동의 촉성을 기함 등 세 개 강령을 채택하였다. 이러한 강령에 따라 연구회 회원들은 미국과 식민지 조선의 정치와 사회 문제를 두고 토론을 벌이고 시국 문제를 협의하는 데 주력하였다. 예를 들어 1931년 3월에 있은 한 토론회에서는 조선에서 현안으로 떠오른 신간회 해소(解消) 문제를 논의하고 해소가 시기상조라면서 적극적으로 반대 성명을 발표하였다. 한편 연구회는 미주 한인 사회는 말할 것도 없고 시민지 조국에도 사회주의를 널리 전파하는 일에도 깊은 관심을 기울였다.

16)「사회과학연구회 창립」,《신한민보》1930년 10월 30일자; 고정휴,「1930년대 미주 한인사회주의 운동의 발생 배경과 초기 특징」,《한국근대현대사연구》54집(2010년 가을), 182~183.

김호철이 《우라키》 5호에 「최근 미국 사회주의 운동」을 기고한 것은 두말할 나위 없이 두 번째 강령에 따라 독자들에게 사회주의 사상을 널리 알리기 위해서다. 이 잡지에 실린 다른 글과는 달리 이 글에는 한쪽 면을 할애하여 이 무렵 뉴욕과 시카고에서 일어난 공산주의자들의 시위 장면 사진 두 장을 크게 싣는다. 김호철은 이 글에서 무엇보다도 먼저 미국이 현대 자본주의를 대표할 뿐 아니라 세계 부국이라고 밝힌다. 그러고 난 뒤 그는 미국에서도 많은 사람이 기아에 허덕이는 현실을 고발한다.

> 부국으로 강국으로 세계에 유명한 미국에서 노동자들이 지나나 인도에서 부르짓는 '약자의 설음을' 부르지지며 조선과 같이 '배곱흐다 ~' 하고 부르짓는 참혹한 소래를 이 황금국에서도 듯게 되는 것이 이상할 것도 없겟지요. 쉬카고의 길을 밟은 이들은 적어도 하로에 수차(數次)식은 배곱흔이가 밥 먹을 돈을 달나고 애걸하는 불상한 친구들을 만낫을 것입니다.[17)]

위 인용문에서 '황금국'이란 다름 아닌 미국을 일컫는 표현이다. 황금으로 이루어진 산 또는 황금 보화가 묻혀 있는 산이라는 뜻을 지닌 '황금산(黃金山)' 또는 '금산(金山)'은 한국 이민자들보다는 오히려 중국 이민자들한테 훨씬 더 익숙한 표현이다. 중국어로 '진샨'이라고 부르는 이 말은 중국인에게 좁게는 캘리포니아, 더 넓게는 미국을 가리키는 별명으로 쓰인다. 1848년 캘리포니아주 엘도라도군 콜로마에서 처음 금이 발견된 이후 광둥(廣東)의 타오이산(台山)에서 금을 찾던 중국인 수천 명이 태평양을 건너 캘리포니아로 몰려가기 시작하였다. 흔히 '골드러시'라는 용어는

17) 김호철, 「최근 미국 사회주의 운동」, 《우라키》 5호, 74.

바로 이를 두고 일컫는 말이다. 이렇듯 캘리포니아는 그동안 뭇 사람이 남아메리카 아마존강 유역에 있다고 상상해 온 '엘도라도(황금향)'와 크게 다름없었다. 실제로 캘리포니아는 지금도 '황금의 주(골든 스테이트)'라는 별명으로 더욱 잘 알려져 있다. 그러나 황금은 점차 서부의 주를 넘어 풍요의 나라 미국 전체를 가리키는 비유적 표현으로 널리 쓰이게 되었다. 미주리주 파크대학에서 역사학을 전공한 차의석은 뒷날 자신의 이민 자서전에 'Golden Mountain', 즉 '금산'이라는 제목을 붙였다.[18]

김호철이 위 인용문에서 미국을 '황금국'이라고 부르는 것은 바로 그 때문이다. 이스라엘 백성에게 가나안 땅이 젖과 꿀이 흐르는 '약속의 땅'이었듯이 미국은 온 세계 사람들에게 '황금의 땅'과 다름없었다. 이러한 황금국의 반대쪽에는 굶주림에 시달리는 조선과 중국, 인도가 있다. 그런데 김호철은 "참혹한 소래를 이 황금국에서도 듯게 되는 것이 이상할 것도 업겟지요"라고 말한다. 논리적으로 보면 '이상하다'고 말해야 할 터인데도 그는 짐짓 '이상할 것이 없다'고 말하는 것이다. 그는 미국의 자본주의의 폐해가 얼마나 심각한지 말하려고 문장의 논리마저 위반한다. 가령 '~이 말도 되지 않는다'고 말하여도 '~이 말이 된다'고는 좀처럼 말하지 않는 것이 한국어 어법이다.

무심코 지나칠 수도 있지만 첫 문장의 '노동자들'과 마지막 문장의 '친구들'이라는 말도 좀 더 눈여겨볼 필요가 있다. 경제 대공황기에 누구보다도 가장 고통 받는 사람은 노동자들이었다. 이 무렵 많은 노동자가 일자리를 잃고 길거리로 내몰렸다. 1920년대 말 5%에 머물던 실업률이

18) 차의석과 '금산'에 대해서는 김욱동, 『한국계 미국 이민 자서전 작가』(서울: 소명출판, 2012), 191~236 참고.

1930년 초에는 무려 20%가 넘어섰다. 김호철은 이렇게 일자리를 잃고 생계에 위협을 받던 노동자들을 '친구들'이라고 부른다. 자신과 같은 처지에 놓여 있는 벗이요 동반자라는 뜻이다. 그러나 좀 더 사회주의적인 표현으로 부르자면 '동무'가 될 것이다. '친구'라는 이 말에는 노동자를 길거리로 내몬 자본가는 '적'이라는 의미가 암시되어 있다.

김호철은 경제 대공황을 맞이하여 부국과 강국이라는 미국에서 이렇게 굶주림에 허덕이는 사람들이 많은 것은 자본주의 체제에서 자본가들이 노동자를 착취하기 때문이라고 주장한다. 그는 "조선의 빈민은 움 속에서 살지만 미국 빈민은 양옥에서 삼니다"라고 말한다. 여기서 움이나 양옥은 단순히 동서양의 주거 양식을 말하는 것이라기보다는 일제 식민주의와 자본주의를 비유적으로 일컫는 말로 보는 쪽이 더 타당할 것이다. 김호철은 이러한 전대미문의 경제 위기를 미국 자본가들의 탓으로 돌린다.

> 양옥에서 사는 빈민이 세계 대공업 도시 쉬카고에 근 30만 명이나 되는 것을 볼 때 현대 미국 경제 조직이 노동자를 위하여 잇지 안코나 하는 생각을 가지게 됩니다. 아마도 자본가의 긔게 박휘가 도는 곳에는 동서고금 할 것 없이 노동자들의 참혹한 생활은 같을 것입니다. 긔계 소래가 요란히 들닐사록 배곱흐다고 부루짓는 소리가 더 들입니다.[19]

여기서 "양옥에 사는 빈민"이란 미국 자본주의 사회에서 비교적 풍요롭게 살다가 경제 대공황으로 궁지에 내몰린 노동자들을 말한다. 노동자들이 이렇게 참혹한 생활을 하는 것은 비단 미국뿐만 아니라 자본주의라

19) 김호철, 「최근 미국 사회주의 운동」, 74.

는 기계가 작동하는 곳이라면 세계 어디서도 마찬가지라고 밝힌다. "긔계 소래가 요란히 들닐사록 배곱흐다고 부루짓는 소리가 더 들임니다"라는 마지막 문장에서는 『춘향전』의 한 장면에서 변 사또의 생일잔치에 거지로 변장한 이몽룡이 읊는 "금준미주천인혈(金樽美酒千人血) 옥반가효만성고(玉盤佳肴萬姓膏) 촉루낙시민루락(燭淚落時民淚落) 가성고처원성고(歌聲高處怨聲高)"의 시구가 떠오른다. 특히 "노랫소리 드높은 곳에 백성들의 원성도 높구나"라는 구절은 기계 소리 요란히 들릴 때 노동자들이 배고프다고 울부짖는 소리가 더욱 크게 들린다는 문장과 아주 비슷하다. 어떤 의미에서는 미국 자본주의와 조선 시대의 봉건제도는 여러모로 서로 비슷하다.

김호철에게 이 무렵 미국에서 경제 대공황이 일어나고 대규모 실업 사태가 발생한 것은 사회주의를 널리 알리는 데 더할 나위 없이 좋은 계기가 되었다. 그는 시카코시 노동국장의 말을 인용하며 시카고 한 도시에만 실업자가 무려 8백만 명에 이른다고 밝힌다. 실업 문제야말로 "사회주의의 다시없는 좋은 친구"로 간주하는 김호철은 "실업 문제가 일어나자 이곳저곳에서 사회의 운동이 조직적으로 사회에 낫타난 것이외다. 조선의 학생운동이 일어나든 쌔 미국 각 대도시에서는 격렬한 사회주의 시위운동이 일어낫음니다"[20]라고 밝힌다. 조선의 학생운동이란 1929년 11월 광주를 중심으로 일어난 광주학생독립운동을 말한다. 김호철은 1930년에 뉴욕에서는 "타도 자본주의. 임금을 올려라. 대통령 후버를 타도해라!"의 구호를 외치면서 시위를 벌였고, 시카고에서도 "사회주의 건설. 자본주의 타도, 임금을 올려라. 노서아를 상당한 국가로 시인해라!"의 구호

20) 앞의 글, 76.

를 외치며 시위를 벌였다고 전한다.

글 제목에 걸맞게 김호철은 미국의 사회주의가 어떠한 상태에 있는지 밝히기도 한다. 자본주의의 실패를 목도한 정치가 중에는 사회주의에 경도되어 있는 사람이 적지 않다고 밝힌다. 미국에서 학자들이 사회주의를 연구하거나 설명할 수는 있어도 학생들에게 직접 선전을 할 수는 없다고 전한다. 그러나 미국에서 사회주의로 가장 유명한 위스콘신대학교에서만은 이 이론을 직접 가르친다는 것이다. 학생 중에도 사회주의에 기울어진 사람들이 적지 않아서 가령 시카고대학교에는 '사회주의 모임'이 있으며, 김호철이 재학하고 있는 루이스학원에도 사회주의를 지지하는 학생을 열 손가락에 꼽을 수 있다고 말한다. 중고등학교 안에도 '소년 사회주의 모임'이 조직되어 있을 정도였다. 김호철은 심지어 열 살쯤 되어 보이는 한 소녀가 카를 마르크스의 사회주의 이론서를 열심히 읽는 모습을 보았다고 적기도 한다.

그런가 하면 김호철은 이 무렵 미국 시민으로서 사회주의자가 1만 2,000명, 그 밖의 공산당원이 60만 명이 된다는 미국 정부의 통계를 인용하기도 한다. 그는 미국 공산당에서 조직하여 뉴욕과 시카고에서 운영하는 '노동자 학교'를 소개한다. 이 학교에서는 영재를 모아 노동자를 지휘하는 방법을 비롯하여 동맹파업과 선전선동 방법 등을 체계적으로 가르친다는 것이다. 마지막으로 김호철은 식민지 조선의 사회주의 운동을 언급하기도 한다.

> 한 가지 말하고 십은 것은 우리네 사회주의 운동인데 미국 공산당에 가입해 그들과 함게 활동하는 학생도 잇지만 다수가 학자의 태도로 사회주의를 연구

합니다. 그럼으로 제일선상에 선 나는 없지요. 사회과학 회원 중에 위시칸신 대학 연구원에서 사회주의를 선문적으로 연구하는 니도 잇슴니다.[21]

조선인 유학생 중에는 김호철처럼 실제로 미국 공산당에 가입하여 활약한 사람도 있었다. 그러나 이 무렵 대부분 유학생은 실천적 측면보다는 이론적으로 접근하였다. '사회과학 회원'이란 앞에서 언급한 재미조선인 사회과학연구회에 소속된 회원을 말한다. 회원 10여 명 중에는 사회주의 본산이라고 할 위스콘신대학교에서 사회주의 이론을 직접 전공하던 유학생도 있었다. 함경북도 북청 출신인 고병남은 루이스학원을 거쳐 위스콘신대학교에서 공부하다가 뉴욕의 컬럼비아대학교로 옮겨 정치경제학과 역사학을 전공하였다.

김호철의 사회주의 견해는 「최근 미국 사회주의 운동」을 집필하기 일년 전《우라키》4호에 기고한 글에서도 엿볼 수 있다. 이 잡지의 편집자는 미국 유학 생활에서 느낀 애환을 묻는 설문 조사를 하였다. 이 조사에는 김호철을 비롯하여 이동제(컬럼비아대학교), 김여제(金輿濟, 컬럼비아대학교) 길진주(吉珍珠, 시카고대학교), 한보용(韓普容, 엠포리아대학), 문장욱(文章郁, 컬럼비아대학교), 김종환(金宗煥), 임영무(任英楙, 남감리교대학교), 장기영(인디애나대학교), 노재명(컬럼비아대학교), 한승인(시카고대학교), 고병남(컬럼비아대학교), 최광범(崔光範, 컬럼비아대학교) 등이 설문에 응하였다. 설문 응답자 대부분은 미국에 처음 건너와 영어가 잘 통하지 않아 고생한 일부터 인종차별을 받은 일, 방학 동안 아르바이트로 학비를 벌던 일 등을 언급하지만 김호철은 자신이 미국에서 겪은 '달고 쓴 경험'을 이렇게 토로한다.

21) 앞의 글, 78.

1. 미국에 와서 흑백황(黑白黃)의 노동자들을 대하는 중 저들은 모다 현대 자본주의 사회 제도하에서는 살 수 업다고 불평을 틀々[툴々] 토하는 것을 보앗슴니다. 저들의 불평되는 중요한 원인은 만흔 시간을 일하고 적은 임금을 밧는 일 또는 자본가들의 학대 등인데 나는 저들과 나 사이에 공통되는 무슨 점을 발견하엿고 싸라서 저들이 자본가에 반항할 때에는 너, 나 (국경이나 인종 차별 업시) 할 것 업시 일치되는 것을 실지로 당해볼 때 깃벗습니다.

2. 쉬카고는 세계 대도시의 하나임을 싸라 하로에도 수억 불이 왓다갓다 합니다. 4, 50층 되는 건물들은 쏏족々々 반공(半空)에 솟고 잇는 반면에 갈 곳이 업서 배회하는 거지를 볼 때에 제일 나의 마음이 썻습니다.[22]

항목 ①에서 김호철은 노동자 계급은 백인이건 흑인이건 얼굴이 황색인 동양인이건 전혀 차이가 없다고 지적한다. 이를 달리 말하면 계급에는 인종이 없다는 것이 된다. 그들은 하나같이 자본가의 착취를 받는 노동자일 뿐이다. 노동자들은 과도한 노동을 하면서도 그것에 합당한 임금을 받지 못하는가 하면, 여러 형태의 자본가들의 학대에 시달린다. 김호철이 "나는 저들과 나 사이에 공통되는 무슨 점을 발견하엿고"라고 말하는 점에 주목하여야 한다. 앞에서 지적했듯이 그는 노동자들을 '친구들'로 부르면서 동료 의식을 느낀다.

항목 ②에서 김호철은 미국뿐 아니라 세계에서도 금융시장 역할을 하는 시카고에는 하루에도 수억 달러가 유통된다고 지적한다. 그러한 금융거래는 40~50층이나 되는 마천루에서 이루어진다. 예를 들어 1930년에 건설한 '시카고 보드 오브 트레이드' 빌딩은 아트데코 스타일의 초고층

22) 「미국에서 맛본 달고 쓴 경험」, 《우라키》 4호, 144.

빌딩으로 상품 거래소가 있었다. 실제로 시카고는 대도시 마천루의 발상지로 꼽힌다. 하늘을 찌를 듯 높이 솟아 있는 마천루 건물은 곧 미국 자본주의를 상징한다. 한편 마천루 아래 길거리에 "갈 곳이 없이 배회하는 거지"는 바로 일자리를 잃은 노동자들이다. 김호철은 이러한 노동자들을 보면 '마음이 썻다'고 말한다. 여기서 '썼다'는 두 가지 의미로 받아들일 수 있다. 첫 번째 의미는 어떤 일에 자꾸 생각이 미치면서 신경이 쓰인다는 뜻이고, 두 번째 의미는 입맛이 쓰듯이 마음이 아팠다는 의미다. 그러나 문맥을 미루어보면 두 번째 의미로 사용했을 가능성이 크다.

《우라키》 4호에는 김호철의 글에 이어 '가을'이라는 필명을 사용하는 필자가 「미국의 부와 빈」이라는 글을 기고한다. 미국 자본주의 폐해를 지적한다는 점에서는 '가을'도 김호철과 크게 다르지 않다. 이 글을 기고한 필자는 왜 본명을 사용하지 않고 '가을'이라는 필명을 사용할까? 그가 본명을 밝히기를 꺼려하는 데는 그럴 만한 까닭이 있을 것이다. 미국의 사회현실을 적나라하게 비판하는 데 부담을 느꼈을지도 모른다. 위스콘신대학교 교수를 언급하는 것을 보면 어쩌면 이 대학에서 사회과학 분야를 전공한 사람일지도 모른다. 그렇다면 컬럼비아대학교로 옮긴 고병남일 가능성이 크다.

'가을'은 무엇보다도 먼저 미국에서 부의 불균형이 생각보다 무척 심각하다는 사실을 밝힌다. 한 미국 교수의 연구 결과를 토대로 필자는 미국인 180명이 미국 부의 4분의 1을 소유하고 있다고 말한다. 더구나 소수 자본가들이 철강, 철도, 에너지, 통신 산업 등을 독점하고 있다는 것이다. 필자는 다른 연구자의 통계자료를 제시하여 미국의 빈부 격차의 심각성을 지적한다.

"위스칸신대학 교수 '킹' 씨에 의하건대 미국 사람 100분의 2의 손에 미국의 富 약 60%가 잇고, 그 반면에 65%, 즉 대다수의 인민이 겨우 5%의 부를 가젓고, 200만 명이 남저지[나머지] 2억만 명의 다 합한 것보다 더 많이 가젓고, 120회사에서 가진 자본이 220억불인데 남부 13주의 자산을 합한 것의 2배라고 한다. 겨우 150만이 연 3천불의 소득세를 문다.[23]

방금 앞에서 밝혔듯이 이 무렵 미국의 여러 대학 중에서도 위스콘신대학교는 학생들에게 사회주의를 정식 과목으로 가르치는 유일한 고등교육 기관이었다. '킹' 교수가 누구를 가리키는지는 지금으로서는 알 수 없지만 여러 정황으로 미루어보아 그는 아마 이 대학에서 경제학 박사학위를 받은 뒤 미국 정부 기관인 공중보건국(PHS)에서 통계 분석가로 근무하다가 뉴욕대학교 교수가 된 윌퍼드 킹을 말하는 것 같다. 어찌 되었든 이 '킹' 교수의 지적대로 미국 인구의 2%가 미국 전체 재산의 60%를 소유하고 인구 65%가 겨우 부의 5%를 차지한다는 것은 참으로 놀라운 일이다. 이러한 미국에서 빈부 격차의 골은 시간이 지나면서 점점 깊어져서 2018년 현재 상위 1%가 국부의 37%를 차지하는 것으로 나타났다. 이렇듯 미국은 선진국 중 부의 분배가 매우 불평등한 국가로 꼽힌다.

이렇게 미국에서 부가 편중되어 있다 보니 사회적 부작용도 만만치 않다. 미국 전체 인구 중 12분의 1, 즉 1천 만 명이 빈민이고 이 빈민은 풍요롭게 사는 다른 미국인보다 사망률이 무려 3배나 높다. 취학할 나이인 어린이들도 학교에 가지 못하고 노동에 시달려야 하고, 설령 학교에 가더라도 셋 중 하나는 학업을 포기할 수밖에 없다. 중학교를 졸업하는 학생은

23) 가을, 「미국의 부와 빈」, 《우라키》 4호, 78~79.

열 명 중 하나, 대학을 졸업하는 학생은 천 명 중 하나라는 것이다. '가을'은 한마디로 미국 자본주의는 겉으로만 번지르르할 뿐 속 빈 강정과 같다고 말한다.

> 미국의 부의 분배를 다시 말하면 전 인구의 약 10분지 1이 10분지 9의 부를 가지고 그 남아지 10분지 1을 10분지 9 되는 인민이 가젓다. 대부분이 소유 토지 없이 집 없이 생활의 보장이 없이 세상에 태여난다. 과거 25년간에 1천에—커 이상의 부동산을 가진 사람이 3만 명에서 5만 명 이상으로 증가되고, 그 일면에 소작농은 점점 증가되엿다. 미국도 겉으로 보기에는 훌늉하나 실속은 큰 경제적 불안에 빠저 잇는 것이 사실이다.[24]

'가을'은 미국의 빈부 격차가 비단 자본가와 노동자 사이에서만 볼 수 있는 것이 아니라 토지의 소유주와 소작농 사이에서도 볼 수 있다고 지적한다. 공업지대인 북부와는 달리 남부는 주로 농업에 의존한다. 앞에서 필자는 미국의 120개 회사의 자본이 남부 13주의 자산을 모두 합한 금액의 두 배라고 말하였다. 그런데 이렇게 얼마 되지 않는 남부의 자산마저 토지 소유주가 토지 대부분을 차지하면서 농부들은 소작농으로 전락할 수밖에 없다.

한편 장기영은 「미국 부호의 본질」에서 김호철이나 '가을'과는 조금 다른 관점에서 미국 자본주의를 다룬다. 강원도 영월 출신인 장기영은 일본 주오(中央)대학 정치경제과를 졸업한 뒤 중국 상하이를 거쳐 미국에 건너갔다. 버클리 소재 캘리포니아대학교 정치학부를 졸업하고 인디애나대학교 대학원을 수료한 뒤 1931년부터 1942년까지 대한민국임시정부 주

24) 앞의 글, 79.

재 워싱턴 구미의원 부위원을 지냈으며, 2차 세계 대전이 일어나자 미군으로 참전하기도 하는 등 다채롭게 활동하였다. 해방 후에는 체신부 장관과 서울시장을 역임하기도 하였다.

이 글에서 장기영은 미국에 건너가기 전에는 '부호'라는 말을 들을 때면 으레 '악덕 무자비한' 인간을 떠올렸다고 고백한다. 그가 조선에서 경험한 바로는 부호 대부분은 수전노에 지나지 않았기 때문이다. 조선에서 그가 본 수전노는 "그 전부가 자기의 사리(私利)를 위하야서는 수단의 여하를 불고하고 도덕상 인류 사회에서 간리(間離)된 고배(孤輩)이엿든 것은 사실이다"[25]라고 못 박아 말한다. 그러나 미국에 건너간 뒤 그는 미국 부호와 조선의 부호 사이에는 '운니(雲泥)에 차이', 즉 구름과 진흙처럼 엄청난 차이를 발견했다고 밝힌다. 장기영은 미국 부호들이 돈을 모으는 목적은 물욕 때문도 아니요 개인의 안일을 구하려는 것도 아니라고 밝힌다.

> 단지 미국인이 성금부자(成金富資) 되랴 함은 기(其) 각자에 가지고 잇는 재능여하와 또 곤란에 인내하는 용기를 가지고 잇다는 증거로 일반사회에서 존경을 밧게 된다. 환언하면 미국인은 돈을 위하야 금전을 욕망치 안코 사업을 위하야 또 자기가 사회에서 인정받기를 위하야 성부(成富)하랴고 진력한다. 미국서는 부자가 됨은 사회상 명예를 획득하는 가장 유력한 수단이다. 그럼으로 이 나라에서는 금전과 명예가 일치한 것을 보겟다. (…중략…) 그런 까닭에 다수 부호는 금전에 대하야 의외인 만큼 담백할 뿐 아니라 정당한 이유만 잇스면 사회적 사업에 기투(寄投)하여 조곰도 애석히 역이지 안는다.[26]

---

25) 장기영, 「미국 부호의 본질」, 《우라키》 4호, 79.

26) 앞의 글, 80.

장기영은 조선을 비롯한 다른 나라와는 달리 미국에서는 부자들이 재산을 모은 것에 부끄러움을 느끼기는커녕 오히려 명예롭게 여긴다고 지적한다. 동양에서 금전과 명예는 흔히 물과 기름처럼 서로 이질적인 것으로 간주하지만 미국 사회에서는 반드시 그렇지가 않다. 여기서 장기영은 미국 부자의 특징을 언급하면서 독일의 사회학자 막스 베버의 이론 또는 '베버 명제'를 염두에 둔 것 같다. 『개신교 윤리와 자본주의 정신』(1920)에서 베버는 서구의 근대 자본주의의 발생과 그것의 근본정신이 16세기에 발흥한 개신교 윤리에 바탕을 두고 있다고 주장하였다. 좀 더 구체적으로 말해서 베버는 개신교, 그중에서도 특히 직업 소명설을 주창한 칼뱅주의의 윤리가 자본주의 발전에 큰 영향을 끼쳤다고 지적하였다.

실제로 개신교에서는 일찍부터 직업에 대한 소명의식을 강조하면서 하느님이 맡긴 책임을 부지런히 감당할 뿐만 아니라 더 나아가 하느님이 준 물질을 아끼고 절약하라고 가르쳤다. 실제로 청교도 사이에서는 부자는 하느님의 축복을 받아서 부자가 된 반면, 가난한 사람은 하느님의 저주를 받아서 가난하게 되었다는 생각이 널리 퍼져 있었다. 그래서 미국에 초월주의 사상을 처음 전개한 랠프 월도 에머슨은 거지에게는 동전 한 푼 적선해서는 안 된다고 말할 정도였다. 개신교의 이러한 태도는 필요 이상으로 돈을 벌거나 저축해 자본을 축적하는 것을 엄격히 제한한 가톨릭 교리와는 크게 다르다. 가톨릭에서는 필요한 만큼만 벌어 쓰는 금욕적 생활을 강조하였다. 19세기 초엽 미국에서 기업가 중 90% 정도가 개신교 교인이었다는 사실은 이 무렵 기독교와 기업, 신앙과 자본주의가 서로 얼마나 깊이 연관되었는지 알 수 있다.

가톨릭과는 달리 개신교에서는 엄격한 도덕적 기강과 헌신적인 노동에 장기 투자와 이를 가능하게 한 저축, 기업가적 혁신과 경영기법 개발을 강조하였다. 이러한 개신교의 윤리에 힘입어 신대륙에 건너온 초기 개척자들은 자본의 축적을 이룩할 수 있었으며, 이러한 자본 축적이 미국 자본주의 형성의 밑거름이 되었다. 더구나 개신교에서는 하느님을 공경하고 이웃을 사랑하라는 기독교의 기본정신을 강조함으로써 기업가들이 먼저 자신의 욕심을 채우려는 유혹에서 벗어나도록 하였다. 장기영이 위 인용문에서 미국 부호 대부분이 부에 뜻밖으로 의연한 태도를 보일 뿐만 아니라 어렵게 번 재산을 기꺼이 사회에 환원하려고 한다고 말하는 까닭이 바로 여기에 있다.

이렇게 미국 자본주의를 한계를 깨닫고 그 대안을 찾으려는 필자도 있었다. 요즈음 '인간의 얼굴을 한 자본주의'라는 말을 부쩍 자주 듣는다. 온갖 모순으로 가득 차 있는 자본주의 시장경제의 뚜렷한 한계를 극복하려는 움직임이 그동안 있어 왔다. 주류 시장 경제학과 마르크스주의 경제학의 단순 이론을 뛰어넘어 제3의 길을 추구하는 사회경제 민주주의의 경제학이 그중 하나다. 앞에서 이미 언급한 김도연은 「산업의 과학적 경영에 대한 고찰」에서 오직 이익만을 추구하는 극단적 형태의 자본주의를 지양하고 좀 더 인간적인 자본주의를 주창한다. 그는 "오늘 어느 사회를 물론하고 개인 자유방임주의을[를] 제한하고 사회 연대적으로 공존공영을 주장하는 이때 미국이 아직까지 종래의 자본주의적 제도를 그대로 유지한다 함이 너무도 보수적이 안인가 하는 감상이 업지 안이하다"[27] 고 지적한다. 다시 말해서 그는 미국 자본주의도 분배 문제에 좀 더 관심을 기울이는 등 이제 궤도를 수정할 때에 이르렀다고 주장한다.

27) 김도연, 「산업의 과학적 경영에 대한 고찰」, 《우라키》 창간호, 97.

인종차별 문제

《우라키》에서는 자본주의와 사회주의에 관한 문제 못지않게 이번에는 인종차별 문제도 심도 있게 다룬다. 방금 앞에서 언급한 김호철은 '미국에서 맛본 달고 쓴 경험'과 관련한 설문에서 "내가 미국에 온 뒤로 가장 쓴 경험은 백인에게서 무리한 인종적 차별을 당하는 것"[28]이라고 밝힐 정도로 이 문제는 조선인 유학생들에게는 직접 피부에 와 닿았다. 실제로 인종차별은 이 무렵 유학생들뿐만 아니라 미국에서 가장 첨예하게 부각되고 있는 사회 문제 중 하나였다. 앞에 잠깐 언급한 스코츠버러 재판은 인종차별 문제가 얼마나 심각한지 웅변적으로 보여 주는 사건이었다.

스코츠버러 사건은 1931년 흑인 소년 9명이 화물열차 안에서 백인 소녀 두 명을 성폭행했다는 이유로 사형 및 종신형을 선고받은 사건이다. 1931년 미국 앨라배마주 스코츠버러를 지나던 열차에서 흑인 10대 아홉 명이 백인 청년들과 패싸움을 벌였다는 이유로 끌려 내려온다. 뒤따라 내린 백인 여자 두 명이 흑인 청년들에게 '윤간' 당했다고 거짓 진술하면서 사태는 걷잡을 수 없이 번져간다. 가뜩이나 흑백차별이 유난히 심하던 앨라배마주는 이 사건으로 흑인에 대한 인종차별의 골이 더더욱 깊어진다. 법정은 아홉 명의 흑인에게 전기의자 사형선고를 내린다. 그러나 사건이 전국에 알려지고 미국 공산당이 문제 삼기 시작하면서 스코츠버러 사건은 인종차별과 관련한 1930년대 최대의 이슈로 떠올랐다. 이 사건은 1930년대 미국의 대표적인 흑인 차별 판결로 미국 사법계의 치욕으로 남아 있다. 조선인 유학생 중에서는 유일하게 김호철은 이 재판과 관련한 공산주

28) 「미국에서 맛본 달고 쓴 경험」, 《우라키》 4호, 144.

의 시위에 가담하였고, 이것이 문제가 되어 결국 미국에서 추방당하였다. 그는 유학생들이 미국 정치 문제에 관여해서는 안 된다는 조항을 위반했기 때문이다.

인종차별을 문제 삼는 것은 비단 김호철만이 아니었다. '미국에서 맛본 달고 쓴 경험'과 관련한 설문에서 몇몇 다른 유학생들도 김호철과 똑같은 경험을 털어놓는다. 가령 이동제는 "이 나라에 와서 첫날부터 오늘날까지 마음 가운데 뎨일 불유쾌한 것은 어듸로 가든지 백인의 인종적 편견을 가진 것이 올시다"[29]라고 밝힌다. 그러면서 켄터키주 애슈베리대학에 재학하던 중 겪은 경험담을 말한다. 이 학교로 말하자면 조선을 비롯한 동아시아에 선교사를 많이 파견하는 것을 자랑으로 여기는 대학이다. 그런데도 그들은 동양인 학생들을 한편으로는 동정하면서도 다른 한편으로는 자신들보다 열등하다고 여기기 일쑤였다.

'제이 면충(第二眠虫)'이라는 필명을 사용한 필자는 「학창만화(學窓漫話)」에서 인종차별 문제를 다룬다. 필자가 누구인지 잘 알 수 없지만 그는 창간호에도 '면충'이라는 필명을 하고 있어 아마 동일 인물로 보아도 크게 틀리지 않을 듯하다. 그는 이 황화론(黃禍論)을 "전 독일 황제 현 카이사 군의 잠고대 갓흔" 이론이라고 폄하한다. 독일어로 'Gelbe Gefahr', 영어로 'Yellow Peril' 또는 'Yellow Terror'로 일컫는 황화론이란 잘 알려진 것처럼 청일전쟁 말기인 1895년경 독일 황제 빌헬름 2세가 황색 인종을 억압하기 위하여 내세운 음모로, 앞으로 황색 인종이 서구의 백인 사회를 위협하는 시대가 올 것이라는 주장을 말한다.

빌헬름 2세는 출생률과 사망률에 따라 전 세계 인종을 ① 인구가 줄어

29) 앞의 글, 139.

드는 미국과 서유럽, ② 현재 상태를 계속 유지하는 이탈리아와 서반아와 이슬람 민족, ③ 인구가 계속 늘어나는 동양의 황색 인종의 세 범주로 크게 나눈다. 황색 인종 중에서도 일본이 가장 대표적인 위협적 존재가 될 것이라고 내다본다. '제이 면충'은 "그럼으로 금후의 세계는 저 황색 민족의 화가 업지 안으리라는 수작이다. 만일 이 학설이 사실이라면 인구 증가의 세계적 대표인 일본의 인국(隣國)인 우리로서는 황화론자보다 몬저 걱정군이다"[30]라고 말한다. '잠꼬대 같은'이나 '수작'이라는 표현에서 엿볼 수 있듯이 필자는 이 황화론을 적잖이 비판한다.

이러한 인종차별은 백인들에게서만 볼 수 있는 것이 아니라 같은 동양인 사이에서도 찾아볼 수 있다. '내부 인종차별' 또는 '내적 인종차별'이라고 부를 이러한 현상은 중국인이 일본인에게 보이는 차별에서 비교적 잘 드러난다. 남감리교대학교(SMU)에서 수학하던 임영무는 중국인이 경영하는 세탁소에 갔다가 자신을 일본인으로 생각하고 "위 워시 노 싸파니 런드리!", 즉 일본인 세탁물을 받지 않는다는 말을 듣고 발길을 돌린 일화를 소개한다. 임영무는 기숙사로 돌아와 뉴욕에서 발행하는 한국 신문을 가지고 다시 중국인 세탁소에 찾아가 신문을 보여주고 나서야 비로소 겨우 세탁을 맡길 수 있었다.

송복신은 《우라키》 4호에 「인종 차이와 성장」이라는 글을 기고한다. 평양에서 태어나 자란 그녀는 평양 숭의여학교를 거쳐 1922년 동경여자의학전문학교(현재 도쿄여자의과대학)를 졸업한 뒤 미국에 건너가 1929년 미시간대학교에서 「인종별 성장 차이」라는 논문으로 공중위생학 박사학위를 받아 한국 최초의 여성 박사가 되었다. 1924년 그녀는 북미조선학생

30) 제이 면충, 「학창만화」, 《우라키》 4호, 133.

유학회를 결성할 때 회계부장(재무부장)을 맡았다. 송복신은《우라키》3호에도 「아동 영양부족과 그 원인」이라는 논문을 발표한 적이 있다. 이 잡지에 실린「인종 차이와 성장」은 박사학위 논문을 요약한 글이다.

엄밀히 말해서 송복신은「인종 차이와 성장」에서 인종 차별 문제를 직접 다루지는 않는다. 다만 인종차별주의자들이 흔히 내세우는 생물학적 결정론에 문제를 제기할 뿐이다. 생물학적 결정론을 부르짖는 학자들은 개체의 행동이나 특정 형질이 오로지 생물학적 요인에 의해서만 정해진다고 주장한다. 이러한 결정론은 비단 남녀의 성차 문제에만 그치지 않고 더 나아가 인종 문제에서도 드러난다고 주장하는 학자들도 있다.

그러나 송복신은 "여러 방면으로 실험한 결과 확실이 증명한 것은 인종 차이를 ᄯᅡ라 성장 차이가 잇는 것이 아니은[요] 성장 요소의 차이을[를] ᄯᅡ라 성장의 차이가 잇다"[31]고 지적한다. 그러면서 그녀는 영양분 섭취와 생활 습관이 인간의 성장에 절대적인 영향을 끼친다고 밝힌다. 조선인들의 성장과 발육이 서양인들과 비교하여 부진한 것은 어디까지나 식료품 섭취에서 서양인들에 뒤지기 때문이다. 또한 의자를 사용하는 서양인들과는 달리 조선인들은 구부리고 앉아 생활하므로 혈액 순환이 원활하지 않다. 이를 달리 말하면 인종의 차이는 태생적으로 결정되는 것이라기보다는 영양 상태와 생활 습관 같은 후천적 요인에 따라 결정된다. 송복신은 "동양인의 열(劣)한 체격이 순전한 선천적이라 할 수 업는 것이겟고 본인의 실지 실험을 보아 동양인도 성장의 요소를 완전히 엇으면 장래 진보를 밋을 수 잇는 것인 줄 안다"[32]고 결론짓는다. 물론 여기서 성장과 발

31) 송복신,「인종 차이와 성장」,《우라키》4호, 20.

32) 앞의 글, 23.

육은 신체적인 것만 아니라 더 나아가 정신적인 것도 포함한다. 그러므로 백인이 다른 인종보다 태생적으로 우월하다는 이론은 성립할 수 없다.

《우라키》 4호에 실린 윤성순(尹珹淳)의 「재미 흑인의 은인 뿍커 틔 와싱튼과 터스키기 학원」이라는 글도 송복신의 글처럼 미국의 인종 문제를 드러내놓고 말하는 대신 에둘러 그 문제를 다룬다. 미국 컬럼비아대학교에서 철학박사 학위를 받고 귀국하여 이화여자전문학교에서 교수로 재직하던 윤성순은 광복 후 충청남도 상공국장·학무국장·내무국장을 지냈으며, 상공부 광업국장을 역임하였다. 제2대 국회의원과 교통부 장관에 임명되어 학계와 정계에서 두루 활약하였다. 윤성순은 조선에도 미국처럼 농촌 발전을 중심으로 한 실험적 교육 기관이 생겼으면 하는 희망에서 이 글을 기고했다고 밝힌다. 더구나 그는 조선에서 이 무렵 뉴욕을 방문한 신흥우를 비롯한 몇몇 인사가 식민지 고국에서도 농촌 문맹퇴치 운동, 노동 야학, 모범촌 건설 등 낙후된 농촌을 발전하려는 여러 시도가 이루어지고 있다는 말을 듣고 무척 고무된 것 같다.

윤성순은 글 첫머리에서 미국의 남북 전쟁을 말하기 위해서는 노예 해방을 언급하지 않을 수 없고, 노예 해방을 언급하자면 '부커 워싱턴의 사업'을 말하지 않을 수 없다고 말한다. 그가 언급하는 부커 워싱턴은 버지니아주 남서부 버로우즈 농장에서 노예로 태어난 흑인이었다. 웨스트버지니아주에 있는 식염 제조 공장과 탄광에서 5~6년 동안 일한 뒤 그는 해방된 흑인들을 교육하기 위하여 햄프턴 전문학교에서 공부하였다. 그 뒤 워싱턴은 교사가 되기 위한 준비로 웨이랜드 신학교에 입학하였다. 1881년 햄프턴의 교장 새뮤얼 암스트롱은 워싱턴을 이 학교 교수로 초빙하였다. 워싱턴은 원주민 미국인 75명 학생을 양성하고 그 학교의 자랑거리라고 할 야간부를 만드는 데 이바지하였다.

그러나 부커 워싱턴의 업적 중에서도 가장 큰 업적이라면 뭐니 뭐니 하여도 앨라배마주에 터스키기대학을 설립한 것이다. 이 점과 관련하여 윤성순은 이렇게 말한다.

> "학교는 위인들의 연장된 그림자"라는 에머—슨의 말과 갓치 포부가 크고 경험이 만흔 쑥커— 와싱튼의 그림자가 1880년경에 낫하낫스니 터스키기학원이 즉 그것이다. 북미 48주 내에 흑인 교육을 위하여 건설된 유명한 대학이 만호니 예컨대 하워드, 퓌스크, 베리아, 햄튼 대학들이나 전부가 백인 경영하에 유지되여 간다. 그러나 터스키기대학만이 흑인의 경영인 만큼 의미 깁은 것이다.[33]

위 인용문에서 말하는 '에머슨'은 미국의 초월주의 철학자 랠프 월도 에머슨을 가리킨다. 윤성순은 에머슨이 "학교는 위인들의 연장된 그림자"라고 말했다고 인용하지만 아무래도 조금 잘못 인용한 것 같다. 에머슨은 「자기 의존」에서 "한 제도란 한 인간의 긴 그림자다"라고 말했을 뿐이다. 어찌 되었든 워싱턴의 그림자는 지금도 흑인 교육사에 길게 드리우고 있다. 윤성순이 말하는 '워싱턴의 사업'이란 바로 터스키기대학을 설립하고 미국뿐 아니라 전 세계적으로 주목받는 실용주의 교육 기관으로 발전시킨 것을 말한다. 윤성순은 "조선 사회의 선구이신 윤치호 씨가 일

33) 윤성순, 「재미 흑인의 은인 쑥커 티 와싱톤과 터스키기 학원」, 《우라키》 4호, 86. 미국의 대표적인 흑인 대학인 하워드(Howard)대학은 워싱턴 DC에, 퓌스크(Fisk)대학은 테네시주 내쉬빌에, 베리아(Berea)대학은 켄터키주 베리아에, 햄튼은 버지니아주 햄튼에 있다.

즉의 그 학원을 방문하시고 강연도 하섯고 기부금도 내섯다 하며 쏘한 홍병선(洪秉璇) 씨가 작년에 일부러 그 학원 사업을 연구하시기 위하여 방문하섯다는 말을 듯고 본즉 그 학원의 사업 성망(聲望)이 미국뿐 안이라 해외까지 넓이 알녀진 것도 추측할 수 잇다"[34]고 밝힌다. 윤성순은 "북커─와싱튼의 사업이야말로 엇지 위대타 안이하리오. 백인이 쪼지 와싱튼을 국부(國父)로 존칭하는 것과 갓치 쑥커─ 와싱튼은 흑인의 국부라 안이할 수 업슬 것이다"[35]라고 말한다.

윤성순의 글에서 주목해야 할 것은 단순히 부커 워싱턴의 업적을 소개하는 것에 그치지 않고 한 발 더 나아가 미국의 인종 차별을 다룬다는 점이다. 윤성순은 이 무렵 미국 사회가 안고 있는 가장 큰 문제로 금주, 이혼, 흑인의 인종 차별 문제를 꼽지만 그중에서도 흑백 갈등보다 더 큰 문제는 없다고 지적한다. 원주민 미국인만 하여도 점차 그 수가 줄어들어 '세잔멸망(衰殘滅亡)하여 가는 상태'에 있지만 흑인은 오히려 그 수가 계속 늘어나기 때문이다.

더구나 윤성순은 이 무렵 남부 지방에서는 백인과 흑인 사이의 인종 충돌도 적지 않다고 지적한다. 그러면서 그는 기차 객실은 말할 것도 없고 화장실까지도 백인과 흑인이 사용하는 곳이 서로 다르다고 말한다. 심지어 남부 어느 주의 한 교회에서는 전부터 함께 예배 보던 관행을 깨뜨리고 백인은 백인끼리, 흑인은 흑인끼리 따로 예배 보는 경우까지 있다는 것이다.

여기서 윤성순은 이른바 '짐 크로 법'을 언급한다. 1880년대 만들어진 미국의 인종 차별법인 짐 크로 법은 미국의 남부 11개 주에서 1964년

34) 앞의 글, 86.

35) 앞의 글, 87.

민권법과 1965년 선거권법으로 효력을 잃을 때까지 광범위하게 시행되었다. 이 법에 따라 공립학교, 공공장소, 대중교통에서 화장실, 식당, 극장, 식수대에서 합법적으로 백인과 흑인 격리가 이루어졌다. 이러한 격리 정책에 따라 윤성순은 "사람이 감정 동물인 이상 이 갓흔 행동이 흑인 눈에 온당히 보힐 수 잇스랴! 모든 실례로 보아 흑인 문제가 지금보다도 후일 백인 사회의 큰 두통거리라고 안이 볼 수 업다. 그러나 공정한 천도(天道)에서 발전 향상하여 가는 그 세력을 인위로 막을 수는 업슬 것이다"[36]라고 말한다. 윤성순의 예상대로 오늘날 흑인 문제는 백인 사회에서 '큰 두통거리'로 남아 있다. 이 문제는 단순히 두통거리를 뛰어넘어 미국 사회가 해결해야 할 난제 중의 난제요 원주민 미국 문제와 함께 백인 미국인의 양심에 짙게 드리운 원죄라고 할 수 있다.

부커 워싱턴은 1901년 시어도어 루즈벨트 대통령의 초대를 받고 백악관을 방문한 최초의 흑인이었다. 2008년 대통령 선거 직후에 패배한 공화당 후보 존 맥케인 상원의원은 "한 세기 전의 워싱턴의 백악관 방문이 씨앗이 되어 최초의 흑인 대통령인 버락 오바마로 결실을 맺었다"고 말한 적이 있다. 1922년 워싱턴을 기념하기 위하여 터스키기대학 캠퍼스 한복판에 '장막 벗기기'라는 부커 T. 워싱턴 기념동상을 세웠다. 동상 아랫부분에는 "그는 흑인들에게서 무지의 장막을 걷어냈으며, 교육과 산업을 통하여 진보하는 길을 제시해 주었다"는 글귀가 적혀 있다. 지금도 그는 흑인들의 마음속에 영적 지도자로 깊이 아로새겨 있다.

이 무렵 미국 사회에서는 윤성순이 잠깐 언급한 '토인', 즉 원주민 미국인의 문제도 흑인 문제 못지않게 심각하였다. 이 점에서 남궁탁의 「북

36) 앞의 글, 89.

미 토인 인디안종 연구」는 주목해 볼 만하다. 남궁탁은 시카고에서 설립된 재미조선인사회과학연구회의 회원으로 활동한 인물이다. 그가 백인에 억압받는 원주민 미국인에 관심을 기울이는 것은 어찌 보면 당연하다고 할 수 있다. 루이스학원, 로욜라대학, 드폴대학교에서 정치경제학과 경영학을 전공한 그는 이 글을 쓸 무렵 로욜라대학교에서 공부하고 있었다. 남궁탁의 글은 인디언 인종, 인디언 인종의 문화 발달, 인디언과 백인종과의 관계 등 크게 세 부분으로 나뉜다.

인디언 인종이 북아메리카 대륙에 거주하게 된 경유와 관련하여 남궁탁은 아세아 동북부 대륙에서 북미 대륙으로 이동한 것으로 본다. 지질학적으로나 문화사적으로나 이 두 지역은 서로 비슷한 점이 적지 않기 때문이다. 특히 그는 오늘날의 알래스카와 아시아의 최동단이자 유라시아 대륙의 제일 동쪽이기도 데즈뇨프가 서로 육지로 연결되어 있어 이동이 자유로웠다고 지적한다. 인디언 종족의 문화 발단과 관련해서 남궁탁은 ① 물질적, ② 경제적, ③ 정치적, ④ 오락적, ⑤ 미술적, ⑥ 지적, ⑦ 윤리 및 종교적 발달을 다룬다.

그러나 남궁탁의 글에서 가장 관심을 끄는 대목은 인디언종과 백인종과의 관계다. 그는 1492년 크리스토포로 콜롬보가 아메리카 대륙을 '발견'한 이후 원주민 미국인은 점차 쇠망의 길을 걸었다고 밝힌다. 이 점과 관련하여 남궁탁은 "북미합중국 정부는 소위 인디안종을 보호한다는 구실하에 한정된 영역을 가지도록 구역을 비치하야 그들에게는 인종적으로 더 발달될 여유가 없이 쇠잔의 길을 밟게 되엇다"[37]고 말한다. 미국 역사에서 서부 개척이란 곧 원주민 미국인을 학살하면서 서쪽 태평양 해안

37) 남궁탁, 「북미 토인 인디안종 연구」, 《우라키》 6호, 55.

으로 내모는 것을 뜻한다. 학살하지 못하고 남은 원주민은 사막 지대 같은 일정 지역에 가두어 놓았다. 여기서 남궁탁은 인디언들을 일정한 구역에 가두는 '인디언 보호구역'을 언급한다. 현재 미국에는 약 300여 개의 인디언 보호구역이 있다. 그런데 모든 토착 부족들에게 자신만의 인디언 보호구역이 있는 것은 아니어서 어떤 부족에게는 둘 이상의 보호구역이 있고, 또 다른 부족은 아예 자신들만의 보호구역이 없기도 하다. 인디언 보호구역은 미국 영토의 2.3%를 차지한다. 이러한 불리한 상황에서도 원주민들이 온갖 희생을 무릅쓰고 자유를 찾는 모습에 감탄한다.

> 그렇나 아즉까지도 그들은 산중으로 작고작고 쫓겨 들어가면서도 인디안 독립국을 건설하고 살겟다고 극력 주장하는 것을 보면 그들의 천품적 자유를 잃지 않으려는 자유사상과 그 이상을 볼 수 잇는 것이다. 자본주의가 극도로 발달되고 약육강식으로 진리를 삼어 생존경쟁의 패권을 다투는 오늘에 잇어서 인디안종의 미래를 누가 믿으랴?[38]

여기서 남궁탁은 온갖 노력을 기울여 자유와 평등을 추구하려는 원주민 미국인과 자본주의를 기본 원리로 받아들이는 백인 미국인을 서로 비교한다. 그는 약육강식과 생존경쟁의 논리로 패권을 다투는 미국인보다는 자유와 이상을 추구하는 원주민 미국인에게 손을 들어준다. 어떤 의미에서는 토착 원주민이 백인보다 훨씬 더 민주적이기 때문이다. 다만 남궁탁이 원주민의 경제적 발달과 관련하여 가족을 단위로 한 사유재산 제도가 발달했다고 말하는 것은 좀 더 따져보아야 한다. 엄밀히 말하자면 원주

38) 앞의 글 55.

민은 토지와 자연에서 얻는 산물은 부족이 공동으로 소유하거나 관리하였다. 물론 다른 분야에서는 사유재산이 존재했지만 서로 나눔의 정신으로 끊임없이 재분배하였다. 한마디로 원주민의 경제 체제는 자본주의보다는 사회주의에 가까웠다. 남궁탁이 김호철과 함께 재미조선인사회과학연구회의 회원으로 활약했다는 점도 눈여겨볼 대목이다. 이 무렵 마르크스주의 신봉자인 그는 미국 자본주의에 회의를 느꼈다. 다른 관점에서 보면 남궁탁은 식민지 종주국 일본과 식민지 조선을 백인 미국인과 원주민 미국인에 빗대는지도 모른다.

미국의 대학생활과 결혼과 가정

《우라키》에는 이러한 학술적 성격이 강한 글만 실려 있는 것은 아니다. 정치학이나 사회학과 관련한 글과 함께 결혼이나 가정 문제를 다루는 글도 더러 눈에 띈다. 가령 2호에는 창간호에 「미국 여학생의 생활」을 기고한 손진실의 글 「행복된 가뎡에 대한 싱각의 멧 가지」가 실려 있다. 그녀는 서구 문화가 한반도에 들어오면서 전통 문화와 충돌을 빚으며 생기는 비극이 한두 가지가 아니지만 그러한 한 예로 결혼과 가정 문제를 꼽는다. 그녀는 새로운 서구 문물에 밀려 옛 전통을 버리고 아직 '우리의 것'을 만들지 못하는 가운데 조선의 젊은이들이 '쓴 경험과 무서운 비극'을 면치 못하고 있다고 우려한다. 조선의 전통 사회에서는 중매결혼이 주류를 이루고 있었지만 근대화 이후 연애결혼도 조금씩 자리를 잡아가고 있다.

그러면 연애로 성립된 가뎡은 영々 실패에 도라가고 말 것입니까? 과연 요사이 세상 사람이 각금 말하는 '결혼은 행복을 장사하는 것이라'는 류행어가 진리입니까? 그러면 우리는 소위 신식 결혼제도를 버리고 녯날의 습관으로 도라가여야 할 것입니까?

저는 담대히 이러한 의문에 대하야 연애결혼이 능히 항복될 수 잇스며 사랑을 성립된 가뎡이 능히 성공할 수 잇스며 혼례가 결코 행복을 장사하는 례식이 아니라고 대답하고 십습니다.[39]

앞에서도 잠깐 언급했듯이 손진실은 《우라키》의 다른 필자들과의 글과는 달리 순한글을 구사한다. '감상(鑑賞)'이나 '동사(同事)'처럼 어쩌다 의미가 불분명할 때는 한글을 먼저 표기하고 괄호 안에 한자를 적는다. 위 인용문에서 "행복을 장사하는 것"에서 '장사'도 한자어를 함께 적었더라면 더 좋았을 것이다. 행복을 매장한다는 의미로 받아들이거나 아니면 행복을 사고판다는 의미로 받아들일 독자가 없지 않을 것이기 때문이다. 어찌 되었든 주제뿐만 아니라 문체에서도 여성 필자와 남성 필자의 차이를 느낄 수 있다.

손진실이 이 글을 쓴 것은 1926년 3월이다. 1925년에 시카고대학교 재학 중인 윤치호의 이복동생 윤치창(尹致昌)과 결혼하였으니 단란한 신혼생활을 할 무렵에 쓴 글이다. 그래서 이 글에는 손진실 자신의 개인 경험과 결혼에 관한 생각이 짙게 배어 있다. 손진실이 아버지에게 윤치창과 결혼하겠다고 밝히자 손정도 목사는 별로 탐탁하지 않게 생각하고 딸을

39) 손진실, 「행복된 가뎡에 대한 싱각의 멧 가지」, 《우라키》 2호, 116~117.

설득하려고 하였다. 그러나 손진실은 끝내 아버지의 말을 거역하고 결혼하였다. 이 무렵 독립군들이 독립자금을 얻어내려고 윤치창을 가두어 놓는 사건까지 겹쳤다. 그는 우여곡절 끝에 탈출에 성공하여 마침내 손진실과 결혼할 수 있었다.

그렇다면 어떻게 하면 신식 결혼 방식인 연애결혼을 통하여 행복한 가정을 이룩할 수 있는가? 손진실은 행복한 가정생활의 선결 조건으로 여섯 가지 방법을 제시한다. 첫째, 결혼하기 전이나 결혼한 뒤나 남편과 아내는 항상 '애인'와 같은 상태로 있어야 한다. 애인으로 머물러 있는 방법으로 결혼 후에는 더욱 겉모습에 신경을 써야 하고, 배우자에 대한 감정을 솔직하게 표현해야 한다. 이 점과 관련하여 손진실은 "혼인 전에는 당신이 천사갓흐니 아름다우니 하며 덤비다가도 한번 목사의 압을 지나간 뒤로는 이럿탄 말 업시 시츰이를 쑥쎄고 말어 버립니다"[40]라고 말한다. 특히 손진실은 부부유별이라는 유교 질서에서 교육을 받고 자란 조선 남편들이 아내들에게 좀처럼 애정 표현이나 칭찬을 하지 않는다는 점에 주목한 듯하다.

둘째, 배우자는 상대방에게 희생한다는 각오로 결혼 생활을 하여야 한다. 상대에게 절반을 주고 절반을 받을 생각을 하지 말고 오히려 모든 것을 다 주다시피 하고 자신은 조금만 받는다고 생각하여야 한다. 손진실은 "부부생활은 동사(同事)입니다. 그러나 오활(伍割) 오활의 동사가 아니라 구활(九割) 구활의 밋질 것을 미리 심산하고 드러가는 동사입니다"[41]라고

40) 앞의 글, 117~118. "한번 목사의 압을 지나간 뒤로는"이라는 구절을 보면 손진실은 연애결혼이 성공한 남녀가 마땅히 교회에서 결혼식을 올리는 것으로 생각한다.

41) 앞의 글, 118. 손진실은 '오활'과 '구활'로 표기하지만 '오할'과 '구할'이 옳은 표기법이다.

말한다. 그렇다면 '동사'란 과연 무엇을 말하는가? 국어사전에는 이 명사를 "공동으로 장사를 하는 것", 즉 '동업'과 같은 의미로 풀이한다. 그러나 불교에서는 이 용어를 "사섭법(四攝法)의 하나로 보살이 중생을 가까이하여 동고동락하며 인도함"으로 풀이한다. 사섭법이란 중생을 불도에 이끌기 위하여 보살이 행해야 할 네 가지 태도로 보시섭(布施攝), 애어섭(愛語攝), 이행섭(利行攝), 동사섭(同事攝)을 말한다. 철저한 기독교 신자인 손진실이 불교 용어를 사용한다는 것이 조금 이상하지만 그녀가 의도하는 것은 동업자보다는 이 불교 용어에 훨씬 더 가깝다. 다시 말해서 배우자가 상대방에게 50% 주고 50% 받는 것이 아니라 90% 주고 10%만 받는다는 것이다. 그녀가 결혼이란 곧 시쳇말로 '밑지는 장사', 즉 손해 볼 것을 미리 계산하고 들어가는 장사라고 말하는 것은 그 때문이다.

셋째, 행복한 결혼 생활을 위해서 남편은 가사노동과 자녀 교육에 시달리는 아내에게 고마움을 느끼고 위로해 주어야 한다. 아내는 날이면 날마다 가정의 편안함을 위하여 달갑지 않은 일을 하게 마련이다. 더구나 아내의 손에 온 집안의 '쾌락의 씨'가 놓여 있고, 그녀의 두 어깨에는 자녀 교육이라는 '무거운 짐'이 올려 있다. 그러므로 남편은 마땅히 왼 종일 힘든 가사노동에 시달리며 피곤한 아내를 이해하고 위로해 주어야 한다는 것이다.

넷째, 아내는 아내대로 자신의 역할을 특권으로 생각해야 한다. 아내의 역할이 밖에서 일하는 남편보다 전혀 작지 않기 때문이다. 손진실은 아내의 역할을 동산을 가꾸는 정원사에 빗댄다. 정원사가 온갖 꽃으로 아름답게 동산을 가꾸듯이 아내도 가정이라는 동산을 아름답고 건실하게 가꾼다. 또한 손진실은 19세기 영국 문화비평가 존 러스킨의 말을 빌려 가정에서 아내의 역할을 직조공에 빗대기도 한다. “우러스킨이 일즉 말하기를 여자는 직조를 하는 이라고 하엿습니다. 그 직조로 아름답게 짜고 망케 쨤이 그 짜는 이에게 잇슴과 갓치 남편과 자녀의 생활을 아름답게 하고 못함이 뜻한 여자의 손에 만히 잇다고 할 수 잇습니다”[42]라고 밝힌다.

다섯째, 가정에서 부부가 버는 돈은 부부의 공동재산으로 관리하여야 한다. 비록 남편이 밖에서 벌어 왔다고 하여도 그가 독점할 아무런 권리가 없다. 아내도 가정 안에서 노동하는 유형무형의 가치가 무척 크기 때문이다. 더구나 아주 큰 액수가 아니라면 배우자의 소비에 대하여 간섭하거나 불평을 늘어놓아서는 안 된다. 남편이 버는 돈이건 아내가 버는 돈이건 은행에 예치하거나 집안에 두고 함께 사용하는 것이 ‘가쟝 리상뎍’이라고 밝힌다.

여섯째, 자녀의 출산과 수는 부부의 ‘슬긔러운 판단’에 따라 결정하여야 한다. 손진실은 “자연의 법칙을 거스리기는 어려운 일이나 할 수 잇는 정도 안에서는 그 가뎡의 행복과 그 자녀의 행복과 그 부모의 행복과 그 사회의 행복을 생각하야 자녀를 둘 것임니다”라고 말한다. 이러한 판단 조건에서 핵심적 어휘는 ‘행복’이다. 손진실은 자녀의 수를 결정하는 데 가정의 금전적 수입과 자녀를 출산하고 양육할 만한 부모의 신체적·정신적 능력을 고려하여야 한다고 지적한다. 그녀는 한 가정에 세 명의 자녀를 두는 것이 가장 적당하다는 최근 학자들의 견해를 인용하기도 한다.

손진실은 「행복된 가뎡에 대한 싱각의 멧 가지」의 속편이라고 할 「미

42) 앞의 글, 119. ‘우러스킨’이란 20년대 중엽 미국에 유학한 조선인 학생들이 ‘러스킨’을 표기하던 방법이었다. 러스킨은 『참깨와 백합』(1865)을 비롯한 저서에서 여성의 역할을 길쌈을 하고 천을 짜고 바느질하는 것으로 보았다.

국 가뎡에서 배울 것 몃 가지」를 《우라키》 3호에 기고한다. 그녀는 앞 글에서 행복한 가정을 이루기 위한 몇 가지 선결 조건을 제시한 반면, 뒤 글에서는 조선 가정이 미국에서 배울 몇 가지 좋은 점을 제시한다. 물론 그렇다고 손진실이 미국 가정을 무조건 찬양하는 것은 아니다. 가령 점차 늘어나는 이혼 문제가 가정을 심각하게 위협한다고 경고한다. 그녀는 1926년의 통계 자료를 인용하면서 열 가정 중 두 가정이 이혼한다고 밝힌다.

손진실은 이러한 문제점이 있지만 미국 가정은 본받아야 할 장점을 두루 갖추고 있다고 지적한다. 그녀가 이 글을 쓰는 이유는 "미국 가뎡의 흠결을 비평하자는 것이 아니라 이의 아름다온 뎜만을 몃 가지 추어들어 우리 사회의 새가뎡 건설에 참고를 삼고자 하는 것"[43]이라고 밝힌다. 손진실은 크게 네 가지 항목으로 나누어 미국 가정에서 배울 점을 열거한다. 첫째, 미국 가정은 남편과 아내, 자식을 중심으로 구성되어 있다. 이렇게 가정의 기본 단위가 부부와 자녀라는 점에서 조선을 비롯한 동아시아 국가와는 크게 다르다. 손진실은 미국 가정에는 "시아버지도 업고 시어머니도 업고 쟝인도 업고 쟝모도 업고 시누이도 업고 시동생도 업고 이외의 가지각색 일가가 업습니다"[44]라고 잘라 말한다. 그녀가 이렇게 지루할 만큼 일가친척을 하나하나 열거하는 것은 조선의 대가족 제도를 힘주어 말하기 위해서다. 미국의 단일 가족 제도와 조선의 대가족 제도 사이에는 '천양의 차이'가 있다고 말한다. 미국의 단일 가족 제도를 선호하는 손진실은 "우리나라 가족 제도 아래에셔 두 가족 세 가족으로 조직된 가뎡 안에야 엇지 불화가 업기를 바라겟습니가"라고 수사적 질문을 던진 뒤, "향

43) 손진실, 「미국 가뎡에서 배울 것 몃 가지」, 《우라키》 3호, 108.

44) 앞의 글, 108.

복된 가뎡의 전제는 부々 사이의 사랑일 것이오, 이 사랑을 보험하는 뎨일 요소는 단일뎍 가뎡일 것입니다"[45]라고 밝힌다.

둘째, 미국 가정은 '사랑의 둥지'다. 손진실이 '사랑의 둥지'라는 표현을 사용하는 것은 이 제목의 노래가 1920년대 미국에서 크게 유행했기 때문일 것이다. 오토 하바크가 작사하고 루이 A. 허쉬가 작곡한 이 노래는 1920년 브로드웨이 뮤지컬 〈메리〉에서 불린 뒤 크게 히트하였다. 음악을 전공하던 손진실이 이 노래를 모를 리가 없다. 어찌 되었든 그녀가 미국의 가정을 '사랑의 둥지'라고 부르는 것은 그 가정이야말로 "사람의 모든 아름다온 감정이 양육되는 곳"이요, "사람의 온갖 미덕을 길너내는 곳"이요, 또한 "어린 아해의 가장 친한 벗들이 모힌 곳"이기 때문이다. 또한 미국 가정이 곧 부부의 피난처요 위안처라고 말하는 손진실은 "한 집 안에 남편과 부인에 대한 리상뎍 가뎡은 그 남편이나 부인이 서로 사랑하고 서로 의뢰할 수 잇는 곳이겟고 자녀에 대한 리상뎍 가뎡은 그들이 그 부모 안에 다른 데서 차즐 수 업는 아름답고 깁고 따뜻한 우정을 차즐 수 잇는 곳이겟습니다"[46]라고 밝힌다.

셋째, 미국의 가정은 주먹구구식으로 살림을 꾸려가는 것이 아니라 어디까지나 과학적으로 살림을 꾸려나간다. 손진실은 과학적 살림살이의 구체적인 실례로 수입이 아무리 적어도 저축을 생활화하는 점, 식구들의 건강을 위주로 식단을 짜는 점, 의복을 선택할 때 건강과 위생에 신경을 쓰는 점, 심지어 가구를 배치할 때도 위생과 실용에 맞고 구성원의 '마음의 평화와 위안'과 미적 쾌락을 주도록 하는 것 등이다. 한마디로 미국 가

45) 앞의 글, 109.

46) 앞의 글, 109, 110. F. 스콧 피츠제럴드는 『위대한 개츠비(1925)』에서 '사랑의 둥지'를 언급한다.

정은 의식주 전체를 합리적으로 운용한다.

넷째, 미국 가정은 아이를 엄격하게 양육한다. 미국의 어머니는 아이가 운다고 아무 때나 음식을 주거나 안아주는 법이 좀처럼 없다. 그렇게 하면 아이가 습관이 되어 제대로 훈육할 수 없기 때문이다. 손진실은 미국 어머니가 자식에게 정이 없어서 그러한 것은 절대로 아니라고 지적한다. 자식을 키우는 데 어머니의 정만이 절대적인 것은 아니라고 말한다. 또한 손진실은 미국 가정에서 부모와 자식의 관계는 '좋은 동무'의 관계라는 사실에 주목한다. 부모와 자식의 이러한 관계는 아버지는 자식을 엄격히 다루어야 하고 어머니는 자식을 사랑으로 보살펴야 한다는 엄부자모의 교육 방법과는 큰 차이가 난다. 더구나 미국 부모는 자식을 독립한 인격체로 간주하여 최대한 그의 인격과 자유를 보장해 주려고 한다는 것이다.

자연과학과 공업

《우라키》 편집자들은 사회나 정치 문제에 이어 실제 생활에 도움이 될 만한 과학적이고 실용적인 문제에 관심을 기울였다. 그래서 이 무렵 식민지 젊은 지식인들에게 관념적인 유교나 유가 전통에서 벗어나 좀 더 실제적인 분야를 전공하여 조국의 발전에 이바지하기를 권하는 글이 유난히 많이 눈에 띈다. 대한제국이 일본 제국주의의 식민지로 전락하게 된 것도 따지고 보면 지나치게 성리학을 중시한 나머지 실용적인 것을 멀리한 채 무익한 공리공담을 일삼았기 때문이다. 물론 병자호란과 임진왜란 이후 실사구시(實事求是)를 부르짖는 실학 운동이 일어났지만, 실학은 실질적으로 백성의 삶을 개선하는 데는 실패했으며, 백성의 불만을 해소하기 위한 양반 지배층의 형식적 개혁안에 지나지 않는다고 주장하는 학자들도 있다. 어찌 되었든《우라키》필자 중에는 미국에 유학 중인 조선 학생들에게 성리학 전통에서 벗어나 좀 더 실용적인 학문을 전공하도록 권하는 사람이 많았다.

이렇게 실용적 학문을 강조한 필자 중에서도 이병두는 아마 첫손가락에 꼽을 만하다. 오하이오주 웨슬리언대학교를 졸업한 뒤 오하이오 주립대학교에서 도자기 연구로 석사학위를 받은 그는 타일회사와 테라코타 건축재 회사에서 화학 기사로 근무하였다. 직장 생활 중에도 그는 국제학생회 조선부 임시총무를 맡아 유학생들에게 크고 작은 도움을 주기도 하였다. 이병두는 학부 과정에서는 정치학과 사회학을 전공하여 문학사 학위를 받았다. 그러나 실제 생활에 별다른 도움이 되지 않을뿐더러 오히려 방해된다는 사실을 깊이 깨닫고 나서 다시 3년 동안 대학원에서 공학을 전공하였다.

이병두는 자신이 겪은 이러한 경험을 바탕으로 조선에서 공부하든 외국에서 유학하든, 후배들에게 실용적인 학문을 전공할 것을 당부한다. 그는 조선 학생 중 90~95%가 문학을 전공하고 나머지 소수가 공학을 전공하는 점을 무척 안타깝게 생각한다. 이병두는 이렇게 인문계 전공자가 압도적으로 많은 현상에 대하여 ① 과학의 중요성을 미처 깨닫지 못하고, ② 문학을 공부해야만 사회 지도층이 되는 것으로 착각하며, ③ 허영심에 사로잡혀 있기 때문이라고 지적한다. 이 세 가지 이유를 한마디로 요약한다면 조선의 젊은이들은 아직 성리학 전통의 영향을 받고 있어 실용적인 것보다는 관념적인 것을 중시하기 때문이다.

이병두는 「과학의 가치」라는 글에서 무엇보다도 먼저 서양에서 문명이 발달하고 동양에서 문명이 발달하지 못한 이유를 규명한다. 과학을 기초로 삼은 서양은 문명이 발달한 반면, 문학을 기초로 삼은 동양은 문명이 뒤졌다고 밝힌다.

> 백인종과 황인종의 역사적 진보를 비교ᄒᆞ면, 황인종은 6천여 년의 역사가 잇지만은 오히려 금일 문명의 선도자가 되지 못ᄒᆞ고 낙오자가 되엿스니, 인종과 민족이 진보되지 못ᄒᆞᆫ 연고ᄂᆞᆫ 진보의 기초 되ᄂᆞᆫ 과학을 전혀 니져 바리고 문학만 학문으로 안 연고며, 백인종 중에도 미국인은 겨우 2백 년의 역사를 소유하엿스되, 금일 문명의 선진자가 되엿스니, 기(其) 연고ᄂᆞᆫ 인류발전의 근본되ᄂᆞᆫ 과학으로 교육의 기초를 삼은 연고이다.[47]

위 인용문에서 이병두는 '백인종'과 '황인종'을 언급하지만 실제로는 인종보다는 지리적 개념인 서양과 동양을 가리키는 환유에 지나지 않는다. 여기서 그가 말하는 '문학'은 '과학'의 반대말로 인문학 일반을 가리킨다. 조선을 포함한 동아시아는 수천 년 동안 성리학에 빠져 과학 문명이 뒤질 수밖에 없었다. 동아시아 중에서도 일본이 일찍이 메이지 유신을 통하여 탈아입구(脫亜入欧)를 부르짖으며 근대화를 이룩하였다. 위 인용문을 읽고 있노라면 아시아에서 벗어나 유럽에 들어가자고 외친 후쿠자와 유키치의 말이 떠오른다.[48]

47) 이병두, 「과학의 가치」, 《우라키》 창간호, 92.

48) 후쿠자와 유키치, 「탈아론」, 《時事新報》 1885년(明治 18) 3 월 16일. "서구화의 바람이 동양을 향해 불어오는 것은 부인할 수 없는 사실이며, 모든 국가는 서구사회와 더불어 이 운동에 동참하여 문명의 열매를 맛보는 것 말고는 다른 선택의 여지가 없다. (…중략…) 나쁜 친구를 사귀는 사람은 다른

후쿠자와 유키치가 탈아입구를 통하여 근대화를 이룩한 것처럼 이병두도 서양을 본받아 과학기술을 발전시켜야 한다고 주장한다. 지금 조선은 혈맥이 거의 끊어지다시피 하여 빈사 상태에 놓여 있는 것과 크게 다름없다. 이병두는 조선의 이러한 난국을 극복하는 길은 성리학적 사고의 틀에서 벗어나 오직 실용적인 학문에 매진하는 것밖에는 없다고 지적한다.

> 과학이 실업 성공에 기초 되는 실례가 엇지 차(此)에만 지(止)ᄒᆞ리요. 조선인의 생활난으로 인하야 쓴허져가는 혈맥을 건강ᄒᆞ게 만들 것은 실업 외에 업스며 역사적 쓴허진 혈맥을 다시 니을 것도 실업 외에 업스니, 청년들은 생각ᄒᆞ고 갱성(更醒)ᄒᆞ야 실업에 기초 되는 과학을 연구ᄒᆞ는 자가 만흠으로, 칠년지병(七年之病)이 구삼년지초(求三年之草) ᄒᆞ는 일이 업도록 ᄒᆞ기를 바란다.[49]

이병두가 말하는 '그곳'이란 그가 근무하는 미국의 T회사를 말한다. 그 회사는 과학 지식을 바탕으로 실업에서 큰 성공을 거두었다고 말하면서 조선도 이 회사처럼 해야 할 것이라고 주장한다. 그는 오직 과학에 기반을 둔 실업을 통해서만 죽어가는 조선 사회를 살릴 수 있다고 확신한다. 위 인용문 마지막 문장에서 이병두는 『맹자(孟子)』에서 한 구절을 인용한다. "이제 왕자가 되고자 하는 자는 7년이나 오래된 병에 3년 묵은 쑥을 구하는 것과 마찬가지니, 만일 미리 쌓아두지 않았다면 종신토록 구해도

사람들에게 마찬가지로 나쁜 인상을 주기 때문에, 일본은 이웃의 나쁜 아시아 나라들과 관계를 끊어야 한다".

49) 앞의 글, 94~95.

얻지 못하리니"라는 구절이 바로 그것이다. 맹자는 위 구절에 이어 "苟不志於仁 終身憂辱 以陷於死亡(진실로 인에 뜻을 두지 않는다면 종신토록 근심 걱정하고 모욕을 당하여 죽음에 빠지리라)"이라고 말한다. 그러나 여기서 '인'이라는 말을 '과학'으로 바꾸어 놓으면 조선 사회에 그대로 적용된다고 할 수 있다. 맹자는 앞으로 일어날 일을 미리 철저히 준비하라는 의미로 사용했지만, 이병두는 과학기술로써 빈사 상태에 있는 조국을 구할 것을 주장한다. 이병두는 조선이 일본 제국주의의 식민지 지배에서 벗어나는 길도 어쩌면 여기에 있다고 암시하는지도 모른다.

《우라키》 필자 중에 이렇게 산업의 중요성을 역설하는 필자는 아주 많다. 2호에 실린 이경화(李敬華)의 「세계 면화 종류와 산출 급(及) 조선」은 좀 더 구체적으로 조선의 면화 산업과 세계의 면화 산업을 비교하여 분석하는 글이다. 이 무렵 이경화는 연희전문학교를 졸업한 뒤 미국에 건너가 매사추세츠주 뉴베드퍼드 직조(織造)학교에서 섬유학을 전공하고 있었다. 이 학교는 뒷날 인근 학교와 병합하여 뉴베드퍼드 공과대학(NBIT)으로 발전하였다. 미국에서 섬유산업이 매사추세츠주를 포함한 뉴일글랜드 지방에서 시작했다는 것은 잘 알려진 사실이다. 이경화는 미국 남부 대학에서 먼저 영어를 철저히 익힌 뒤 이 직조학교에 입학한 것을 보면 유학을 결심할 때부터 섬유공학을 염두에 두고 있었던 것 같다.

이경화는 글 첫머리에서 면화의 중요성을 역설한다. "면화는 인류 사회의 문명을 ᄯᅡ라 녜로브터 금일ᄭᅡ지 우리 생활상 밀접한 관계가 잇다. 고로 차(此)에 대하야 연구하여 볼 필요도 잇거니와 반드시 아러야 하겟다"[50]고 밝힌다. "코카콜라와 맥도널드 이전에 면화가 있었다"는 말이 있

50) 이경화, 「세계 면화 종류와 산출 及 조선」, 《우라키》 2호, 103.

을 만큼 면화가 인간의 의복 생활에서 차지하는 몫은 무척 컸다. 최근 스벤 베커트가 『면화의 제국』(2014)에서 지적하듯이 자본주의는 공장이 아니라 들판에서 시작되었다. 영국에서 1차 산업 혁명의 주역이 다름 아닌 방적기와 방직기였다는 사실을 떠올리면 쉽게 이해할 수 있을 것이다.

이경화는 이 글에서 섬유학을 전공하는 전문가답게 ① 면화의 종류, ② 면화의 섬유 조직, ③ 면화 섬유의 장단점, ④ 미국에서 면화 판매 방식, ⑤ 미국에서 재배하는 면화의 종류와 표준 등급, ⑥ 세계 면화 총생산량, ⑦ 영국과 미국의 매년 면화 소비량, 면직물 및 면화의 수출량, ⑧ 조선의 현황 등을 다룬다. 이 글에서 무엇보다도 관심을 끄는 것은 조선에서의 면화 재배를 다루는 부분이다. 이경화는 "기후 급 토질에 관하야 온대 지방으로는 면화 재배에 적합하다. 연(然)이나 원래 면화를 장려치 안이하고 종자 개량에 부주의한 고로 하품의 면화를 산출케 되어 하품의 가격을 밧는 것은 사실이다"[51]라고 밝힌다. 비단 면화 재배뿐만 아니라 무명실을 뽑고 그 실로 옷을 만드는 과정도 수공업의 수준을 벗어나지 못하였다. 조선에서는 예로부터 주로 여성들이 물레와 베틀을 이용하여 삼베·모시·비단·무명 등의 전통적 천연섬유를 가공하고 생산해 왔다.

조선 섬유산업의 근대적인 공장제 생산은 일제가 조선을 합병한 1910년대부터 시작되었다. 일본의 섬유 자본과 일부 민족자본이 도입한 근대 공업은 수공업 형태의 전통적 섬유 생산기반과 병존하거나 그 기반을 대체하면서 발전하였다. 예를 들어 1919년 경성방직주식회사가 설립되고 같은 해 김덕창직포공장이 동양염직주식회사로 확장되고 개편되면서 근대 민족공업으로 조선의 섬유공업 발달의 첫걸음을 내디뎠다. 그러나

51) 앞의 글, 110.

1917년 일본 미츠비시(三菱)가 설립한 조선방직주식회사는 대규모 시설을 갖추고 식민지 조선의 섬유산업을 크게 위협하였다.

> 오[늘]날 우리 것의 생산물 중에 대부분을 점령한 바는 농작물이다. 이것도 연々이 흉재로 인하야 우리의 구복에 충키도 불가능인 바 무엇을 파라서 치운 설한을 방비할가. 가장집물을 다 전당하야도 아직도 의식에 곤란하야 최후로 선조께서 피땀을 흘니시면서 分々히 모아 산 전답까지 팔아 쓰고 갈 곳 업서 생전에 낙원인 서북간도로 남부여재(男負女戴)하야 가니 참말노 그곳이 안락을 누릴 우리의 패라다이스인가?[52]

이경화의 지적대로 식민지 조선에서 내로라하는 생산품은 쌀을 비롯한 농작물이었다. 물론 농작물마저 가뭄과 홍수 같은 자연재해로 위협을 받았다. 의식주 중 의복의 기초가 되는 면화에 이르면 사정은 더더욱 열악하였다. 여기서 이경화는 주로 식량과 의복을 다루지만 주택 사정도 이와 크게 다르지 않았다. 그래서 적지 않은 조선인들이 선조로부터 물려받은 토지를 처분하여 생활하다가 더 지탱할 수 없자 두만강과 마주한 북간도나 압록강과 마주한 서간도로 이주하였다. 한일병탄 직전인 1909년에는 11만여 명이던 간도 이주자가 1916년에는 20만 3천여 명으로 두 배 가까이 늘었고, 1921년에는 31만여 명, 1926년에는 36만여 명으로 계속 늘어났다. 1931년에는 40만 명으로 급증하여 한인과 만주인의 구성비가 3대 1에 이르렀다. 이경화가 위 인용문의 마지막 문장에서 간도가 과연 우리 민족의 낙원인가? 하고 묻는 대목에서는 조국을 잃은 조선 민족의 비애가

52) 앞의 글, 111.

짙게 배어 있다.

이경화의 글과 함께《우라키》2호에 실린 김형남(金瀅楠)의 「고무 산업과 인조 고무의 발달」도 좀 더 눈여겨볼 만하다. 켄터키주 웨슬리언대학교에서 화학을 전공하던 김형남은 세계 고무 산업의 역사와 현황, 필요성을 간략하게 소개한다. 그는 먼저 조선에서 전통적인 신발이 고무신으로 점차 대체되는 사실에 주목한다. 글 첫머리에서 김형남은 "약 반세기 전브터 구미 문명에 접촉되자 우리 반도도 고무의 생활상 필요를 늣긴 후로 공업 적용이 빈다(頻多)하다. 취중(就中) 5, 6년브터 성행하든 고무화가 전통적 조선인의 이물(履物)인 갓진과 초신 등을 능가하고 반도에 침입하야 내지 공업계를 동요하엿다"[53] 고 밝힌다. '갓진'은 아마 가죽으로 만든 신발인 '갖신'을 뜻하는 듯하다. '초신'이란 강원도 지방이나 제주도에서 삼실과 밀을 먹인 창호지로 삼은 미투리나 볏짚으로 삼아 만든 신발인 짚신을 흔히 일컫는 말이다.

김형남은 크리스토포로 콜롬보 일행이 아메리카 대륙에 처음 도착했을 때 토착 원주민들이 일종의 고무나무인 하비아에서 수액을 추출하여 만든 고무공을 보고 고무의 존재를 처음 알았고, 고무 원료를 얻기 위하여 서구 열강들이 식민지를 개척하였으며, 그 뒤 1차 세계 대전을 거치면서 화학적으로 인조 고무를 발명했다는 사실 등을 언급한다. 그러고 난 뒤 김형남은 인조 고무를 제조하는 방법을 일반 독자들이 좀처럼 이해할 수 없는 복잡한 화학 구조를 열거하며 자세하게 설명한다.

그러나 김형남이 이 글에서 강조하는 것은 비단 인조 고무 합성에 그치지 않고 더 나아가 현대인의 일상생활에서 화학이 차지하는 비중과 중

53) 김형남, 「고무 공업과 인조 고무의 발달」,《우라키》2호, 112.

요성이다. 그에 따르면 현대 화학이 발달하는 데 1차 세계 대전은 촉매 역할을 하였다. "필요는 발명의 어머니"라는 서양 격언도 있듯이 전쟁으로 필요한 물자를 얻을 수 없던 나라에서는 발명의 힘을 빌려 새로운 제품을 개발하고 제조하지 않을 수 없다는 것이다. 김형남은 "장래의 사활 문제인 연로 식량 문제도 화학의 종합 및 분석의 양법(兩法)에서 안출될 시(時)가 불원한 장래에 잇슬 줄 가히 알지로다"[54]라고 결론짓는다. 이 말은 식민지 조선을 염두에 둔 것으로 볼 수 있다. 특히 "고무가 인류 필요품에셔 분리치 못할 줄 알고 구제 방법을 공구(攻究)하는 강호 소장 학자 제씨의 참고에 공(供)코저 하노라"[55]는 말을 보면 조선의 젊은 화학자들에게 주는 글로 받아들일 수 있을 것이다.

이렇듯 북미조선학생총회의 기관지 《우라키》 편집자들은 인문학 못지않게 사회과학이나 자연과학과 관련한 글도 비중 있게 다루었다. 초기 유학생 중의 한 사람인 장이욱의 지적대로 조선인 유학생들은 그동안 서양이 수십 세기에 걸쳐 쌓아 온 '형이상(形而上)' 못지않게 '형이하(形而下)'에도 깊은 관심을 기울였다. 그래서 이 잡지의 편집자들은 그동안 미국을 비롯한 서양 학계에서 이루어진 사회과학과 자연과학 분야의 성과와 최근 동향을 미국에 유학 중인 동료 조선인 학생들은 말할 것도 없고 더 나아가 식민지 조국에 있는 젊은이들에게도 널리 소개하려고 하였다. 그러나 그들은 단순히 서구 학문을 소개하거나 추종하는 데 그치지 않고 이보다 한 발 더 나아가 비판적 안목으로 받아들일 것은 받아들이고 폐기할 것은 폐기하였다. 한마디로 식민지 지식인으로서의 사명감에서 미국

54) 앞의 글, 115.

55) 앞의 글, 112.

유학생들은 서양 학문의 최전선에서 학문을 연마하며 그들 나름으로 해방 이후 민족이 나아갈 길을 차분하게 모색했던 것이다.

참고문헌

I. 잡지 및 신문

《우라키(The Rocky)》
《학지광(學之光)》
《해외문학(海外文學)》
《태서문예신보(泰西文藝新報)》
《삼천리(三千里)》
《민성(民聲)》
《조선지광(朝鮮之光)》
《조선문단(朝鮮文壇)》
《조선중앙일보(朝鮮中央日報)》
《독립신문(獨立新聞)》(중국 상하이)
《신한민보(新韓民報)》
《조선일보(朝鮮日報)》
《동아일보(東亞日報)》
The Korean Students Bulletin
Free Korea

II. 국내 논문

고정휴. 「1930년대 미주 한인사회주의 운동의 발생 배경과 초기 특징」, 《한국근대현대사연구》 54집(2010년 가을), 171~201.

박태일. 「근대 개성 지역문학의 전개: 북한 지역문학사 연구」, 《국제언어문학》 25호(2012년 4월), 81~120.

안남일. 「《우라키》 수록 소설 연구」. 《한국학》. 고려대학교 한국학연구소, 29집(2008), 83~100.

오천석 외 「반도에 기다인재(幾多人材)를 내인 영·미·노·일 유학사」, 《삼천리》 5권 1호(1933년 1월 1일), 26~25.

장규식, 「일제하 미국 유학생의 서구 근대체험과 미국문명 인식」, 《한국사연구》 133집(2006), 141~173.

홍선표. 「일제하 미국 유학 연구」. 《국사관논총》. 진단학회. 96집, 2001, 151~181.

III. 국내 단행본 저서

김병철. 『한국 근대 번역 문학사 연구』. 서울: 을유문화사, 1974.

______. 『한국 근대 서양문학 이입사 연구』. 서울: 을유문화사, 1980, 1982.

김욱동. 『강용흘: 그의 삶과 문학』. 서울: 서울대학교 출판부, 2005.

______. 『소설가 서재필』. 서울: 서강대학교 출판부, 2010.

______. 『번역과 한국의 근대』. 서울: 소명출판, 2010.

______. 『부조리의 포도주와 무관심의 빵』. 서울: 소명출판, 2013.

______. 『눈솔 정인섭 평전』. 서울: 이숲, 2020.

______. 『외국문학연구회와《해외문학》』. 서울: 소명출판, 2020.

김희곤. 『임시정부 시기의 대한민국 연구』. 서울: 지식산업사, 2015.

박진영. 『번역가의 탄생과 동아시아 세계문학』. 서울: 소명출판, 2019.

방선주 저작집간행위원회. 『방선주 저작집』 1권. 서울: 선인, 2018.

유길준. 『유길준 전서』 전4권. 서울: 일조각, 1995.

윤치호. 『윤치호 일기 1916~1943』. 김상태 편역. 서울: 역사비평사, 2001.

이광린. 『한국 개화사 연구』 개정판. 서울: 일조각, 1999.

정진석. 『극비, 조선 총독부의 언론 검열과 통제』. 서울: 나남, 2007.

최덕교 편. 『한국잡지 백년 1』. 서울: 현암사, 2004.

한흑구. 『한흑구 문학선집』. 민충환 편. 서울: 아싱, 2009.

Ⅳ. 외국 단행본 저서

姜徹.『在日朝鮮人史年表』. 東京: 雄山閣, 1983.

福澤裕吉.『福沢諭吉選集』. 富田正文 · 土橋俊一編. 東京: 岩波書店, 1980.

Charr, Easurk Emsen. *The Gold Mountain: The Autobiography of a Korean Immigrant, 1895~1965*, 2nd ed. Ed. Wayne Patterson. Urbana: University of Illinois Press, 1996.

Cox, Harvey. *Fire from Heaven: The Rise of Pentecostal Spirituality and the Reshaping of Religion in the Twenty-First Century*. Reading, MA: Addison-Wesley, 1995.

Kim, Suzy. *Everyday Life in the North Korean Revolution, 1945~1950*. Ithaca: Cornell University Press, 2013.

Kim, Wook-Dong. *Translations in Korea: Theory and Practice*. London: Palgrave Macmillan, 2019.

_____. *Global Perspectives on Korean Literature*. London: Palgrave Macmillan, 2019.

Robinson, Michael E. *Cultural Nationalism in Colonial Korea, 1920~1925*. Seattle: University of Washington, Press, 1988.

Tocqueville, Alexis de. *Democracy in America: A New Translation*. Trans. Arthur Goldhammer. New York: Library of America, 2004.

Weber, Max. *The Protestant Ethic and the Spirit of Capitalism*. Trans. Talcott Parsons. London: Routledge, 2001.

아메리카로 떠난 조선의 지식인들

북미조선학생총회와 《우라키》

1판 1쇄 발행일 2020년 11월 15일
지은이 | 김욱동
펴낸이 | 김문영
펴낸곳 | 이숲
등록 | 제406-3010000251002008000086호
주소 | 경기도 파주시 책향기로 320 메이플카운티 2-206
전화 | 02-2235-5580
팩스 | 02-6442-5581
홈페이지 | http://www.esoope.com
페이스북 | facebook.com/EsoopPublishing
Email | esoope@naver.com
ISBN | 979-11-91131-04-8 03800

▶ 이도서는 한국출판문화산업진흥원의 '2020년 출판콘텐츠 창작 지원 사업'의 일환으로 국민체육진흥기금을 지원받아 제작되었습니다.

▶ 이 도서의 국립중앙도서관 출판예정도서목록(CIP)은 서지정보유통지원시스템 홈페이지(http://seoji.nl.go.kr)와 국가자료종합목록 구축시스템(http://kolis-net.nl.go.kr)에서 이용하실 수 있습니다.(CIP제어번호 : CIP2020042869)